짜문제자

파문제자 6

한성수 新무협 판타지 소설

초판 1쇄 찍은 날 § 2003년 6월 10일
초판 1쇄 펴낸 날 § 2003년 6월 20일

지은이 § 한성수
펴낸이 § 서경석

편집장 § 문혜영
편집책임 § 장상수
편집 § 박영주 · 권민정
마케팅 § 정필 · 강양원 · 이선구 · 김규진 · 홍현경
펴낸곳 § 도서출판 청어람
등록번호 § 제1081-1-89호
등록일자 § 1999. 5. 31
어람번호 § 제2-0218호

주소 § 경기도 부천시 원미구 심곡1동 350-1 남성B/D 3F (우) 420-011
전화 § 032-656-4452 팩스 § 032-656-4453
http://www.chungeoram.com
E-mail § eoram99@chollian.net

ⓒ 한성수, 2002

값 7,500원

ISBN 89-5505-712-1 04810
ISBN 89-5505-563-3 (SET)

한성수 新무협 판타지 소설

파문제자

破門弟子

6

무명신공(無名神功)

도서출판 청어람

목
차

61장 곤륜비동(崑崙秘洞)으로 / 7

62장 경공(輕功)을 뛰어넘는 경공 / 31

63장 무명신공(無名神功) 하편 / 56

64장 경공을 완성하다 / 79

65장 아! 화심인 / 104

66장 전장의 밤은 깊어 / 127

67장 복귀! 그리고 또 다른 임무 / 150

68장 풍운을 몰아 사천으로 / 175

69장 복수는 나의 것! / 199

70장 사천당가(四川唐家) / 221

71장 중경삼림(重慶森林) / 244

72장 보이지 않는 위협 / 267

제61장 곤륜비동(崑崙秘洞)으로

담우소는 긴장했다. 오랜만에 온몸의 근육들이 거친 아우성을 토해 내고 있었다. 눈앞에서 서서히 움직이기 시작한 청색 검기가 만들어놓은 변화였다.

과거 귀성장에서 점창파의 이름 모를 도인과 맞닥뜨렸을 때와 비슷한 상황이라 할까?

'그럴 리가 없지.'

담우소는 내심 고개를 흔들었다. 그때와 지금의 담우소 간에는 엄청난 무공의 격차가 존재했다. 그 당시 느꼈던 가슴이 터질 듯한 흥분과 지금의 것이 동일할 순 없었다.

앞의 것이 죽음의 감미로움에 현혹된 눈먼 질주라면 지금의 것은 좀 더 차갑고, 푸른 물속 깊숙이 잠겨드는 기분이라 할 수 있었다. 격렬히 흥분한 와중에서도 담우소의 눈빛이 차갑게 가라앉아 있는 것이 바로 그 증거였다.

　담우소의 시선은 집요하리만치 자신을 겨눈 채 요요로운 푸른빛 검기를 뿜어내고 있는 삼 척의 검신을 향해 있었다.

　그의 손목에는 여전히 초형환이 채워져 있었고, 어느새 전신을 감돌기 시작한 바람은 풍천외가경의 기파였다. 포권지례를 끝마치는 것과 동시에 일으킨 기운이었다.

　"그럼 손님도 준비가 된 것 같으니!"

　중단에 위치해 있던 영보 도장의 애검 벽송이 가벼운 떨림을 보이며 삼 척이나 되는 검기를 번뜩 일으켰다. 바로 분광추혼검법 중 살기를 띤 벽라오영(碧羅五影)이었다.

　그러자 검초의 이름이 이르는 대로 자신의 중요 대혈 다섯 군데를 노리며 파고드는 검기를 피해 슬쩍 뒤로 물러섰던 담우소의 신형이 바람처럼 앞으로 튀어나왔다.

　파파팍!

　담우소의 수라구전은 벌써 여섯 번째 변초를 토해내고 있던 벽라오영의 검면을 때렸다. 아니, 퉁겨냈다. 권법으로 검법에 대항하는 가장 효율적인 방법인 사량발천근의 수법이었다.

　'이런!'

　자신의 벽라오영을 좌우로 비트는 사량발천근에 놀란 영보 도장이 재빨리 검초를 팔방영풍(八方影風)으로 바꿨다. 변화에 더욱 변화를 더해 상대를 제압하는 분광추혼의 검리에 따른 유려한 변초였다.

　그러나 평생 남 앞에서 검을 뽑지 않았다는 건 도인으로선 훌륭하다 할 것이나, 결코 검객에겐 득이 될 수 없었다. 검초의 변화가 너무 고지식하다고 할까.

명존 엄철극과의 목숨을 건 백전(百戰)을 치러낸 담우소는 단 두 초식 만에 영보 도장이 펼치는 분광추혼의 약점을 간파했다. 그리고 그가 어째서 서둘러 자신을 공격해 들어왔는지도.

'침입자인 나보다 오히려 속전속결(速戰速決)을 원한다는 건 아직 검법의 변화에 약점이 있다는 것이겠지?'

판단과 동시, 휘익 소리와 함께 담우소의 뒷발이 연달아 다섯 번의 회전을 일으켰다. 검초를 바꾼 영보 도장이 놀라 뒤로 물러서게 만들 정도의 선풍구도였다.

그렇게 만들어진 간격이 이 장여!

퇴영(腿影)의 잔영이 채 가시기도 전이었다. 고수 간엔 지척이라 해도 과언이 아닌 그 간격을 좁히며 담우소의 신형이 다시 바람처럼 파고들었다.

파지직!

지뢰오행경 중 수와 화를 조화시켜 만들어낸 천뢰단악이었다. 수장에 잔뜩 담긴 뇌기를 담우소가 벽력같이 토해내자 영보 도장의 검끝이 연달아 여섯 차례나 회전을 일으켰다.

검기를 쪼개며 파고드는 강렬한 뇌기를 방전시키려는 의도였다. 벽력의 기운을 느낀 순간 일이 잘못됐음을 깨닫고 변초를 꾀한 것이다.

"좋다!"

담우소는 소리를 질렀다. 그리고 바로 전사경을 실은 철산고를 일으키며 신형을 회전시켰다. 발끝으로부터 시작된 나선의 회전력을 충분히 살릴 정도로. 영보 도장의 검세가 공세에서 수세로 돌아선 찰나의 순간을 놓치지 않으려는 의도였다.

과연 철산고의 강렬한 일격에 영보 도장의 육합귀영(六合歸影)의 검세가 크게 흐트러졌다.

육합귀영은 맹렬한 검풍(劍風)으로 상대방의 강공을 흩뜨려 버리는 초식이니 천뢰단악을 해소시킨 것으로 그 위세는 많이 감소한 상태였던 것이다.

그 점을 깨달은 담우소가 철산고에 이어 풍뢰경을 잔뜩 담은 삼 장을 번개같이 쪼개냈다.

파파팡!

일 장 일 장에 족히 천 근의 힘이 담긴 삼 장이었다. 또다시 육합귀영을 펼쳐 내던 영보 도장이 더 이상 참지 못하고 신형을 펄쩍 뒤로 물렸다. 처음으로 보인 수세였다.

'놓칠 수 없지!'

다시 풍뢰경을 수장에 잔뜩 담은 담우소의 신형이 바람처럼 좌우로 흩어졌다. 분광건곤을 펼쳐 영보 도장의 퇴로를 끊으려는 의도였다.

그러나 곤륜파에는 분광추혼검법과 더불어 천하에 명성을 떨치는 독문무공이 한 가지 더 있었다.

담우소의 신형이 좌우로 흩어지는 것과 동시에 영보 도장의 입가로 슬며시 미소가 떠올랐다.

'허허, 곤륜에 와 경공을 논하자는 것인가?'

파파팡!

처음의 삼 장보다 족히 두 배는 강력한 위세를 담은 장세였다. 전후 좌우로 신형을 흩뜨린 상태로 세 차례나 장력을 토해낸 담우소는 금세 일이 잘못되었다는 걸 깨달았다. 분명 바람같이 보법을 움직이면서도 확인에 확인을 거듭했던 영보 도장의 모습이 감쪽같이 사라지고 없었다.

‘동서남북 어느 곳에도 없다? 이런! 하늘이다!’

찰나를 몇 번이나 토막 낸 순간이었다. 담우소는 망설이지 않고 땅바닥을 굴렀다. 나려타곤과 비슷한 모습. 구대성에게 배운 지당문의 역행권 중 한 동작이었다.

파파팟!

담우소가 뒹군 것과 거의 동시였다. 그의 머리를 휘날리며 세 가닥 검기가 물결 같은 파랑을 일으키며 휩쓸고 지나갔다.

‘이크!’

간신히 빙예운이 직접 매준 영웅건이 잘리는 걸 면한 담우소의 신형이 다시 땅바닥을 몇 번이나 굴렀다. 하늘로 날아오른 영보 도장의 요격을 피하기 위함이었다.

그러는 사이 파라락 하는 소리가 들렸고, 마치 날개가 달린 듯 하늘을 선회하던 영보 도장의 신형이 땅바닥에 내려앉는 모습이 그 뒤를 따랐다.

‘이런이런! 또 흥분해서 막 달려들었군. 명존 늙은이한테 그리 심한 매질을 당하고도 싸움에만 들어가면 이리 흥분해 버리니.’

등판에 힘을 줘 신형을 곧추세운 담우소는 눈살을 가볍게 찌푸렸다. 무사한 영웅건 사이로 머리가 비어져 나와 눈가 주변을 가리고 있었다. 이래서야 과거 삼류싸움꾼으로 떠돌던 때와 달라진 것이 없다는 생각이 들었다.

적어도 오 장은 떨어진 곳에 늠름히 신형을 곧추세운 영보 도장이 수중의 벽송을 슬쩍 내려뜨렸다.

“신법이나 권법이 정묘하면서도 세차다. 게다가 평생 본 일이 없는 동작까지 마구 해 보이니 빈도는 도저히 자네를 상대할 수 없을 것 같구나. 그대는 지금이라도 빈도를 용서해 주고 뒤로 물러날 수 없겠는가?"

만약 방금 전에 담우소를 나뒹굴게 만들지 않았다면 비굴하다 생각될 만한 말이었다. 대뜸 검기를 일으키며 달려들었던 앞서의 상황을 보자면 말이다.

그러나 이미 영보 도장이 펼친 천하에 보기 드물 만한 신법의 맛을 호되게 본 담우소였다. 잠시 생각한 끝에 영보 도장에게 자신을 봐주고자 하는 뜻이 있음을 깨달은 담우소가 스윽 흐뜨러진 머리를 뒤로 넘겼다.

"싫소!"

"싫다?"

절로 움직인 벽송이 한 차례 원을 그리니 영보 도장의 주변으로 푸른빛 아지랑이가 창창히 일어났다. 검강(劍罡)의 바로 아래 단계인 유형화된 검기였다. 강력한 검공으로 담우소를 압박할 속셈이 분명했다.

'하하, 분명 나는 싫다는 의사를 밝혔으렷다.'

담우소는 내심 냉소했다. 그리고 다음 순간, 방금 전까지와 달리 검 끝이 아니라 영보 도장의 발치에 시선을 던진 담우소가 이번엔 먼저 움직였다.

파앗!

벼락같이 빠른 섬전건곤이었다. 오 장의 거리 따윈 문제가 될 수 없었다.

삽시간에 영보 도장의 지척에 이른 담우소의 머리로 푸른빛 검기가 일도양단의 기세로 떨어져 내렸다.

검기가 유형화된 건 둘째 치고 아까와 같이 검면을 퉁겨낼 엄두조차 낼 수 없는 기세였다.

빙그르.

처음부터 이를 염두에 뒀으리라. 담우소의 신형이 얼핏 한 치가량 밑으로 숙여졌고, 복잡한 보법을 밟으며 신형을 회전시켰다. 건곤종횡 보 중 가까스로 익힌 변화의 하나였다.

"엇?"

벽송의 검기를 빠져나가는 신묘한 움직임에 영보 도장은 참지 못하고 신음을 터뜨렸다. 도저히 담우소가 펼쳐 낸 보법의 원리를 알아낼 수 없어서였다.

스윽!

그 잠깐의 틈을 빌어 미꾸라지처럼 영보 도장이 펼친 암영천라(暗影天羅)의 그물을 빠져나간 담우소의 수장이 벼락같이 십팔 장을 토해냈다. 첫 번째와 다름없이 영보 도장의 허를 찌르는 일격이었다.

그러자 억지로 검세를 돌리는 대신 앞서처럼 영보 도장이 신형을 뒤로 뺐고, 곧 하늘로 훨훨 날아올랐다. 운룡대팔식 중 그 변화에 끝이 없다는 운룡무궁(雲龍無窮)이었다.

'진짜 잘도 하늘을 나는군.'

내심 감탄에 가까운 탄식을 토한 담우소가 격하게 땅을 박찼다. 그리고 자신을 휘몰아쳐 오는 검기를 모조리 무용지물로 바꿨다. 토의 토둔잠행의 위력이었다.

덕분에 상황은 다시 바뀌었다. 다음 순간 땅바닥에 열아홉 줄의 바둑판을 만들어놓고서야 하늘에서 내려서던 영보 도장의 신형이 휘청였다. 땅에 발을 딛자마자 한 가닥 기괴한 기운이 땅으로부터 치밀어 올라 그의 신형을 좌우로 흔들었다.

"이, 이게 무슨?"

영보 도장의 발치를 때린 건 토둔잠행에 이은 토둔의 술이었다. 땅속 깊숙이 파고 들어갔던 담우소가 토해낸 지뢰오행경에 지기가 때맞춰 요동을 일으킨 것이다.

스윽!

하체로 내력을 집중시켜 요동 치는 지기를 물리친 후였다. 신룡선무를 펼쳐 다시 신형을 하늘로 빼내려던 영보 도장이 주춤했다. 그리고 수중의 벽송을 땅속으로 찔렀다. 느닷없이 회음혈 쪽으로 파고든 뇌기를 막기 위함이었다.

그러나 때는 이미 늦어 파지직 소리와 함께 영보 도장의 분신이나 다름없던 벽송이 하늘로 날아올랐다. 땅속으로부터 치밀어 오른 천뢰단악의 위력이었다. 그리고 이어진 몇 차례의 격타음!

형체가 없는 귀신처럼 땅속을 빠져나온 담우소의 우박 같은 권각에 얻어맞은 영보 도장의 신형이 후들하고 무너져 내렸다. 곤륜파 오대고수 중 한 명의 패배치곤 지나칠 정도로 허무하게.

후두둑!

담우소는 머리에 붙어 있던 흙먼지를 대충 털어냈다. 평소 싸움 중 어지간해서는 토둔잠행을 쓰지 않는 건 이처럼 흙먼지가 묻기 때문이었다. 그 뒤 자연스레 시선이 향한 곳은 영보 도장이 쓰러진 자리였다.

"미안하게 됐소."

정확히 십삼 권, 십사 각을 펼쳤고, 그중 절반 이상을 영보 도장은 맨몸으로 받았다. 필시 심한 중상을 입었을 터였다.

정신을 잃은 영보 도장을 향해 꾸벅하고 고개를 숙여 보인 담우소가 다음 순간 신형을 틀고 바람처럼 날아올랐다.

격전 중 귓전을 때린 파공성이 처음과는 달리 점차 자신이 있는 곳에서 멀어지고 있었다. 짐작 가는 바가 있으니 흔적을 놓치기 전에 그 뒤를 따라잡아야 했다.

한참을 달려가니 눈앞에서 현란한 두 줄기 검광에 둘러싸인 채 압박당하고 있는 마경화의 모습이 보였다. 만취정 주변으로 다가들던 곤륜 제자들을 여기까지 유인한 게 분명했다.

자신을 연신 압박해 오는 검광에 맞서는 당찬 쌍검의 움직임. 과거와 비교해 볼 때 적어도 두 배는 현란해진 쌍수검을 종횡으로 휘두르는 마경화의 모습은 용맹 그 자체였다.

그러나 그녀가 상대하고 있는 곤륜파 제자들 또한 만만치 않았다. 그들은 도포 자락을 펄럭이며 정연한 보법과 함께 이 인 일 조가 되어 마경화의 쌍수검을 매서운 검광으로 압박하고 있었다. 현재까지는 백중지세라 할 수 있겠지만 얼마 못 가 마경화를 위압할 것 같았다.

"쯧, 그러게 힘에 부치면 혼자 도망가라고 했거늘."

혼잣말이 끝나기도 전이었다. 애써 마경화가 상대하고 있던 곤륜파 제자들에게 달려든 담우소가 몇 차례 손을 휘둘러 그들을 박살 내고 냉정하게 말했다.

"몇 명이나 놓쳤지?"

"하, 한 명……."

눈빛을 굳힌 담우소가 무뚝뚝하니 말했다.

"이곳을 지금 당장 전력으로 빠져나간다!"

"존명!"

"그럼 잠시 실례하겠다."

"아?"

황급히 고개를 숙이던 마경화의 안색이 화악 붉어졌다. 성큼 다가선 담우소가 어느새 그녀의 허리를 한 손으로 안고 있었다. 그리고 다음 순간 바람처럼 신형을 뽑아 올렸다.

파앗!

'나, 나는 신법이 대장님보다 떨어지고, 곧 곤륜파에서 말코도사들이 달려들 테니…….'

억지로 붉어진 안색을 숨기려 마경화는 연신 머리 속으로 숨 가쁘게 돌아가는 정황을 떠올렸다. 한 마리의 준마처럼 신형을 날려 가는 담우소의 고른 숨소리에 자신의 심장 뛰는 소리가 모두 파묻히기를 바라며.

*   *   *

후방을 책임지고 있는 사람의 임무는 무엇인가?

강문호는 원활한 전방으로의 지원과 더불어 작전 수행 중 전혀 예상할 수 없는 일을 대신 판단 내려 주는 것이라 생각했다. 한순간 한순간 급변하는 상황에 목숨을 걸고 대처해야 하는 전방과 달리 후방이란 곳은 무척이나 생각할 여유가 많은 까닭이다.

덕분에 평소 바라던 바대로 충분한 수면에 못지않은 게으름을 피울 수 없는 처지가 되기는 했으나 요즘 강문호는 자못 후끈 달아올라 있었다.

철혈대가 위치한 내곤륜의 뇌격봉과 곤륜파가 위치한 기검봉 사이에 설치된 후방 지휘소에서 갖가지 정보들을 검토하던 중 한 가지 홍

미로운 사실을 발견한 것이다.

강문호의 흥미를 돋운 건 가장 충실한 우군이라 할 수 있는 혈봉황단에서 요 근래 보내온 중원의 천지이단과 천리종횡 최고봉에 관한 사항들이었다.

광명신교를 양분했다고 할 수 있는 천지이단에서도 오산인의 존재는 대단히 중요하다 할 수 있었다. 실제로 오산인 중 두 번째인 뇌음사는 천령단을 맡고 있었다.

그런데 뇌음사와 비교할 때 거의 손색이 없는 최고봉의 실종 사건에 있어 그동안 천지이단 측의 반응은 지나칠 정도로 뜨뜻미지근했다.

마교의 분열을 의식한 때문인지 최고봉의 실종에 곤륜파가 관계되었다는 사실을 알아낸 이후 그들은 전혀 구제 노력을 하지 않았다. 천지이단을 맡고 있는 광명우사에게 있어 최고봉의 존재는 그 정도밖에 되지 않았다는 뜻이다.

그러니 보통 사람 같으면 냉정한 마도의 생리를 한차례 욕하는 것으로 끝났으련만, 강문호는 세상의 이면을 볼 줄 아는 사람이었다.

잠시의 조사 끝에 강문호의 뇌리 속에서 이번 작전은 기껏해야 사람 하나를 구해내는 일에서 매우 흥미로운 비밀로 향하는 금단의 통로로 승격해 있었다.

'그동안 조사한 바 천리종횡 최고봉은 마교 오산인 중 하나로 굳이 말하자면 타 문파의 장로 신분이라 할 수 있다. 교 내에서의 직위는 존귀하지만 명존의 바로 아래인 좌우광명사자는 물론이거니와 오행기의 각 기주들처럼 밑에 거느리고 있는 세력은 전혀 없다시피 한 명예직이다. 교 내에서의 위세를 따진다면 천지풍뢰 사대문파의 문주는 말할 것도 없고, 강력한 무투 조직을 휘하에 둔 철혈대주만도 못하다 할 것이다. 그러니 좌우광명사자의 반목으로 인해 마교가 둘로 쪼개질 때 그들이 대부분 광명우사가 만든 중원의 천지이단에 붙은 것은 나름대로 실리적인 판단이라 할 만하다.'

그러나 강문호는 차를 홀짝이며 고개를 흔들어 보였다.

'하지만 적극적으로 광명우사에게 달라붙어 천령단을 휘하에 둔 뇌음사와 달리 첫째인 단장귀수 최덕성이나 셋째인 최고봉, 다섯째인 혈갈마녀 초희 등은 비록 지령단의 요직을 점했다곤 하나 그리 만족스런 위치를 차지하진 못했다. 그들은 어디까지나 명존의 옛 수하라는 신분을 유지할 뿐 야심만만한 광명우사를 전심 전력으로 돕지 않았기 때문이다. 따라서 과거 광명소주 시절 신세를 졌던 최고봉을 철혈대주가 구하려 하는 건 인지상정(人之常情)이라 할 수 있을 것이다. 그를 구해내면 인망을 쌓을 수 있을 뿐더러 최덕성이나 초희 역시 휘하로 거두기 용이할 테니까. 하나 그런 이유만으로 마교가 분열될 대로 분열된 현 상황에서 구대문파 중 서열 네 번째인 곤륜파를 건드는 건 바보 짓 중에서도 치명적일 정도다. 구파일방과 오대세가에게 마교 토벌의 빌미를 줄 수도 있는 현재의 상황을 고려한다면.'

찻잔을 내려놓고 이마를 톡톡 두드린 강문호가 입가에 미소를 담았다.

'그러니 역시 천리종횡 최고봉이란 인간은 철혈대주에게 있어 현 상황을 고려한다 해도 반드시 구하지 않으면 안 될 정도로 대단한 무언갈 가지고 있다는 것이겠지. 간신히 군마지를 아우른 철혈대주가 앞에 역천과 귀천이라는 두 마리 호랑이를 놔둔 채 등 뒤로 정파라는 대호의 콧털을 뽑는 모험을 벌여야 할 정도로.'

기어이 금단의 비밀을 손에 넣은 강문호의 태도는 전혀 변함이 없었

다. 천지이단이나 철혈대주의 의도 따윈 자신과는 전혀 관계없는 일이
라는 태도였다.

그러나 건넛마을의 불 구경하듯 생각을 거듭할수록 입가의 미소를
더욱 짙게 하던 강문호가 갑자기 손으로 자신의 무릎을 내려쳤다.

팍!

"아니다! 아냐!"

강문호의 입가에 머물러 있던 미소가 스윽 사라졌다. 그리고 게으름
이 넘치던 얼굴이 갑자기 무언가 중요한 깨달음을 얻은 표정을 만들어
냈다.

촤르륵!

지금까지 가지고 놀던 눈앞의 서류들을 대충 한쪽으로 치운 강문호
가 얼른 문방사우(文房四友)를 꺼내 들었다. 담우소에게 급전을 보낼
필요성이 생긴 것이다.

자신이 알아낸 '독립 부대 풍뢰영의 창립 배경'을 일필휘지로 적어
내려가며 강문호는 생각했다.

'자초지종이야 어찌 됐든 철혈대주가 바보가 아닌 한 이번 일을 벌
이기 전에 어떤 식으로든 미리 역천과 귀천 쪽에 손을 써뒀을 것이다.
거짓 허장성세를 부렸든, 삼촌설을 놀려 두 마리 호랑이를 구워삶든지
간에. 하지만 현재 중요한 건 그런 게 아니다. 만약 일이 잘못되어 곤
륜파와 전면전이 벌어질 경우를 상정해서 생각해야만 했다. 한 집단의
우두머리로서 철혈대주가 여차하면 마교에 전혀 명성이나 인맥이 없는
담우소란 얼빵한 사내와 풍뢰영이란 신생 부대를 몽땅 버릴 수 있다는
류의 생각을 했으리라는 점을.'

사고가 진전될수록 강문호의 손길은 더욱 빨라지고 있었다. 현재로

선 풍뢰영과 담우소에게 무척 애석한 일이지만 그가 알고 있는 철혈대
주 엄정하란 인간은 절대 바보일 수 없었던 것이다.

그 시각 곤륜파는 발칵 뒤집혀 있었다.

담우소가 행한 특급 작전의 결과는 반 시진이 넘지 않아 곤륜파에
전달됐다. 그리고 바로 본산의 삼성관(三聖館)에 거하고 있던 영허 진
인에게까지 알려졌다.

소식을 전하러 온 사손을 앞세우고 삼성관을 박차고 나선 영허 진인
이 향한 곳은 곤륜파 본산의 의료와 단약, 약초 등을 관할하는 선약비
고(仙藥秘庫)였다.

곤륜신성 이모백이 곤륜파에 남긴 유산과 같은 이곳은 요즘 들어 환
자들로 바글거리고 있었다. 하나같이 중상에 가까운 상처를 입은 본산
제자들이었다.

선약비고에 들어서자마자 개중 상세가 중하지 않은 제자들이 억지
로 신형을 일으키는 걸 손을 저어 막은 영허 진인은 발걸음을 빨리했
다. 임시로 마련된 평상 위에 몸을 눕히고 있는 수십여 제자들을 보자
니 가슴 한 켠이 무겁게 내려앉았다.

그리 넓지는 않으나 선약비고의 내실은 꽤나 긴 복도의 뒤쪽에 마련
되어 있었다. 복도를 따라 한참을 걸어가 몇 개나 되는 단약실을 눈앞
에 둔 영허 진인이 허겁거리며 따라온 사손 운유(雲遊)에게 말했다.

"어디더냐?"

운유가 숨결조차 크게 내뱉지 않고 대답했다.

"영보 사숙조를 모신 곳은 좌측으로 돌아 다섯 번째 단약실……."

"됐다."

손조차 휘젓지 않고 영허 진인이 다시 앞장섰다. 그만큼 영보 도장의 상세에 마음이 쓰이는 것이리라.

황급히 운유가 그 뒤를 따랐고, 잠시 후 영보 도장이 누워 있는 단약실에 도착한 영허 진인이 묵직한 목소리를 냈다.

“영하(靈霞) 사제, 이 사형이 들어가도 되겠는가?”

“장문 사형께서는 들어오시지요.”

이곳 선약비고를 맡고 있는 책임자의 허락이 떨어지자 영허 진인이 운유를 뒤에 남긴 채 눈앞의 나무 문을 열고 들어섰다.

단약실 안은 기껏해야 사람 서너 명이 누울 자리밖엔 되어 보이지 않는 공간이었다. 자신을 향해 조용히 고개를 숙여 보이는 영하 도장을 한 차례 바라보고, 다시 한 켠에 몸을 뉘인 영보 도장의 창백한 안색을 바라본 영허 진인이 말했다.

“영보 사제의 상세는 어느 정도인가?”

영하 도장이 미미하게 안색을 흐려 보였다.

“내상은 그리 심하지 않으나 외상이 문제입니다.”

“내상은 경상(輕傷)인데 외상은 중상(重傷)이라?”

“예, 그렇습니다.”

영허 진인이 미간을 가볍게 찌푸렸다.

“영보 사제는 그동안 산을 내려가 본 일이 거의 없는 산속의 은자가 아닌가? 남과 기력을 다투는 때라면 치유가 늦는 외상이 물론 문제일 것이나, 어찌 이러한 때 내상보다 외상을 걱정하는 것인가?”

영하 도장이 대답했다.

“영보 사형의 상세가 평범하다면 물론 장문 사형의 말이 옳습니다. 먼저 흐트러진 내기를 다스리는 것이 최우선이요, 그 다음 천천히 시간

을 들여 외상을 치료하면 될 일이지요. 하나 애석하게도 영보 사형은
일반적인 내가중수법(內家重手法)에 당한 것이 아닌지라 그런 처방을
할 수가 없습니다."

"내가중수법이 아니다?"

시선을 돌려 영보 도장을 재빨리 훑어본 영허 진인이 말끝을 흐렸
다.

"하지만 병장기에 당한 상세는 아닌 듯싶은데……."

"영보 사형은 순전히 강력한 외공이 실린 주먹에 맞아 골병이 들었
습니다."

"맞아서 골병이 들었다고!"

영허 진인은 자신도 모르게 언성을 높였다. 그리고 재빨리 손을 뻗
어 영보 도장의 주요 대혈을 손가락으로 더듬어갔다. 지금까지와 달리
선약비고를 맡은 영하 도장의 체면을 봐줄 만한 여유를 잃어버린 듯했
다.

그러나 영하 도장은 선약비고를 맡고 있을 뿐더러 곤륜신성 이모백
에게 직접 의학을 사사받은 사람이었다. 그가 환자의 상세를 잘못 볼
리 없었다.

몇 군데의 대혈로 내력을 주입해 본 후 영보 도장의 상세가 영하 도
장의 말과 같다는 걸 인정한 영허 진인의 입에서 장탄성이 흘러나왔다.

"그동안 빈번하게 벌어졌던 사고가 요즘 들어 잦아들었다 했더니,
기어이 팔대장로의 한 사람인 영보 사제에게까지 화가 이르다니!"

평소 의학에 대한 일에는 꼬장꼬장한 성미인 영하 도장이나 이런 모
습을 보고 화를 낼 순 없었다. 내심 일어난 노화를 마음속에서 삭인 그
가 은근한 목소리로 말했다.

"장문 사형, 소제는 약초 속에 파묻혀 도학조차 제대로 닦지 않은 불초한 자입니다. 그러나 그동안 실려온 제자들의 상세를 보건대 어떤 자도 영보 사형과 비슷한 자는 없었습니다."

"영하 사제의 뜻은?"

"밖에서 정양 중인 제자들은 하나같이 사고를 당하거나 이곳 곤륜산맥에서 흔히 발견할 수 있는 독에 중독되었습니다. 그 현상이 주화입마나 내상 등으로 나타났지만 그 병질의 근원을 파헤쳐 들어가면 위의 두 가지로 충분히 설명될 수 있는 일이라는 게지요. 그런데 영보 사형의 경우는 장문 사형도 살피셨다시피 밖의 제자들과는 상황이 다릅니다. 사고나 독에 당한 게 아닙니다. 영보 사형은 두들겨 맞아 뼛속까지 골병이 든 것입니다. 천하에 어떤 고수가 있어 내외공을 두루 겸비했을 뿐더러 천하무쌍의 분광추혼검법을 거의 대성한 영보 사형을 외공만으로 저 지경을 만들 수 있겠습니까?"

"으음."

영하 도장의 물음에 영허 진인은 침음했다. 방금 전까지만 해도 노화가 치밀어 생각하지 못했는데, 영하 도장의 말을 듣고 보니 등덜미가 섬뜩했다. 소름이 돋은 것이다.

영보 도장은 일반적인 곤륜파의 오대고수 중 일 인이 아니었다. 오대고수 중 곤륜신성 이모백과 장문인인 영허 진인을 뺀다면 곤륜파의 최고 고수라 할 만했다.

그런데 그런 절정고수가 기검봉 안에서 자신의 애검마저 땅바닥에 떨군 채 정신을 잃을 정도로 두들겨 맞을 수 있단 말인가!

영허 진인은 고개를 가로저었다. 설혹 그 자신이라 할지라도 검법에 있어서만큼은 영보 도장에게 한 수 접어줘야 할 정도임을 알고 있는 까닭이다.

그 모습을 묵묵히 지켜보고 있던 영하 도장이 말했다.

"장문 사형도 답을 내놓지 못하리라 짐작했습니다. 내외공을 적절히 사용한 타격을 했다손 치더라도 천하에 영보 사형을 저 지경으로 참패시킬 고수는 쉬이 찾을 수 없으니까요. 하지만 이로써 한 가지는 확실히 밝혀진 것이라 사료됩니다."

"말해 보게."

대답을 촉구하는 영허 진인의 얼굴은 이미 짐작했다는 듯한 표정을 하고 있었다. 마찬가지의 표정을 지어 보이며 영하 도장이 말했다.

"육 일 전, 팔선대전에서 장문 사형과 팔장로가 모여 회합을 열었다고 알고 있습니다. 본산 제자들의 연이은 사고 때문이겠지만 속가에 대한 의심도 한몫했겠지요. 때문에 비록 뒤늦게나마 본산의 제자가 되었지만 속가와의 인연도 끊지 못했던 소제는 내내 전전긍긍했습니다만……."

"됐네!"

영하 도장의 말을 끊은 영허 진인이 말했다.

"영하 사제의 고충을 이 사형이 모르는 바 아닐세. 지닌 바 재능이 탁월하여 이 사백의 진전을 유일하게 이어받은 자네가 아니던가! 본래대로라면 팔대장로의 직위에 올랐어야 할 터인데 자네가 선약비고만을 지키고 있는 걸 이 사형 역시 가슴 아파하고 있었네."

"……."

"하나 속가로 인해 역대 조사들께서 이룩하신 곤륜의 빛이 흐려졌다한들 어찌 그들을 탓할 수 있겠는가. 이 사백뿐만 아니라 그들 역시 우리 곤륜의 제자들인 것을. 이 사형은 지금까지 속가를 의심한 일이 없었다네.”

“장문 사형께서 그리 속가를 품에 아울러 주신다니 소제는 마음속의 큰 짐을 내려놓게 되었습니다.”

영하 도장이 꼿꼿하던 허리를 숙여 보이자 고개를 끄떡여 보이며 영허 진인이 말했다.

“그러니 속가의 일은 오늘부로 다시 얘기하지 않도록 하고 영보 사제의 상세나 얘기해 볼까?”

마음속의 짐을 벗은 탓인지 영하 도장이 다소 평안해진 안색으로 말했다.

“처음에 소제가 말한 바와 같이 영보 사형이 입은 내상은 그리 대수로울 것이 없습니다. 사형의 내력이 본래 심후할 뿐더러 몇 가지 좋은 약재가 이곳에 구비되어 있으니 삼 주야 정도만 치료하면 거진 치료가 될 것입니다. 하지만 외상은 문제가 다릅니다. 뼛속 깊숙이 골병이 든 데다 머리까지 얻어맞아 의식을 차리지 못하니, 자칫 수술을 해야 할지도 모르는데…….”

“영하 사제의 솜씨로는 힘든 것인가?”

“삼국시대의 화타 이래로 사람의 머리를 여는 수술을 성공한 사람은 소제의 사부님밖엔 없는 걸로 압니다.”

영허 진인의 안색이 가볍게 굳었다.

“이 사백의 도움까지 필요하단 말인가?”

영하 도장이 고개를 끄떡였다.

“사부님의 신수(神手)가 없다면 영보 사형은 평생을 식물인간으로 살지도 모릅니다.”

“으음.”

영허 진인의 입에서 두 번째 신음이 흘러나왔다. 그에게 있어 사백이자 대장로인 이모백을 상대해야 한다는 건 속가 전체에 대한 앞으로의 처우보다 더욱 골치 아픈 문제임에 틀림없었다.

*   *   *

"삼조에게서 연락이 왔습니다."

"그래?"

벌레가 적은 나무를 골라 휴식을 취하고 있던 담우소가 눈을 스륵 떠 보았다. 굳이 안광을 일으키지 않더라도 평소처럼 마경화는 눈앞의 나무 위에 신형을 고정시키고 있었다.

자신이 눈을 뜨자 슬쩍 고개를 돌리는 마경화의 모습에 피식 입가에 미소를 담은 담우소가 다시 말했다.

"생각보다 연락이 늦은 걸 보면 곤륜파의 경계가 가일층 삼엄해진 것이겠군?"

마경화가 얼른 대답했다.

"삼조의 인원들은 작전 초기 곤륜파 내부에 침입해 있었습니다만 요 근래 방비가 삼엄해진 탓에 발각되어 그중 한 명이 자살을 했고, 나머지 한 명도 팔 하나를 잃었습니다."

"사후 처리는 확실히 했겠지?"

"명령하신 대로 근처에서 대기하고 있던 일조와 오조가 이번에는 일을 확실히 처리했습니다."

"그렇군."

고개를 끄떡이는 담우소의 입가로 씁쓸한 기운이 스쳐 갔다. 작전이 시작된 후 첫 번째로 부하를 잃은 것이다.

'앞으로 삼 년이다. 그동안 또 얼마나 많은 부하들을 잃게 될 것인가?'

스스로 원해서 맡게 된 직위가 아니었고, 싸움 또한 아니었다. 얼마 전 영보 도장을 때려눕힐 때와 같은 씁쓸함을 털어내며 담우소가 스윽 신형을 일으켜 세웠다.

"지금 출발하실 겁니까?"

담우소가 고개만을 끄떡이자 마경화가 다시 말했다.

"삼조의……."

"부상자는 후송이다."

"예."

"나머지 인원을 정오까지 세 번째 집결지에 모이도록 한다."

"존명!"

대답한 마경화가 뒤돌아 신형을 날리려다 주춤하고 멈췄다. 그리고 슬그머니 돌려진 고개.

의심에 가득 찬 마경화의 눈빛을 받은 담우소가 딱딱하게 굳었던 안색을 슬그머니 풀어 보였다.

"곤륜비동으로의 침투는 이번 작전의 실질적인 목표다. 수하 한둘을 잃었다고 해서 홀로 작전을 수행할 만큼 나는 멍청하지 않다."

'그렇다면 다행이겠지만……'

마경화의 눈빛은 전혀 변하지 않고 있었다. 기검봉에서 작전을 펼친 이래 담우소의 단독 행동을 숱하게 경험한 소산이었다.

어깨를 으쓱해 보인 담우소가 말했다.

"아! 이 아가씨가 속고만 살았나?"

“……..”

“나는 아직 곤륜파의 말코들이 언제 어떤 방식으로 곤륜비동을 향할 는지도 알지 못한다구.”

‘아참! 그렇지.’

그제야 날카롭던 의심의 예봉을 꺾은 마경화가 다시 고개를 한 차례 꾸벅해 보이고 신형을 날렸다. 자신의 잘못으로 지체된 시간을 메우려 전력으로 신법을 펼치리라.

‘이런이런! 나는 저 나이 어린 계집애한테도 걱정을 받는 존재인 건 가?’

쓰게 웃으며 고개를 한 차례 흔들어 보인 담우소가 일학충천(一鶴沖天)의 신법을 펼쳐 하늘로 날아올랐다.

전력을 다하자 그의 신형은 단숨에 나무를 뛰어넘었을 뿐더러 십 장 이나 더 높게 치솟았다. 그리고 공중에 머무른 잠시의 순간이었다.

‘동쪽?’

재빨리 주변을 훑어본 담우소가 신형을 회전시키며 동쪽을 향해 나 뭇잎 하나를 집어 던졌다.

피리릭!

적엽비상의 수법으로 하늘을 가로지른 나뭇잎의 목표는 하늘을 가 로지르던 한 마리의 전서응(傳書鷹)이었다.

익히 몇 차례나 이러한 일을 경험한 듯 자연스런 날갯짓으로 나뭇잎 의 직격을 피한 전서응이 방향을 담우소 쪽으로 돌렸다. 정확히 말하 자면 이미 솟아올랐던 나무 위에 내려선 담우소의 어깨를 목표로.

파드득!

몇 번의 날갯짓 끝에 담우소의 어깨에 안착한 전서응이 담우소를 빤히 바라보며 부리를 쩝쩝거렸다. 녀석을 처음 본 사람이라 할지라도 지금 뭘 원하고 있는지 알 지경이었다.

미리 다른 한 손에 건포 한 움큼을 움켜쥐고 있던 담우소가 전서응과 눈을 맞부딪치며 나직이 혀를 찼다.

"어째 유유상종이라더니, 네 녀석은 염치없는 것도 네 주인과 그리 닮았더냐?"

칵!

전서응은 아랑곳없다는 듯 입을 벌렸다. 당장 건포를 주지 않으면 날아가 버리겠다는 협박을 담은 울음이었다.

'쯧, 자식이 하염없이 자존심 센 것까지 지 주인을 닮아가지고.'

요긴하게 사용하라며 자신이 기르던 전서응 두 마리 중 하나를 내줬던 강문호를 떠올리며 내심 고개를 흔든 담우소가 결국 수중의 건포를 전서응의 부리에 갖다 댔다. 그리고 전서응이 식사에 정신을 뺏긴 사이 다리에 매달려 있던 전통에서 밀지 하나를 빼냈다.

"흐음, 이곳이란 말이지."

밀지에 적힌 내용은 지금쯤 마경화가 자신 혼자만 알고 있으리라 자신하는 사항이었다. 애초부터 담우소는 마경화와 소여영 외의 정보 전달 수단을 준비하고 있었던 것이다.

점점이 피가 묻어 있는 밀지의 내용을 모조리 암기하고 삼매진화를 일으킨 담우소가 거의 식사를 끝낸 전서응의 머리를 주먹으로 때렸다.

"그만 먹어, 이 먹보 녀석아!"

끼이!

날개를 푸드덕거리며 전서응은 항의하듯 울었다. 식사 중에 머리를 얻어맞았으니 화가 치밀었으리라.

　그러나 담우소는 본래 축생의 말에 귀 기울이는 사람이 아니었다. 연신 자신의 주변을 돌며 울어대는 전서응의 다리를 붙잡아 미리 준비해 뒀던 밀지를 전통에 집어넣은 그가 말했다.

　"암마! 식사는 니 원주인한테 날아가서 마저 마쳐라. 배부르면 나는 데도 힘들잖아."

　퍼억!

　부드러운 경력을 담아 때린 담우소의 일 장에 밀려 하늘로 솟구친 전서응이 몇 차례 퍼덕거리다 서쪽을 향해 날아가기 시작했다. 강문호가 풍뢰영의 주력을 데리고 주둔해 있는 후방 지휘소가 세워진 방향이었다.

제62장 경공(輕功)을 뛰어넘는 경공

"이익!"

마경화는 어깨를 부르르 떨었다. 분노와 경악을 동반한 배신감으로부터 시작되어 당혹감으로 끝난 마음속의 혼란을 견딜 수 없었기 때문이다.

안색이 차가워지는 만큼 마경화의 얼굴을 가로지른 한 가닥 상흔이 붉은빛을 띠었다. 그녀가 극도로 분노했음을 알리는 전조였다.

'이런! 가시나무꽃이 저런 표정이 되면 말리기 힘들어지는데……'

그동안 마경화와 그다지 좋은 관계를 유지하지 않았던 일조와 오조의 네 명 중 가장 나이가 많은 일자수라검(一字修羅劍) 고강남(高强男)이 나섰다.

"마 호위는 내 말을 좀 들으시오."

"고강남?"

어느새 쌍수검에 빼 든 마경화의 날카로운 눈빛을 정면으로 받으며 고강남이 말했다.

"그렇소. 봉천령 전투에서 마 호위와 같이 철사자맹에 맞서 싸운 일자수라검이오."

"홍, 그거야 이미 알고 있던 사실! 고강남 당신이 이 상황에서 과거의 인연을 내세우는 건 뭔가 뜻이 있는 것 같군요?"

고강남이 입가에 가벼운 웃음을 담았다.

"하하, 그날 마 호위의 용맹과 무위를 두 눈으로 똑똑히 봤던 내게 무슨 뜻이 있겠소. 단지 이 사람은 동료 간에 칼부림을 벌이진 말자는 말을 하고 싶은 것이오."

"동료?"

차갑게 반문한 마경화가 하늘을 바라보며 날카롭게 웃었다.

"호호호! 동료라? 거 좋은 말이로군. 한데 이 마경화를 동료라 하는 당신들이 어째서 내 주변을 철통같이 에워싸고 있는 것이지?"

마경화의 투기 넘치는 눈빛이 주변을 천천히 훑어갔다. 고강남을 비롯한 일조와 오조의 네 명이 전면을 막고 있었고, 뒤에는 이조와 사조의 네 명이 역시 압박을 가하고 있는 상황이었다. 특별한 진세를 형성한 건 아니지만 마경화로선 하늘로 날아오르지 않고는 벗어날 도리가 없어 보였다.

그럼에도 전혀 굴복하는 빛이 보이지 않고는 마경화에게 고강남이 변명하듯 말했다.

"우리는 무사들이오. 상명하복(上命下服)에 목숨을 거는 자들이니 마 호위도 대충 눈치 챘을 것 아니오?"

아랫입술을 가볍게 깨물어 보이며 마경화가 말했다.

“역시 대장님의 명령이라는 것인가요?”

“…….”

고강남이 말없이 고개만을 끄떡였다. 약속 장소에 옹기종기 모여 있던 풍뢰영의 정예들을 본 순간부터 무언가 일이 잘못됐다는 걸 느끼고 있던 마경화가 고개를 가로저었다.

“그렇지만 어떻게?”

고강남이 다시 말하려는데 뒤에서 툭툭 땅바닥을 발로 걷어차고 있던 천호진이 퉁명스레 말했다.

“이런, 제길! 이번처럼 은밀한 작전 중 정보의 전달이 얼마나 중요한지 몰라서 그런 걸 되묻는 거야?”

‘저저, 바보 녀석이! 간신히 흥분을 가라앉힌 가시나무꽃을 자극하다니!’

대경한 고강남이 경호성을 발하기도 전에 마경화의 쌍수검 중 하나가 이미 움직이고 있었다. 고강남을 향한 시선을 미동조차 하지 않고 뒤로 일검을 날린 것이다.

파앗!

목덜미를 파고드는 검파에 놀라 뒤로 대여섯 걸음이나 물러선 천호진에게 여전히 일별도 주지 않고 마경화가 코웃음 쳤다.

“흥, 헛바닥을 놀리는 것만큼 빠른 다리로군. 만약 내가 방금 전의 일검에 반 푼가량만 더 힘을 줬다면 천호진, 당신의 목구멍엔 지금쯤 바람구멍 하나가 뚫렸을 거예요.”

“이, 이년이 뭐라고!”

“한마디만 더 해요! 그럼 나도 더 이상 당신을 부상자로 취급하지 않을 거예요.”

싸늘한 목소리였다. 마경화가 능히 그러고도 남음이 있는 성격임을 알고 있는 고강남이 안색을 붉으락푸르락하고 있는 천호진에게 눈짓을 해 보이곤 나섰다.

"자자, 서로 목숨을 나눈 전우들끼리 어찌 피를 보려 하는 것이오. 천호진이 말을 좀 험하게는 했지만 마 호위도 그가 무슨 말을 하려 했는지는 알 것 아니오?"

그제야 뒤를 향하고 있던 검을 거둬들인 마경화가 말했다.

"당신이 하려는 말뜻은 대장님이 호위인 날 믿지 않았다는 것이겠죠?"

"헤엣! 너처럼 드센 계집을 어떤 사내가 믿… 어이쿠!"

굳이 마경화가 다시 검을 찌를 필요도 없었다. 어느새 주변에 모여 있던 나머지 이조와 사조의 무사 세 명이 천호진을 찍어 눌러가고 있었다. 그의 입 막을 작정을 단단히 한 모양새.

그중 한 명이 뒤를 돌아보며 외쳤다.

"이 주둥이 지저분한 천가 녀석은 우리가 맡을 테니 고 형은 마 호위나 책임지시구려. 이봐! 잘 누르라고 했잖아! 잘!"

"어랏! 이놈이 발버둥을 치네?"

"너 그러다 죽는다!"

"으악!"

비밀 작전을 펼치는 지난 보름여간의 짜증은 대단했다. 하나같이 고수 아닌 자들이 없는 곤륜파의 문인들을 상대해야 했기 때문이다.

마침 잘 걸렸다는 표정이 된 동료들에게 일시 기습을 당한 천호진은 곧 출발 전과 똑같은 꼴이 됐다. 복날 개 잡히듯 두들겨 맞기 시작한 것이다.

그 모습을 흘깃 보고 눈살을 가볍게 찌푸려 보인 고강남이 애써 외면하며 마경화에게 말했다.

"대장님께서 어찌 마 호위를 믿지 않았겠소. 다른 사람들에겐 종적조차 보이지 않던 대장님이 오직 마 호위에게만 모습을 보이셨거늘."

"그렇지만 이 같은 행동을 하신 뜻은……."

"마 호위의 생각이 맞소. 대장님은 곤륜비동에 홀로 침투하기 위해 우리들로 하여금 마 호위를 가로막게 하셨소."

"으음."

마경화는 신음했다. 처음부터 예상하고 있던 일이긴 하나 고강남의 시인을 받고 보니 마음이 다급해지지 않을 수 없었다. 담우소의 행동이 얼마나 무모한지 잘 아는 탓이다.

마경화의 안색을 살피며 고강남이 말했다.

"물론 대장님의 선택은 다소 무리가 있다 할 것이오. 그동안 작전을 펼치며 지켜본 곤륜파의 힘은 상상했던 것 이상이었으니까. 하나 앞서 말했다시피 무사는 단지 명령에 따를 뿐."

"……."

"대장님께서 이미 마 호위가 무단으로 행동할 걸 예측하고 명령을 내리셨으니 우리는 그대의 앞을 가로막을 수밖에 없소."

그 말을 끝으로 고강남이 손을 들어 보이자 묵묵부답으로 서 있던 앞의 세 명과 천호진을 늘씬하게 두들겨 팬 뒤의 세 명이 다시 진형을 갖췄다. 절대로 마경화를 이곳에서 한 발짝도 내보내지 않겠다는 눈빛들이었다.

하나 풍뢰영에서도 날고 기는 자들, 아무리 그동안 담우소를 좇아다니며 무공이 상승했다지만 절대 상대할 수 없는 숫자임에도 마경화는 눈썹 하나 까딱하지 않았다.

파팟!

속도를 위해 보통의 검보다 다섯 치가량 검신을 짧게 만든 한 쌍의 검인을 위협적으로 휘둘러 보인 마경화가 용맹하게 눈빛을 빛냈다.

"그래도 나는 가야겠어요. 나는 대장님의 호위니까!"

그 말을 끝으로 마경화의 신형이 앞으로 내달렸다. 은연중 모인 자들의 우두머리가 되어 있던 고강남을 목표로.

*   *   *

담우소는 내공을 필요로 하지 않는 토둔잠행을 펼쳐 곤륜비동으로 향하는 곤륜파 일행의 뒤를 쫓고 있었다. 입수한 정보대로 이번 출행에는 곤륜파의 팔장로 중 두 명이 포함되어 있었다. 담우소로서도 조심하지 않을 수 없었다.

이틀이 다 가도록 숨을 죽인 채 땅속을 가로지르고 있자니 담우소의 볼 살이 꿈틀거렸다. 이동 중 지렁이 한 마리가 콧구멍을 파고들어 왔다.

크쿵!

재빨리 강력한 콧바람으로 지렁이를 튕겨낸 후 졸도시킨 다음 순간이었다. 담우소의 감겨 있던 두 눈이 가볍게 요동 쳤다. 지난 이틀 동안 연신 움직이던 발걸음들이 멈춰 선 것이다.

'제길, 그렇게 뺑뺑이를 돌더니 이제야 도착한 것인가? 유능한 수하 하나를 희생해 얻은 정보치고는 꽤나 고생을 시키고 있잖아.'

내심 툴툴거리긴 했으나 담우소는 쉬이 짐작할 수 있었다. 자신이 이틀이란 시간을 허비한 건 지난 이십 일간의 흉사로 인해 곤륜파의 위아래가 모두 바짝 긴장한 탓임을.

바로 그때였다. 담우소가 쫓아온 발소리들 중 극히 미세한 소음만을 일으키는 두 개가 다시 움직임을 보였다. 그보다 조금 큰 네 개의 발소리는 조용한 걸로 보아 곤륜비동 내부에는 장로들만 들어갈 모양이었다.

'과연 곤륜비동의 밖을 에워싸고 있다는 절진의 변화는 곤륜파에서도 최고위층만의 비밀이었군. 그렇다면 나는 이대로 땅속을 벗어나 그들의 뒤를 쫓아야 하는 건가?'

담우소는 곧 고개를 흔들었다. 팔장로 중 둘을 속일 정도의 지둔공을 지닌 터였다. 천하에서 첫째, 둘째를 다툰다는 흉험한 기관진식 속으로 달려들 필요는 없었다.

담우소는 재빨리 청각을 돋웠다. 그리고 연신 보법을 밟아대기 시작한 장로들의 이동 경로를 조용히 파악했다. 아무리 복잡한 변화라도 보행의 흐름을 좇다 보면 길의 방향이 보이게 마련이었다.

과연 잠시 후 복잡한 보행이 향하는 길을 감지하는 데 성공한 담우소가 다시 이동을 시작했다. 여유만만한 표정을 지어 보이며 이대로 기관진식의 밑바닥을 뚫고 지나갈 속셈이었다.

하지만 다음 순간, 정교한 합주처럼 들려오던 발소리 중 불협화음이 일기 시작했고 담우소의 표정 역시 대변했다. 느닷없이 땅속을 유유자적 파고들던 그를 향해 차갑고 흉맹한 기운이 밀어닥쳐 왔다.

'이건!'

직진하던 담우소의 신형이 지기(地氣)의 흐름에 역행하며 땅속에서 격렬히 뒤틀렸다. 언제나 그렇듯 위기를 느끼자 머리보다 몸이 먼저 움직인 것이다.

철커덕! 콰드드드득!

필시 수백 개가 넘는 톱니바퀴가 맞물려서 이뤄진 기관이 움직이는 소리였다. 그리고 뒤이어 튀어나온 윙윙 소리와 함께 지뢰오행경을 극한까지 일으켜 땅속에서 어렵게 신형을 비튼 담우소의 안면으로 섬뜩한 기운이 스쳐 갔다.

'칼날이다!'

굳이 보지 않아도 알 수 있었다. 윙윙거리는 소리의 정체는 수십, 수백 개가 넘는 칼날이 기관에 의해 돌아가며 일어난 소음이었다. 그리고 그걸 깨달았다면 더 이상 담우소로선 머뭇거릴 여유가 없었다. 벌써 첫 번째에 이어 두 번째 칼날의 회전성이 귓전을 파고들었다.

파지직!

급하게 끌어올린 천뢰단악을 전력으로 칼날을 향해 쏟아낸 담우소가 재빨리 허리를 구부렸다 격하게 퉁겨냈다. 풍천외가경의 탄자결로 단숨에 지상으로 뛰어오르려는 의도였다.

그러나 땅속이었다. 순평하게 흐르던 지기에 역행한 만큼 탄자결은 그리 큰 힘을 발휘하지 못했다.

일시 격렬한 힘을 연달아 쏟아낸 탓에 숨결이 크게 거칠어졌을 뿐 지상으로의 탈출에 실패한 담우소의 어깨와 다리로 둔통이 밀려왔다. 이미 회전하는 칼날에 얻어맞은 것이다.

'빌어먹을!'

내심 오랫동안 잊고 있던 욕설을 쏟아내면서도 담우소는 전력으로 흩어진 지뢰오행경을 모았다. 위기의 순간임에도 무학 절정의 이치에 맞는 판단이었다.

파앗!

차력을 응용해 오행토기를 끌어들인 담우소는 땅속을 박차고 지상
으로 솟구쳤다. 그로서도 암흑 속에서 달려드는 도산검림이란 당최 당
해낼 재간이 없었다.

촌각 만에 몇 차례나 죽음의 위기를 넘긴 담우소가 빠져나온 곳은
얼마 전 곤륜파 장로들의 보행이 크게 흐트러진 바로 그 장소였다.

"제기랄! 뭐 이런 곳이 다 있어?"

적진이란 것도 잊고 투덜거리던 담우소의 안색이 다음 순간 가볍게
변했다. 그가 빠져나온 곳에서 얼마 떨어지지 않은 곳에 벌어지고 있
는 괴상한 모습 때문이었다.

파파팟! 팟팟!

오랜 양생 수련을 말해 주듯 안색이 자줏빛으로 물든 통통한 몸집의
노도와 대나무처럼 바짝 마른 노도는 연달아 수중의 장검을 휘둘러 댔
다.

한 사람이 태청검법(太淸劍法) 중의 절초인 천룡구봉(天龍九峰)을 펼
치며 하늘로 펄쩍 뛰어오르니, 다른 한 사람은 분광뇌풍검법(分光雷風
劍法) 중 봉황천참(鳳凰天斬)을 펼치며 주변을 맹렬히 베어갔다.

하나같이 곤륜파의 절정검법인 태청검법과 분광뇌풍검법이니, 주변
에 창창한 검기와 검파가 이는 건 당연할 뿐더러 그들의 안색은 진지
하기만 했다.

굳이 검끝에 실린 기운을 살피지 않더라도 눈앞의 노도들이 지금 필
생의 대적을 만난 듯 전력으로 검법을 펼치고 있음을 알 수 있었다.

그러나 그들로부터 대략 십여 장밖에 떨어지지 않은 곳에 모습을 드
러낸 담우소는 황당한 기분밖에 들지 않았다.

노도 개개인의 모습만 보자면 절로 옷깃을 여밀 만한 위용이요 기상인데 자꾸 입가로 웃음이 새어 나왔다. 검법을 펼치는 와중에도 금세 위태위태 뒤로 물러섰다 앞으로 나서곤 하는 노도들의 앞에는 어떤 적도 존재하지 않았기 때문이다.

'저게 무슨…….'

담우소는 흙을 털어내는 것도 잊고 눈살을 찌푸리다 금세 깨닫는 바가 있었다. 자부심으로 똘똘 뭉친 강문호조차 고개를 절레절레 흔든 당세 제일의 기관진식이었다.

'하긴, 명존 늙은이가 준 보의를 입고 있지 않았다면 방금 전 나 역시 땅속에서 잘 다져진 어육으로 변할 뻔했지.'

그랬다. 약간의 둔통이 느껴질 뿐 담우소가 방금 전 땅속에서 회전하는 칼날에 얻어맞았던 부위는 말짱했다. 천잠흑포를 겉에 걸친 덕분이었다.

만약 그렇지 않았다면 필시 다리나 어깨 중 한 군데는 잘려 나갔을 거라 중얼거린 담우소가 주변을 휘휘 둘러봤다. 곤륜파의 두 장로마저 환상에 사로잡히게 만든 기관진식의 한가운데에서 섣불리 발걸음을 뗄 수 없음은 자명했다.

한참 주변 정경을 살피다 보니 담우소의 눈길을 잡아끄는 것이 있었다. 만약 뒤에 남은 곤륜파 제자들이 본다면 찬탄을 금치 못할 곤륜검의 절정을 보여주고 있는 두 노도의 검기가 휩쓸고 간 자리 중 하나였다.

'보기만 해도 온몸에 소름이 일 정도로 강력한 검기가 스치고 지나갔는데 물먹은 솜처럼 전혀 변화가 없다?'

땅속에서 흉포한 도산검림의 기관을 만난 이래 담우소는 곤륜비동을 만든 곤륜신성 이모백에 대한 존경심을 세 푼에서 다섯 푼가량 끌어올린 상태였다. 처음과 달리 쉽사리 그가 장치한 기관진식을 상대할 마음을 포기했다는 뜻이다.

하지만 그럼에도 불구하고 눈앞의 광경은 매우 유혹적이었다. 곤륜파의 팔장로 중 두 사람임이 분명한 노도들과 달리 환상에 사로잡히지 않은 걸로 보아 담우소가 서 있는 자리는 필시 진세 중 휴문(休門)임에 분명했다. 그렇다면 생문(生門) 역시 없다고 볼 수는 없는 것이다. 작전이 시작되기 전 강문호에게 얻어들은 조잡한 지식에 의하면.

'그러니 만약 이 진세가 시간에 따라 변화하지 않는다면 나는 일단 안전한 셈이다. 번잡스레 움직이지만 않는다면. 하지만 나는 이곳에 놀러 온 것이 아니다. 이런 곳에서 늙은 말코들의 검무 따위나 지켜보고 있을 시간이 없다구.'

더 이상 팔짱만 끼고 있을 수 없다는 판단과 함께 담우소가 눈앞의 노도들을 향해 손가락을 연달아 튕겼다. 풍뢰경을 잔뜩 담아 탄지신통(彈指神通)을 발휘한 것이다.

그러자 '쉭쉭!' 하는 공기 가르는 소리와 함께 붉은 안색의 노도가 바람처럼 신형을 뒤로 빼냈다. 앞에서 공격해 들어오는 적과 뒤에서 달려드는 경력을 동시에 피하기 위함이었다. 하늘을 나는 노도의 모습은 한 마리의 붕새와 같았다.

만약 담우소가 영보 도장과의 일전에서 이미 곤륜파의 운룡대팔식을 신물나도록 견식하지 않았다면 일시 입을 벌리고 경탄이라도 터뜨렸으리라. 뜻이 다른 데 있지 않았다면.

하늘로 날아오르는 노도의 움직임에 '이때다!' 하고 눈빛을 빛낸 담우소는 신형을 바람처럼 날렸다. 붉은 안색의 노도가 내내 가로막고 있던 예의 그 장소를 목표로 섬전건곤을 전력으로 펼쳐 낸 것이다.

파앗!

그러나 다음 순간 담우소는 신형을 날리던 상태 그대로 오싹한 공포가 등덜미를 타고 굴러 떨어지는 걸 느꼈다.

전력으로 눈여겨봤던 바로 그 장소를 통과한 순간이었다.

느닷없이 그저 평범한 벌판에 불과하던 전경이 돌변하더니 눈앞으로 까마득한 낭떠러지가 모습을 드러냈다. 아니, 낭떠러지는 모습을 드러낸 순간 이미 현실로 다가와 있었다.

휘오오!

절벽 지형에서 흔히 볼 수 있는 역풍. 맹렬히 밀려드는 바람에 휘말려 잠시 공중에서 머무는 데 성공한 담우소의 안색이 왕창 일그러졌다.

"이런 빌어먹을!"

욕설과 함께 담우소의 신형이 툭 하고 까마득한 높이의 낭떠러지 아래로 떨어져 내렸다. 실 끊어진 연과 같이.

쇄애액!

귓전을 찢을 듯 파고드는 바람 소리와 함께 담우소가 가장 먼저 떠올린 건 죽음이었다. 아무리 그의 무공이 이미 절정의 경지에 이르렀다 할지라도 끝이 보이지 않는 절벽이었다. 이대로 떨어진다면 당장에 뼈와 살점이 하나 남김없이 분쇄되고 말 터였다.

'당장 무엇이든 해야만 한다!'

잠시 잠깐 만에 떨어지던 자세 그대로 신형을 비틀어낸 담우소가 곡예를 부리듯 몇 차례나 공중제비를 돌았다. 그리고 다음 순간 신형을 될 수 있는 한 활짝 펼쳤다.

파파파파팍!

곧바로 온몸이 찢기는 듯한 통증이 밀려왔다. 밀려드는 바람의 압력에 숨이 막혀왔다. 그러나 어디에도 힘을 받을 곳이 없는 공중이니 일단 숨을 돌릴 여유가 필요했다.

잠시 있는 힘껏 몸을 펼치고 있자니 맹렬하게 떨어지던 기세가 다소 완화됐다. 전혀 구분되지 않던 주변의 경관이 담우소의 눈에 들어오기 시작한 것이다.

그러나 아직 안심할 순 없었다. 냉정하게 주변을 살피던 담우소가 일순 신형을 다시 비틀며 눈앞으로 보이는 암벽을 향해 연달아 수장을 쪼개냈다.

파파파팡!

바로 손바닥이 찢어질 듯한 통증과 함께 강력한 반발력이 느껴졌다. 금성철벽과 같은 암벽을 때렸으니 당연한 일이랄까.

하지만 담우소는 거기서 멈추지 않았다.

암벽에 맞고 튕겨 나온 반발력을 그대로 흡수해 이화접목(移花接木)의 재주를 부린 그의 온몸에서 강력한 진기가 터져 나왔고, 곧 바람개비처럼 횡으로 회전하기 시작했다.

몇 차례나 아래에서 위로 솟아오르던 역풍에 몸을 싣고 중단전에 쌓아놓은 지뢰오행경을 전력으로 배출하는 수법으로 건곤일척(乾坤一擲)의 승부를 건 것이다.

그러자 도저히 일어날 수 없는 괴사(怪事)가 일어났다. 잠시 멈칫했을 뿐 다시 떨어져야 마땅할 담우소의 신형이 놀랍게도 부웅 떠올랐다. 역풍을 탔을 뿐더러 지뢰오행경 중 화와 수를 합쳐 일시 강력한 바람의 막을 형성한 기지의 대가였다. 그리고 잠시 잠깐 만에 강력한 하강 기류를 상승 기류로 바꾸는 데 성공한 담우소의 신형이 다음 순간 하

늘로 솟구쳐 올랐다. 하늘로 치솟는 신법 중 가장 평범한 일학충천이
었다.

그러나 담우소가 펼친 일학충천은 결코 평범하지 않았다.

그는 절벽의 역풍이 으레 그렇듯 암벽을 맞고 몇 번이나 튕겨 나
오는 바람을 계단처럼 밟으며 몇 차례나 거푸 일학충천을 펼쳐 냈
다.

전설상의 능공허도(凌空虛渡)가 바로 저러할까!

천기(天氣)를 희롱하듯 담우소가 세 번째로 일학충천을 펼쳐 냈을
때였다. 바람 소리만이 웽웽거리던 절벽의 한쪽에서 '허!' 하는 신음
이 흘러나왔다. 아니, 담우소의 극도로 예민해진 이목이 신음을 포착
해 냈다 함이 옳으리라.

'이게 무슨?'

만약 보통 때의 담우소라면 그냥 그렇게 넘길 만한 일이었다. 지금
처럼 천하의 절진을 탈출하자마자 까마득한 절벽 아래로 떨어지는 꼴
이 되지 않은 상태라면.

하지만 방금 전에 생사지간을 넘겼고, 아직도 그 사이에 빠져 버둥
거리고 있는 상황이었다. 일시 상상력이 극도로 활발해진 담우소가 눈
과 귀를 막고 코를 벌름거렸다.

'내가 미쳤는가?'

그렇진 않았다. 극도로 예민해져 있던 이목의 구속에서 벗어나 빛과
소리를 배재한 순간 담우소의 미간이 꿈틀하고 좁혀졌다. 이변을 감지
한 것이다.

휘릭!

끝없이 이어질 듯하던 일학충천을 멈춘 담우소의 신형이 기쾌하게

회전을 일으켰고, 다음 순간 까마득한 절벽 아래로 돌진하듯 뛰어내렸다.

'젠장! 역풍이 불어대는 절벽에서 약 달이는 냄새가 날 리가 없잖아!'

휘오오!

내심 버럭 소리 지른 담우소의 온몸으로 역풍이 파고들었다. 미친 짓을 했다는 후회가 들지 않을 수 없었다. 그러나 담우소는 그럴수록 감고 있던 두 눈을 부릅떴고, 예상은 적중했다.

파팟!

바닥에 닿는 느낌과 동시에 신형을 옆으로 굴린 담우소의 눈앞으로 전경이 급격히 뒤바뀌었다. 어느새 끝이 보이지 않을 정도로 까마득하던 절벽은 사라지고 화사한 꽃길이 모습을 드러내고 있었다.

그러나 담우소는 일시 바뀐 경관뿐 아니라 등의 식은땀도 의식하지 못할 정도로 긴장한 채 주변을 경계했다. 곤륜비동에서 겪은 경험은 곤륜신성 이모백이란 이름을 강렬히 담우소에게 각인시키는 데 부족하지 않았다.

땅속을 이동하는 와중에도 곤륜장로들의 움직임을 하나 빼놓지 않고 파악했던 천시지청술을 펼치자 얼마 전과 달리 조그만 벌레가 기어가는 소리까지 들려왔다.

'흥! 그 요상한 진세를 벗어나긴 벗어난⋯⋯.'

파파팟!

거의 본능적인 대응이었다. 표정을 굳힌 담우소의 신형이 일시 분광건곤을 펼치며 수십 개의 잔영을 만들었다. 어느새 지척까지 파고든 암경(暗勁)을 피하기 위함이었다.

그러나 이미 때는 늦었달까. 순식간에 세 차례나 암경에 얻어맞은 담우소의 신형이 데구루루 땅바닥을 굴렀다. 상대의 모습은커녕 형체 조차 파악하지 못한 채.

'으윽!'

신음을 삼키며 눈빛을 차갑게 가라앉힌 담우소의 시선이 바닥을 향 했다. 지푸라기라도 잡으려는 심정이었다. 그러나 예상대로 상대는 그 림자 따윌 늘어뜨리고 다니는 바보는 아니었다.

'으득! 정말 존경하게 만드는군.'

담우소는 이빨을 갈며 나려타곤을 하듯 다시 몇 차례나 땅바닥을 굴 렀다. 빈틈을 보여 어떻게든 모습조차 드러내지 않는 상대의 종적을 파악하려는 의도였다.

바로 그때였다. 일학충천을 펼치던 중 들었던 탄성이 다시 담우소의 귓전을 파고들었다. 절체절명의 순간, 지당문의 역행권을 펼치는 모습 이 신기했으리라.

그야말로 원하던 바였다. 순간적으로 지뢰오행경을 끌어 모은 담우 소의 손끝에서 강렬한 백색 도기가 솟구쳤다.

'일격필살!'

시선도 돌리지 않은 채 백색 도기를 펼쳐 내며 담우소는 내심 부르 짖었다. 명존 엄철극마저 인정했던 백색 도기였으니 그리 과한 자신감 은 아니었다.

그러나 세상에는 항상 예외라는 게 존재했다. 난생처음 보는 도기에 놀란 듯 허둥거리며 뒤로 물러서는 백색 그림자를 뚫고 인간의 한계를 뛰어넘는 속도로 그림자 하나가 튀어나왔다.

파팍!

‘두 명이었나? 제길! 당해도 싸군.’

상대가 한 명뿐이라 생각한 자신의 안이함에 조소를 보내며 담우소의 신형이 갸우뚱 옆으로 쓰러졌다. 마혈과 함께 수혈(睡穴)을 점혈당했는지 눈꺼풀이 천 근처럼 무너져 내렸다.

*　　　*　　　*

‘냄새…….’

담우소는 안색을 찌푸렸다. 정신이 돌아오자 제일 먼저 역하면서도 왠지 낯설지 않은 약 내음에 몸이 반응을 보였다. 생명이 경각에 처했던 보통 사람과는 다른 반응이랄까.

스윽!

점혈은 이미 풀려 있었다. 곧장 신형을 일으켜 세운 담우소는 주변을 둘러봤다. 약 내음에 괴로움을 겪고 있을 뿐 그의 표정은 태연하기만 했다. 코를 괴롭히는 약 냄새와 더불어 곳곳에 야명주가 박혀 있는 석실의 모습도 그리 낯설지 않다는 판단이었다.

‘설마 그 당시 적발귀신이 날 치료했던 곳이 곤륜비동이었단 말인가?’

주변을 둘러싸고 있는 화강암덩어리를 손으로 더듬으며 담우소는 눈을 슬며시 감았다. 과거 천리종횡 최고봉에게 죽도록 얻어맞고 정신을 차렸던 장소를 회상하기 위함이었다. 그리고 다시 눈이 뜨였을 때 담우소는 확신했다. 자신의 판단이 옳다는 것을.

‘그렇다면 정말 이상한 노릇이다. 정파와 마도의 거두 간에 사귐이 있다는 건 둘째 치고 적발귀신이 곤륜신성 이모백과 친분이 있다면 어

째서 그런 바보 같은 짓을 저질렀을까? 곤륜파의 운룡대팔식을 꺾고
싶다면 당대 최고의 고수인 이모백을 직접 찾아가는 게 마땅한 일일
텐데……'

　담우소는 곤륜비동으로 향하기 전 강문호가 보내온 밀지의 내용을
떠올리며 고개를 흔들었다. 강문호의 의견대로 기검봉의 작전조들을
모조리 후퇴시켰음에도 지금까지 최고봉에 대한 그의 의견은 별로 신
뢰하지 않았음을 떠올린 것이다.

　'역시 문호 녀석은 나보다 머리가 좋단 말야.'

　뒤통수를 긁적인 담우소는 잠시 석실 안을 서성거렸다. 무공이 그대
로이니 기관진식으로 가득한 이곳을 탈출하기보다 잠시 기다리는 게
좋다는 판단이었다.

　과연 담우소가 석실 안을 서성거린 지 얼마 되지 않아 장방형의 한
쪽 벽면에서 쿠르릉 하는 소리가 들렸다. 놀랍게도 큼지막한 석문이
굉음과 함께 열리는 소리였다.

　냉큼 석문 쪽으로 신형을 날리려다 주춤 발길을 멈춘 담우소의 눈빛
이 차갑게 가라앉았다. 그의 예상에서 그리 벗어나지 않은 인물이 등
장한 때문이다.

　"흥, 역시 아직 죽지 않고 건강했구만."

　냉소하는 담우소를 흉맹스런 고리눈으로 역시 차갑게 노려보며 천
리종횡 최고봉이 냉랭하게 말했다.

　"어째서 네 녀석에게 성화령이 있는 것이냐?"

　'성화령!'

　자신도 모르게 어깨를 움찔한 담우소가 다음 순간 안색을 딱딱하게
굳히고 버럭 소리쳤다.

“무엄하다!”

“무엄?”

“그렇다. 네 녀석은 신교의 영광을 위해 충성을 받쳐야 하는 오산인 중 일 인이란 신분임에도 불구하고 어째서 성화령주인 본좌 앞에서 그리 뻣뻣이 서 있는 것이냐?”

“……”

“감히 네 녀석이 존엄한 성화와 명존이 인정한 본 성화령주의 위엄을 거스르려는 것이냐!”

쾅!

담우소는 안색을 딱딱하게 굳힌 채 바닥을 한 차례 발로 굴렀다. 이미 풍천외가경을 잔뜩 돋우고 있었던 만큼 바닥에 깔린 청석이 산산조각났다.

그러나 천하의 수많은 거마효웅들 중에서도 대항할 자가 몇 없는 최고봉이었다. 담우소의 엄포 따윈 가벼운 코웃음거리밖엔 안 된다는 표정이 된 그가 싸늘한 조소를 흘렸다.

“흐흐, 일 년여 전만 해도 코흘리개 어린애에 불과했던 녀석이 감히 내 앞에서 성화령주를 운운하다니! 네 녀석이야말로 죽고 싶어 환장한 것이 아니냐?”

“……”

“왜? 설마 하니 내가 네 녀석의 품에 성화령을 고스란히 놔뒀으리라 생각한 것이냐?”

‘설마?’

담우소는 쓰게 웃었다. 역시 최고봉은 만만찮다는 생각과 더불어 풍운각에 놔두고 온 월아귀면이 절실히 그리워지는 순간이었다. 마도의 전설이 담겨 있는 못난이 가면이.

하지만 수중에 없는 걸 그리워해 봤자 죽은 자식 사타구니 더듬기였다. 마치 봄눈 녹듯 딱딱하던 표정을 풀고 입가에 웃음을 담은 담우소가 갑자기 고개를 몇 차례 흔들었다.

"하하, 이거이거 역시 못 당하겠구만……."

한 차례 어깨를 으쓱해 보이곤 제멋대로 분위기를 바꿔 버린 담우소가 청석 바닥에 털썩 주저앉았다. 살기로 뭉친 듯한 표정을 하고 있는 최고봉에게 마음대로 하라는 표정이며 몸짓이었다.

그러자 잠시 흉포한 표정 중에 괴이쩍은 기색을 드러낸 최고봉이 무시무시할 정도로 발산하던 살기를 다소 거둬들였다.

"무슨 짓이냐?"

담우소가 다시 고개를 흔들어 보였다.

"그래도 과거의 인연이 적지 않은데 술이라도 한잔 안 주시려오?"

"술?"

"당신한테 죽다 살아난 지난 일 년 반 동안 바쁘게 동분서주하다 보니 좋은 술은커녕 탁주 한잔 얻어 마실 기회가 적었단 말이오. 그동안 교를 배신하고 곤륜비동 같은 세외선경(世外仙境)에 들어앉았으니 곤륜신성 늙은이 몰래 몸에 좋은 약초주 한 병 정도는 꼬불쳐 놨을 거 아뇨?"

최고봉의 적발 중 일부가 삐죽 솟아올랐다.

"교를 배신하다니, 그게 무슨 소리냐?"

"모시고 있던 주군인 광명소주를 버리고 신교의 숙적 중 하나인 곤륜파 우두머리 집에 도망 왔으니 배신이 아니고 뭐요? 뭐, 어차피 나야 신교에 들어온 순간이나 지금이나 용병이긴 마찬가지니 그런 복잡한 문제엔 별로 신경 쓰고 싶지 않지만."

　담우소는 뒤통수를 긁적였다. 방금 전까지의 패도나 기상 따윈 전혀 보이지 않는 것이 과거 최고봉이 처음 봤을 때의 모습 그대로였다.

　'하지만 녀석은 그동안 신정에 들어갔다 나온 게 틀림없다. 행방불명됐던 곳이 광명정이니. 그렇다면 성화령의 웅패는 필시 명존이 맡긴 게 틀림없을 것이다. 비약적으로 발전한 무공만 보더라도. 흥, 그런데 용병이라고?'

　내심 냉소하면서도 최고봉은 담우소를 차갑게 한차례 쏘아보곤 그에게 다가갔다. 마치 무학의 기본조차 모르는 자처럼 담우소가 기백의 승부를 걸었다고 판단 내린 것이다.

　'이놈! 원하던 대로 네 녀석의 간격 안으로 들어섰다. 그동안 신정에서 명존에게 무얼 얼마나 많이 배웠는진 모르겠으나 어디 해볼 테면 해봐라!'

　그러나 담우소는 자신의 간격 안으로 성큼성큼 걸어 들어오는 최고봉의 도발에도 표정 하나 변하지 않았다. 힐끔 그를 한차례 바라봤을 뿐 조그만 미동조차 없었다. 과거 같으면 최고봉이 발산하는 기백에 압도되어서라도 먼저 손을 썼을 텐데.

　'이 녀석?'

　문득 자신의 판단에 회의감을 느낀 최고봉이 털썩! 담우소의 앞에 주저앉았다.

　"네 녀석! 그동안 무공만 는 것이 아니라 심기 또한 크게 는 것이 아니냐?"

　담우소의 입가에 미소가 담겼다.

　"그거 칭찬하는 겁니까?"

“왜? 기쁘냐?”

“하하, 그래도 과거에 사부라 부를 뻔했던 사람인데 그런 말을 들으면 기분이 좋은 게 당연한 거 아니오?”

“능글맞은 성품은 여전하군.”

“그래서, 술은 한잔 안 주는 것이오?”

“다른 얘기부터 하고.”

“다른 얘기라면?”

여전히 실실 웃는 낮인 담우소를 향해 고리눈을 잔뜩 부라려 보인 최고봉이 목소리를 다소 낮췄다.

“어째서 네 녀석이 성화령 웅패를 가지고 있는 것이냐? 내 짐작이 맞다면 광명소주가 가지고 있는 건 자패이니, 네 녀석의 웅패는 필시…….”

“그거 명존이 내려주신 것이오.”

“여, 역시!”

이미 짐작하고 있었음에도 최고봉은 목소리를 떨었다. 벌써 십수 년째에 접어든 폐관 중이라곤 하나 명존 엄철극의 권위는 여전히 절대적이었다.

때마침 담우소가 입가에 매달려 있던 미소를 싹 지웠다.

“그러니 최 노야는 어찌하실 생각이오? 아마 대충 짐작하고 있겠지만 난 그동안 신정 안에서 명존을 모셨소. 정말 무시무시한 분이더군요. 솔직히 최 노야나 광명소주가 대단한 고수이긴 하지만 그분에 비하면…….”

“아직 명존께서는 건재하시단 말이냐?”

“건재?”

피식 입가에 실소를 매단 담우소가 고개를 절레절레 흔들었다.

"과거에 명존께서 얼마나 대단한 명성을 누리셨는진 내가 모르겠고, 신정 안에서 뵌 그분은 이미 인간이라 할 수 없는 경지였소이다. 나 같은 건 그저 한 손을 들어 휘두르는 것으로 생사여탈을 좌우할 수 있을 정도로."

"흥, 꽤나 자신을 높이 보고 있는 게 아니냐?"

"왜? 강호의 절정고수라는 사람들이 치사하게 둘이 손을 합쳐 후배 하나를 제압한 걸 자랑이라도 하고 싶은 것이오?"

"그건……."

"됐소이다. 최 노야나 이곳 주인 늙은이나 뭔가 까닭이 있었을 테니. 하지만 말이오."

"……."

"나도 젊은 나이에 맞아 죽긴 싫으니 빼앗긴 성화령은 찾아야겠소."

언제 실실거렸냐는 듯 담우소의 수장이 벼락같이 최고봉의 신회(顖會)와 인당(印堂)을 향해 파고들었다. 하나같이 약간의 타격만 입어도 목숨이 위태로운 중혈들이었다.

그러나 담우소의 화술에 완전히 말려들어 살기가 상당히 약해져 있던 상황에서도 최고봉의 대응은 신속했다. 슬쩍 고개를 옆으로 돌리는 것만으로 담우소의 쌍장을 흘리곤 앉은 자세 그대로 위로 뛰어오르며 담우소의 단전을 걸어찼다.

파파팍!

그야말로 소림 칠십이절기 중 하나인 연대구품(蓮臺九品)을 떠올리게 하는 동작으로 담우소로선 기습을 하고도 뒤로 물러설 수밖에 없는 한수였다.

'과연 적발귀신!'

담우소는 진심으로 찬탄했다. 쌍장을 발출하는 것과 더불어 전개하려던 몇 가지나 되는 초식들이 단숨에 무력화됐으니 무리도 아니었다.

'하지만 이쪽도 이번엔 진심이라구!'

슬쩍 뒤로 신형을 물리며 체내로 한 모금의 진기를 회전시킨 담우소의 신형이 일시 기묘한 변화를 만들어내며 최고봉에게 달려들었다. 몇 알지 못하는 건곤종횡보의 변화로 승부를 건 것이다. 그리고 다음 순간 우박처럼 쏟아낸 십이권(十二拳), 십팔퇴(十八腿)!

건곤종횡보의 변초를 전혀 모르는 만큼 담우소는 이 한 번의 공격에 전력을 다했다. 자신이 발휘한 변화가 마도종횡보에는 포함되지 않았기를 바라며.

하지만 현기증이 일 정도로 기기묘묘한 담우소의 보행을 지켜보던 최고봉은 변화의 마지막 순간 펄쩍 뒤로 신형을 날렸다. 아니, 날렸다 싶은 순간 어느새 신형을 옆으로 이동시키며 담우소의 옆구리를 걸어 찼다.

쾅!

'으윽!'

환상처럼 파고든 최고봉의 일각을 얼떨결에 팔꿈치를 내려뜨려 막은 담우소의 신형이 휘청하고 옆으로 물러섰다. 바로 선풍구도를 다섯 번이나 발휘했지만 이미 최고봉은 신형을 삼 장 밖으로 물린 뒤였다. 명호에 걸맞게 그야말로 경공을 뛰어넘는 경공이랄까.

'쳇! 좁은 석실 안에서 불시에 기습을 하면 한 번 승부를 걸어볼 만하다고 생각했는데…….'

입가로 흘러내리는 핏물을 스윽 소맷자락으로 닦는 담우소를 향해 무심한 표정이 된 최고봉이 말했다.

"감히 변초조차 제대로 익히지 못한 설익은 신법을 가지고 계속 나와 싸우겠다는 것이냐?"

담우소가 히죽 웃었다.

"그럼 그냥 성화령을 내주려오?"

"그럴 리가!"

"그럼 더 이상 잔소리하지 말고 덤비쇼."

시간을 거슬러 최고봉을 처음 만났을 때로 돌아간 담우소의 눈빛이 활화산처럼 불타올랐다. 한 겹 두르고 있던 무심의 가면을 깨끗이 벗어던진 채.

제63장 무명신공(無名神功) 하편

"오늘도 내 앞을 가로막겠다는 건가욧!"

목소리의 끝은 날카롭게 갈라져 나왔다. 그러나 근엄한 표정의 순검 대장 두진악의 뒤에 시립해 있는 순검 무사들은 목소리 주인의 독기 어린 눈빛이 더욱 무섭다고 생각했다. 한 부대의 대장이란 신분을 지닌 주제에 벌써 닷새째 꼬박꼬박 찾아와 난동을 부리니 감당하기 힘들었다.

목소리의 주인은 백독마녀 유소빈이었다. 그녀의 난동이 갈수록 극심해지는데도 대주 집무실은 굳건히 문을 닫고 있었다. 철혈대주 엄정하가 두문불출하기 시작한 지난 닷새 동안.

평소처럼 화강암 같은 얼굴로 집무실 앞을 지키고 있던 두진악이 무심한 눈길을 유소빈에게 던졌다.

"대주님은 아무도 들이지 말라고 하셨소."

유소빈의 어깨가 부르르 떨렸다.

"그 말은 어제도 했고, 그제도 했던 말이잖아요!"

두진악이 고개를 가로저었다.

"오늘도 변한 것은 없소."

"이익!"

발을 한 차례 구른 유소빈이 아랫입술을 질끈 깨물었다.

"오늘은 사적인 일이 아니라 공적인 일로 왔어요."

"공적인 일이라면?"

"왜? 순검부에서 이제는 야전(野戰)의 작전권까지 관할하게 된 건가요?"

"그럴 리가!"

딱딱한 안색 중에도 두진악은 표정을 달리해 보였다. 순검부의 임무가 내부 감찰과 철혈대주 호위이긴 하나 야전의 작전권에 대해선 절대 간섭할 수 없었기 때문이다.

물론 그런 점을 모를 리 없는 유소빈이었다. 충직함과 충성심으로 똘똘 뭉친 두진악이란 사람의 성정 역시도. 하지만 여인이란 천성적으로 교활함을 타고 태어난다고 하지 않던가.

일시 암고양이 같은 표정이 된 유소빈이 기회를 놓치지 않고 눈꼬리를 치켜 올리며 목소리를 높였다.

"그렇다면 얼른 길을 비켜주시죠. 나는 지금부터 매우 중요한 문제로 대주님과 독대를 해야 하니."

"하지만 그건……."

"아니면 역시 순검대장은 야전의 작전권에까지 간섭하시겠다는 건가요?"

유소빈은 당장에라도 두진악과 승부를 결하겠다는 표정을 짓고 있었다. 말꼬리를 붙잡고서 무력 시위에 들어간 것이다.

그러나 철혈대주 엄정하가 두진악이란 사람을 순검부의 대장으로 삼을 때 가장 중시한 건 타협이란 걸 모르는 대쪽 같은 심성이었다. 눈 앞에서 살기를 풀풀 일으키고 있는 유소빈을 잠시 직시하던 두진악이 무뚝뚝하게 말했다.

"유 대장, 이곳은 철혈중지요. 수하 된 도리로 대주님의 집무실 앞에서 소란을 피울 수 없을 뿐더러, 설사 유 대장이 독공에 능하다 해도 이곳에선 한계가 있을 것이오."

"예?"

"본인이 당신의 작전권을 침범했다고 생각한다면 이곳에서 시끄럽게 떠들지 말고 밖에 나가 무인답게 해결하자는 소리요."

"지금 나한테 결투를 신청하는 건가요?"

"유 대장이 계속 억지를 부린다면……."

잠시 말을 멈췄던 두진악이 고개를 끄떡였다.

"그렇소."

'이런 융통성이라곤 전혀 없는 꼰대가!'

유소빈은 내심 이빨을 갈았다. 두진악이 두렵지는 않으나 만약 그와 싸웠다가는 엄정하에게 질책받을 게 분명했다.

쾅!

치솟는 분을 억제하기 위해 다시 바닥을 발로 구른 유소빈이 목소리를 높였다.

"결국 날 못 들여보내겠다는 거군요?"

"……."

여전한 표정으로 두진악은 고개만 끄떡여 보였다.

이렇게 된 이상 어떤 방법을 쓰더라도 두진악을 설득하긴 틀렸다고 판단한 유소빈이 입가에 한숨을 담았다.

"하아! 그렇다면 나는 오늘도 대주님을 뵙지 못하고 돌아가야 하는 것이군요."

"그 점은 본인도 미안하게 생각하오."

'아아, 대주님……'

드물게도 자신을 향해 고개를 약간 숙여 보이는 두진악의 모습에 다시 입가에 한숨을 담은 유소빈이 애절한 눈빛을 여전히 굳게 문을 닫고 있는 집무실 쪽에 던졌다. 그리고 발길을 돌리는 그녀의 가슴은 수많은 남성 편력에도 불구하고 지독스레 아파왔다. 엄정하 정도 되는 고수가 방금과 같은 소란을 감지하지 못할 리 없다는 걸 아는 까닭이다.

그 시각, 엄정하는 바람에 옷자락을 휘날리며 빙예운과 함께 외곤륜의 뭇 봉 중 하나를 내려다보고 있었다. 요 며칠 강문호가 풍뢰영의 전 병력을 집결해 놓은 후방 지휘소가 위치한 곳이었다.

꼬박 닷새를 한숨도 쉬지 않고 달리고도 그다지 피로해 보이지 않는 두 남녀 중 빙예운이 먼저 화편 같은 입술을 열었다.

"최종 목적지는 곤륜파가 위치한 기검봉이 아니었나요?"

"응?"

그제야 빙예운에게 고개를 돌린 엄정하가 빙긋 웃어 보였다.

"그랬지."

"그런데 어째서 이런 곳에 발길을 멈췄나요? 역천과 귀천이 다시 일

촉즉발의 상황에 돌입해 철혈대의 전 병력에 비상이 걸렸음에도 철혈
중지를 비울 정도로 중요한 일이 있었던 게 아닌가요?"

야반삼경에 소집당해 군소리없이 닷새를 달리고서야 내뱉은 질문이
었다. 그만큼의 무게를 느낀 엄정하가 고개를 끄떡였다.

"밤중에 불러서 닷새나 달리게 하다니 빙 대장에게 너무 미안하군.
아무리 절세미인이라 해도 피부 미용에는 항상 신경 써야 하는 법인
데……."

"말을 돌리시는 걸 보니 이번 일은 저 역시 알아선 안 되는 문제가
얽힌 것 같군요?"

"역시, 빙 대장은 미모만큼이나 눈치도 빠르군."

"그럼 설마 여자 문젠가요? 대주님이 미남계로 꼬셨던 강남 금산상
회의 막 소저가 곤륜파에 뒷돈을 대서 철혈대를 치기로 했다던
가……."

고운 아미를 살짝 찡그린 빙예운의 추론에 엄정하가 얼른 손을 휘휘
저었다.

"허어! 이 사람이 날 아예 기둥서방으로 만드는군. 어찌 이 년이나
지난 일을 다시 들춰내는 거지?"

"음, 그야 대주님이 진짜 돈을 노리고 금산상회의 기둥서방 노릇을
하려 했으니까 그렇지요."

"그때는 사정이……."

"호호, 됐습니다. 특별히 질투를 하는 건 아니니 걱정하지 마세요.
자꾸 말을 돌리시기에 한번 해본 말이에요."

"그런가?"

"아무렴요. 전 이제 대주님의 정혼녀가 아니라 일개 수하에 불과한

걸요."

"으음."

고개를 갸웃해 보인 엄정하가 매혹적인 주삿빛 입술을 가볍게 일그러뜨렸다.

"그건 또 그것대로 섭섭하군."

"예?"

"미인의 질투를 받지 못한다는 건 슬픈 일이 아닌가 말야."

"하아! 얼마 전만 해도 풍뢰영의 대장에게 미인계를 사용하라 명령하셨던 분이 말은 잘하시는군요."

"하하, 그거야……."

"됐습니다."

새침하게 엄정하의 시선을 외면한 빙예운이 백설 같은 안색 하나 변하지 않고 말했다.

"저도 그리 싫지는 않았으니까요."

"응?"

"대주님과는 좀 다르달까요? 담우소란 분은 다른 사내들처럼 부담스런 눈빛을 제게 던지지만 그것이 크게 싫진 않더군요. 어린 얼굴을 했을 때 만났기 때문이려나?"

"……."

바람에 옷깃이 나부끼는 그대로 말을 잇던 빙예운은 문득 엄정하 쪽으로 고개를 돌렸다. 여느 때와 달리 엄정하가 자신의 말을 받지 않았기 때문이다.

"제가 무슨 잘못이라도?"

엄정하가 가볍게 굳어 있던 안색을 그제야 풀었다.

“후후, 그럴 리가. 문득 이대로 빙 대장을 천하에 몇 없을 정도로 무식한 사내에게 빼앗기는 게 아닌가 걱정이 돼서 말야.”

“제 조부님 같은 말씀을 하시네요?”

“그런가?”

다시 입술을 묘하게 일그러뜨린 엄정하가 목소리를 바꿨다.

“닷새 전 풍뢰영에 심어놓은 간자에게서 연락이 날아왔다.”

“간자?”

“담우소란 사내는 전혀 길들지 않은 야생마와 같아서 언제 어떻게 튈지 알 수가 없거든. 그가 철혈대에서 거둬들인 인재들도 마찬가지고.”

“그렇군요.”

고개를 끄떡여 보이는 빙예운에게 엄정하가 말했다.

“음, 그래서 이번 작전 때도 짬짬이 주시하고 있었는데, 풍뢰영 전체가 이상한 움직임을 보이기 시작했단 말야.”

“그렇다면 저 산봉이?”

“그래. 백여 명이 넘는 풍뢰영의 주 전력이 몽땅 모여 있는 곳이야. 외곤륜과 내곤륜 사이에 진을 치고 호시탐탐 기회를 노리고 있는 천외지 천지이단의 세력을 치기 위해.”

“예?”

처음으로 빙예운의 안색이 변했다. 엄정하가 한 말의 의미를 아는 까닭이다.

자신의 설명을 기다리고 있는 빙예운에게 시선을 고정시킨 엄정하가 말을 이었다.

“이 근처에 집결한 천지이단의 주 전력은 뇌음사가 이끌고 있는 천령단 중 이대 살수 조직 전부야. 정확한 숫자는 파악되지 않았지만 적어도 이삼천이 넘는 병력이지. 그런데 그들을 고작 백여 명으로 칠 바보가 철혈대에 있을 리는 없으니…….”

“풍뢰영의 군사는 뭔가 다른 걸 노리고 있는 것이군요?”

“그렇겠지.”

고개를 끄떡여 보인 엄정하가 말했다.

“그래서 말인데, 지금부터 빙 대장이 이쪽을 맡아줘야겠어. 나는 지금부터 기검봉으로 달려가 처리할 일이 있거든.”

‘역시 곤륜파와 얽힌 문제인 건가?’

잠시 멈칫했던 빙예운이 얼른 고개를 숙여 보였다.

“존명!”

그리고 그 모습을 지켜보는 엄정하의 눈빛이 잠시 기묘하게 변했다. 흑백이 또렷한 만큼 지극히 아름다운 두 개의 눈동자에 작은 파문이 일어난 것이다.

그러나 그것도 잠시, 곧 눈빛을 바로 한 엄정하는 빙예운에게 짓궂은 미소를 던지곤 바람처럼 날아올랐다. 그 자신만이 알고 있는 일에 대한 확인을 위해.

*   *   *

“으으윽!”

담우소는 앓는 소리를 냈다. 심각한 내상을 입은 것도 아니고, 뼈나 근맥에는 별 이상이 없지만 현재 그의 상체는 몇 군데나 찢어져 약초를 덕지덕지 바른 상태인 것이다.

그런 상처 위에 꼼꼼한 솜씨로 깨끗한 천 조각을 감고 있던 섬세한 손가락의 주인이 냉담한 목소리를 냈다.

"치료에 방해되니 입 닥치고 있어라."

천 조각을 감는 손아귀에 힘을 줬음이리라. 방금 전보다 두 배쯤 통증이 가중되자 안색을 벌겋게 물들인 담우소가 이빨을 악물었다.

"서, 설마 외호에 성(聖) 자가 들어가는 주제에 내가 마도의 인물이라고 상처를 덧나게 하려는 거요?"

"내가 그럴 리가 있겠느냐?"

"그럼 어째서… 으윽!"

마지막 상처까지 완벽하게 처리하고서야 담우소의 상체에서 손을 뗀 곤륜신성 이모백이 무심한 눈빛으로 말했다.

"곤륜신성이란 외호는 내가 원해서 얻은 게 아니다. 젊은 시절 황하의 범람으로 발생한 전염병을 막은 일을 세상에서 제멋대로 떠들어댔을 뿐."

"전염병을 막아냈다니, 그거 정말 대단한 일 아니오?"

담우소의 목소리엔 어느 정도 탄복의 기운이 담겨 있었다. 치료 시 몇 가지 애로 사항은 있었지만 통증이 서서히 줄어들기 시작한 것이다.

자신이 치료한 담우소의 상체를 무심히 훑어보곤 미미하게 고개를 끄떡여 보인 이모백이 말했다.

"그래, 그때의 일로 나는 적어도 수천 이상의 인명을 살렸다고 할 수 있지. 덕분에 쓰레기 같은 마도 녀석들에게 약점을 잡히는 꼴이 됐지만."

"약점?"

"별로 그때의 일은 떠올리기 싫으니 만약 궁금한 사항이 있으면 나 잇값도 못하는 최가 늙은이한테 묻거라. 지난번처럼 멍청하게 돌아다니다 기관에 걸려 내 노력을 헛되이 만들지 말고."

'흥, 병 주고 약 준다더니. 이렇게 치료해 주는 건 고맙지만 어차피 내가 입은 상처도 적발귀신의 뒤를 쫓다가 제 놈이 만들어놓은 기관에 당한 건데;…….'

내심 툴툴거리면서도 담우소는 얼른 '알겠수다!' 하고 대답했다. 곤륜비동 밖에서 이미 이모백을 존경하기로 마음먹은 데다, 얼마 전 기관에 걸려 반쯤 죽다 살아난 일을 떠올린 까닭이다.

"그럼 저녁때 보자."

다른 때와 같이 다음 진료 시간을 명시하고 이모백은 석실을 나갔다. 어젯밤 내상약을 먹이고 약초를 발랐던 것처럼 저녁에는 또 다른 치료를 하려는 것이리라.

'제길! 옆방의 적발귀신은 하루에 한 차례만 치료를 받는데 어째서 나만 두 차례나 치료를 받아야 하는 거야!'

석실 한 켠에 마련되어 있는 돌로 만들어진 침상에 몸을 던진 담우소는 몇 차례에 걸쳐 발버둥 쳤다. 만약 이모백이 봤다면 노성을 터뜨렸을 정도로. 물론 담우소가 염려된다기보다는 자신의 예술적인 치료가 무위로 돌아갈까 봐.

그러나 상처 입은 몸의 주인은 어쨌든 담우소 자신이었다. 발버둥 치던 중 가벼운 통증이 밀려오자 재빨리 동작을 멈춘 그는 얌전히 천장을 바라보며 누웠다.

과거 소주에서와 같이 이모백에게 '절대 안정' 이란 말 따윈 들어본 바 없지만, 그때보다 지금 입은 상처가 중하다는 걸 모를 만큼 바보는 아니었다.

‘흠, 이 장대한 돌무덤 안은 미로 중의 미로인데다 보보마다 죽음의 함정이 펼쳐져 있다. 지난번에 몸으로 때워 몇 가지 변화를 파악하긴 했지만 그것조차 지금까지 그대로 유지되고 있으리라 보긴 어렵다. 그동안의 치료로 보아 곤륜노괴는 재수없는 완벽주의자 그 자체가 분명하니…….’

침상 위에서 몸을 뒤척이던 담우소의 입으로 가는 한숨이 흘러나왔다.

“하아! 그러니 이 망할 곳을 어찌 빠져나간다?”

그르릉!

다시 침상 위에서 버둥거리기 시작한 담우소의 귓전으로 익숙한 기관 움직이는 소리가 들려왔다. 석실의 문이 열리는 소리였다.

‘응?

누운 자세 그대로 문 쪽을 바라보던 담우소의 안색이 가볍게 일그러졌다. 찾아온 사람은 불타오르는 듯한 적발을 아무렇게나 흩날리고 있는 최고봉이었다.

“흥, 당신은 치사하게 싸우다 말고 달아나다가 기관에 걸려 꽤나 심하게 다치지 않았소. 어째 요양에 신경 쓰지 않고 이런 누추한 곳까지 찾아온 것이오?”

절대로 당신을 환영하지 않는다는 의중을 드러낸 말로 담우소의 얼굴에는 노골적인 악의가 넘쳐흘렀다. 자신과는 달리 전혀 부상당한 기미가 보이지 않는 최고봉의 모습에 기분이 나빠진 것이다.

그러나 담우소를 슬쩍 노려보고 대번에 그의 비틀린 심사를 꿰뚫어 본 최고봉은 콧방귀를 한 차례 뀌었을 뿐 대뜸 석실 안으로 들어섰다.

마치 자신의 방을 찾아 들어오는 듯 거침없는 모습이었다.

"아니, 내가 언제 들어오라고 했소?"

담우소가 뒤늦게 소리쳤지만 그저 지나가는 개의 낑낑거림에 불과했다. 적어도 최고봉에게는.

대뜸 침상으로 다가와 담우소의 발치에 엉덩이를 걸친 최고봉이 평소답지 않게 진중한 표정으로 말했다.

"몸은 어떠냐?"

더러운 성격이 발동한 상태임에도 더 이상 누워 있기 어려웠던지, 침상에서 몸을 절반쯤 일으켜 앉은 담우소가 퉁명스레 대답했다.

"다 죽어가다 간신히 살아났수."

"흐음, 그렇겠지. 멍청하게도 이가 녀석이 자랑하는 기관 중 세 가지를 맨몸으로 돌파했으니……."

지옥과도 같았던 살인기관을 떠올린 담우소가 어깨를 으슬 떨며 투덜거렸다.

"제길! 그만 하쇼. 쇠작살하고 철전에 얻어맞은 상처가 욱신거리니까."

"그러냐?"

"그때 만약 내가 보의를 입고 있지 않았다면 그 자리에서 즉사했을 거요."

천으로 꼼꼼하게 휘감겨 있는 담우소의 상체에 힐끔 시선을 던진 최고봉이 입가에 묘한 미소를 띠었다.

"흐흐, 그것참 애석한 노릇이로구나. 나는 네 녀석이 죽어주길 내심 바랬는데……."

"그 점은 나도 참 애석하게 생각하는 바요."

최고봉에게 한마디 톡 쏘아붙인 담우소가 슬쩍 목소리를 바꿨다.

"그런데 어째서 날 살려준 것이오? 이미 성화령도 뺏었겠다, 명존께 죽임을 당하기 싫다면 당장에 살인멸구(殺人滅口)해야 옳을 터인데?"

아마도 지금까지 담우소의 이 말을 기다리고 있었으리라. 비로소 입가에 매달려 있던 조롱기 섞인 웃음을 거둬낸 최고봉이 목소리를 은근히 바꿨다.

"명존께 그만치나 무공을 가르침받았다면 네 녀석도 대충 짐작하고 있는 게 없지 않을 텐데?"

"나랑 열두 고개를 하자는 것이오?"

"네 녀석의 무공이 이미 절정의 경지에 올랐다는 건 지난번의 손속으로 알 수 있었다. 그러나 자고로 강호란 무공이 삼에 심계가 칠이다. 심각한 대화를 나누기 전에 나는 네 녀석의 머리 속에 뭐가 들었는지부터 알아야겠다."

'심각한 대화를 나누고 싶다라? 이번에도 역시 문호 녀석의 말이 맞는 것인가?'

강문호의 밀지대로 돌아가는 상황에 내심 혀를 내두른 담우소가 말했다.

"신교에서도 오산인은 명존의 직속으로 충성심이 여타의 제자들과 비교되지 않는 꼬장꼬장한 늙은이들이라고 들었소. 명존의 바로 아래인 좌우광명사자가 교에 반기를 들 경우 그들을 제압할 임무를 띠고 있으니까. 뭐, 아마 그래서 광명좌사가 장악한 신교의 본산을 떠나 광명소주를 보호하고 있던 광명우사의 천지이단에 붙었겠지?"

"……."

"그런데 여기서 한 가지 이해할 수 없는 일이 발생하는데, 어째서 당신들은 광명우사에게서 광명소주가 독립했는데도 불구하고 천지이단을 떠나지 않았을까? 광명소주가 금안공을 익혔다는 걸 알고 있으면서도?"

"흥, 뭣 때문이겠느냐?"

퉁명스런 최고봉의 대꾸에 잠시 그를 노려본 담우소가 입가에 비틀린 웃음을 담았다.

"그게 핵심이겠지요. 어째서 오산인들은 그랬을까? 아니, 오산인들 중 가장 광명소주와 가까웠던 천리종횡 최고봉은 어째서 천하의 절진으로 둘러싸인 곤륜비동에 몸을 은신한 것일까?"

"……."

여전히 침묵하는 최고봉에게 담우소가 차갑게 말했다.

"당신은 화심인을 발동시키는 금안공에서 벗어날 방도를 찾은 것이 아니오? 물론 시간이 조금 걸리는 방법인지라 곤륜비동을 찾은 것이고."

계속 질문을 던졌던 앞의 말과 달리 담우소의 마지막 말은 확신을 담고 있었다. 반드시 그러하리라는.

그러자 고리눈을 꿈틀거리며 담우소의 얼굴을 잠시 뚫어지게 쳐다보던 최고봉이 갑자기 천장을 바라보며 대소했다.

"커허허허! 명존, 명존이여! 참으로 대단하시오! 대단해! 어찌 똥오줌도 가리지 못하던 녀석을 이만큼이나 키워 밖으로 내보낸 것이오. 이 최 모는 참으로 감복할 수밖에 없구려."

"똥오줌은 다섯 살 이후 가렸소이다!"

담우소가 얼른 한마디 항변을 던졌으나 최고봉은 들은 체도 않고 갑자기 두 눈에서 번개 같은 안광을 토해냈다.

“명존께서는 무탈하시다고?”

“너무 건강하셔서 탈이오.”

“신교에 들어올 때부터 지금까지 쭉 용병이라고 했더냐?”

“그렇소.”

“그럼 나랑 거래를 하려느냐?”

“거래?”

“결코 네 녀석한테 해가 되는 거래는 아닐 것이다.”

만약 다른 때, 다른 장소 같았다면 일소할 가치도 없다고 생각했을 것이다. 거래란, 서로 동등한 입장일 때 이루어지는 것이란 게 담우소의 평소 신념이었기 때문이다.

‘그렇지만 이곳은 빌어먹을 곤륜비동이고, 눈앞에 있는 건 적발귀신이다. 그런 사소한 신념에 목숨을 걸 필요는 없겠지?

내심 자기 합리화를 꾀한 담우소가 느릿하게 말했다.

“일단 말해 보쇼.”

“거래에 응하겠다는 뜻이냐?”

“내가 생각한 대로에, 조건이 나쁘지 않다면.”

“역시 잘 배웠구나.”

“흥, 원래부터 그리 미련하진 않았소.”

“그랬던가?”

피식피식 웃음 짓는 입꼬리와 달리 얼음장처럼 찬 시선을 담우소에게 던지던 최고봉이 음침한 표정을 지어 보였다.

*　　　*　　　*

무릎이 후들거리자 마경화는 오른손에 들린 검을 땅에 박았다. 담우소의 얼굴도 보지 못한 채 쓰러질 수 없다는 마음이었다.

그러나 마경화의 쌍수검 중 하나는 이미 손을 벗어난 지 오래였고, 안색은 백지장처럼 창백했다. 며칠간 계속된 차륜진에 기력은 이미 한 점 남김없이 고갈된 상태였다.

비틀거리면서도 용케 신형을 바로 세우는 마경화에게 고강남이 눈살을 찌푸리며 말했다.

"마 호위, 이젠 그만 포기하시오."

"헉헉……."

"그만하면 충분히 분투했소이다."

권유하는 중에도 고강남은 잠시 멈춘 차륜진의 중심에서 한 걸음도 앞으로 나서지 않고 있었다. 혹시 마경화가 숨겨놓았을지 모를 일격을 아직도 경계하고 있는 것이다.

'지독한 자식!'

내심 고강남의 철저함에 이빨을 갈아붙인 마경화가 가쁜 숨을 꿀꺽 삼키고 말했다.

"고강남! 다친 어깨가 욱신거리진 않나요?"

고강남의 시선이 자신도 모르게 왼쪽 어깨를 향했다. 길게 찢긴 옷자락 사이로 피가 엉겨 붙은 기다란 상처가 보였다. 차륜진을 채 완성하기 전 마경화에게 당한 상처였다.

'으음, 만약 그때 옆에서 지원을 받지 못했다면 다음 이검째에 내 목숨은 날아갔겠지? 잔뜩 독 오른 가시나무꽃에 대항했으니.'

침음과 함께 상처에서 시선을 뗀 고강남이 마경화를 바라봤다.

"확실히 시간이 지날수록 욱신거리는구려."

“그렇겠지. 반 촌만 더 깊이 베였다면 근맥이 몽땅 절단되었을 테니까.”

“사정을 봐준 거에 대해선 감사드리는 바요.”

“흥, 그대가 풍뢰영의 무사가 아니었다면 결코 그때의 일검에 사정을 봐주진 않았을 거예요.”

“물론 그렇겠지요.”

고개를 끄떡여 보인 고강남이 말했다.

“그러니 더 이상 같은 식구끼리 칼부림하는 건 멈추는 게 어떻겠소이까?”

“……..”

“마 호위가 이 고 모를 봐줬듯, 우리 역시 그동안 전력을 다하지 않았다는 걸 알고 있잖소?”

“이익!”

아랫입술을 깨문 마경화가 오른손에 힘을 줘 몸을 지탱하고 있던 검을 빼 들었다. 그리고 당장에라도 앞으로 달려들듯 도발적으로 눈빛을 빛내며 주변을 향해 소리쳤다.

“절대적인 수적 우세 속에 차륜진을 펼치고도 날 제압하지 못한 변명치고는 너무 치졸하군. 설마 내가 투항하지 않으면 제압할 자신이 없다는 건가?”

‘저, 저런!’

“이런 빌어먹을!”

“곧 죽을 것 같은 얼굴을 해놓고 입만 살아서…….”

“고 형! 더 이상 시간 끌 것 없이 한꺼번에 덮쳐서 끝장을 냅시다. 군사도 빨리 회군하라 했잖소.”

내심 혀를 찬 고강남의 염려대로 차륜진을 이루고 있던 무인들은 하나같이 욕설을 터뜨렸다. 며칠간 마경화의 기운을 소진시킨 만큼 그들 역시 꽤나 지쳐 있었고, 짜증 또한 쌓인 것이다.

그러나 고강남은 이곳에 모인 자들 중 가장 성격이 꼼꼼했다. 동료들의 투덜거림 따윈 한 귀로 흘려버리고, 마경화의 창백한 안색을 한참 동안 주시하던 그가 입술을 가볍게 실룩거렸다.

"호언장담과 달리 검을 든 손끝이 떨리고 있구려. 더 이상 검을 들고 있을 힘도 남지 않았으면서 어찌 오기를 부리는 것이오? 내 다시 권하건대……."

"시끄러워!"

"……."

"악귀 같던 철사자맹에 맞서 싸웠던 자가 어찌 말만 조잘거리는 거지? 그렇게 자신있으면 말만 하지 말고 내게 덤벼들란 말야!"

검을 들어 올리는 마경화의 눈빛 가득 살기가 번뜩였다.

'이거이거, 진심이로군.'

과거 철사자맹을 향해 홀로 뛰어들던 마경화를 떠올린 고강남이 내심 고개를 흔들었다. 자신의 계속된 배려가 오히려 마경화의 잠자고 있던 투지를 일깨웠음을 깨달은 것이다.

그렇다면 넋 놓고 있을 수 없었다. 재빨리 주변에 차갑게 가라앉은 눈빛을 던진 고강남이 다시 차륜진을 발동시키려는 찰나였다.

풀석! 풀석!

차륜진의 후미를 맡고 있던 동료 둘이 쓰러졌다. 그리고 놀라 고개를 돌리던 좌우의 네 명 역시!

풀석! 풀석! 풀석! 풀석!

희끗한 그림자만을 남기는 눈부신 소수(素手)의 잔영이 채 사라지기도 전에 차륜진의 요지를 점하고 있던 여섯 명이 쓰러졌다.

'절대고수다!'

마지막으로 좌우에 서 있던 동료들이 소수에 얻어맞고 나뒹구는 것과 동시에 신형을 뒤로 빼내던 고강남의 안색이 새파랗게 질렸다. 어느새 마경화가 그의 옆에 다가서 있었다.

"마, 마 호위!"

"일단 적부터 상대하고 나중에 얘기하죠."

"아!"

"물론 당신을 용서한 건 아니에요!"

말의 여운이 끝나기도 전에 마경화는 이미 허깨비 같은 백영을 향해 검을 떨쳐 가고 있었다. 차륜진을 향해 일으켰던 살기를 일시 백영 쪽으로 집중시킨 것이다.

그러나 전장을 진저리치게 만들었던 가시나무꽃의 살기도 압도적인 무력 앞에선 소용없는가.

"아악!"

카캉! 하는 소리와 함께 마경화의 손을 떠난 검인이 햇빛에 반짝인 다음 순간 고강남은 자신을 향해 파고드는 소수를 바라보며 까마득하게 정신을 잃었다.

"으윽!"

마경화는 정신을 차린 순간 아미를 잔뜩 찌푸렸다. 제압당할 시 소수에 얻어맞은 가슴에서 치밀어 오른 둔통 탓이 아니라 허전한 허리춤 때문이었다.

스윽!

손을 뻗어 늘상 쌍수검을 매달고 있던 허리춤을 더듬은 마경화의 입
가에 한숨이 매달렸다.

‘검을 잃었는가……’

눈을 뜬 마경화의 귓전을 부드러운 목소리가 두드렸다.

“이제 깨었나요?”

‘이 목소리는?’

한 몸과 같던 쌍수검을 잃고 허탈감에 빠진 상태임에도 문득 경각심
이 인 마경화가 벌떡 신형을 일으켜 세웠다. 가슴의 둔통 정도는 완전
히 무시한 기민한 동작이었다.

그러자 예의 부드러운 목소리가 다시 들려왔다.

“가슴의 울혈이 아직 완전히 해소되지 않았을 텐데 소문대로 참 용
맹한 분이군요.”

홰액!

신형을 돌려 세운 마경화의 안색이 가볍게 흔들렸다.

‘예, 예쁘다!’

마경화는 자신도 모르게 감탄하고 말았다. 한 번도 선녀를 본 일은
없으되, 마경화는 눈앞의 여인이 하늘에서 내려온 선녀 같다고 생각했
다. 하늘하늘한 백색 궁장을 걸치고, 종유 동굴의 한쪽에 그림처럼 앉
아 있는 여인의 자태란 능히 그런 상상을 가능케 했다.

하지만 아무리 눈앞의 여인이 천의무봉(天衣無縫)한 미녀라 해도 마
경화는 무인이었다. 잠시 잠깐 만에 고강남 등을 습격했던 백영과 눈
앞 여인이 입고 있는 백색 궁장의 연관 관계를 떠올린 마경화가 표정
을 싸늘하게 굳혔다.

“고강남 등은 어떻게 됐지?”

“고강남?”

고개를 갸웃해 보인 미녀가 빙긋 입가에 미소를 매달았다.

“소사매를 괴롭히던 사내들을 말하는 건가요?”

“날 괴롭혀?”

잠시 주춤한 표정이 됐던 마경화가 묘한 표정이 됐다.

“설마 그 때문에……?”

“설마요. 연약한 여인을 괴롭히는 사내들이란 죽어 마땅하긴 하지만 소사매는 이렇게 용맹한데 어찌 다른 여인들과 같이 취급할 수 있겠어요.”

“그럼 어째서?”

“호호, 그야 마땅히 까닭이 있어서지요.”

듣는 이의 마음을 편안하게 해주는 교소와 함께 흑백이 또렷한 눈을 빛내며 잠시 마경화를 바라보던 미녀가 치마 속에서 한 쌍의 장검을 끄집어냈다.

“엇!”

“소사매가 찾던 게 이거죠?”

대답 따위 들을 것도 없다는 듯 미녀가 수중의 쌍수검을 집어 던지자, 양손을 뻗어 그것을 재빨리 회수한 마경화의 얼굴에 가벼운 홍조가 피어올랐다. 낙담이 컸던 만큼 쌍수검을 회수한 순간의 기쁨 역시 이루 말할 수 없을 정도였다.

그 모습을 물끄러미 바라보고 있던 미녀가 말했다.

“소사매의 질풍쌍마검은 이미 경지에 이르러 있더군요. 그저 모양만 보기 좋은 명가의 검법과 달리 수많은 실전을 통해 터득한 위력이 보기 좋았어요. 경공 또한 이미 일류의 수준에 이른 상태였고요. 만약 내가 꽤 높은 내공의 우위를 점하지 않았고 소사매가 잔뜩 지쳐 있는 상태가 아니었다면 꽤 좋은 승부를 볼 수 있었을지도 모르죠.”

“으음.”

수중의 쌍수검을 본래의 자리로 돌려놓은 마경화의 입에서 가는 신음이 흘러나왔다. 차륜진의 허점을 노리며 며칠간 준비하고 있던 회심의 일격을 가볍게 피하던 미녀의 모습을 떠올린 것이다.

‘그건 결코 내공의 우위 따위로 결정될 만한 승부가 아니었다!’

내심 고개를 가로저은 마경화가 눈살을 찌푸리며 말했다.

“승부에 ‘만약’이란 말은 필요없는 법, 내가 설혹 앞으로 삼십 년을 더 공부하더라도 당신한테 이길 수 없다는 건 알고 있으니 본론을 말하세요.”

“역시 소사매는 용맹한 무사일 뿐더러 심지가 곧은 사람이군요.”

섬세한 옥용을 살짝 끄떡여 보인 미녀가 혼잣말을 덧붙였다.

“으음, 그러니 이와 같은 사람을 만난 이상 더 이상 말을 돌릴 필요는 없을 터.”

“……”

마경화의 침묵 속에 슬며시 신형을 일으킨 미녀가 등에 짊어지고 있던 길쭉한 보따리를 풀어 한 쌍의 흉측한 기병을 들어 올리며 목소리를 엄숙히 했다.

“소사매는 이게 무언지 알고 있겠지요?”

“그, 그건……”

어깨를 후들하고 떨어 보인 마경화를 별처럼 아름다운 눈빛으로 직시하며 미녀가 말했다.

"나 엄소옥은 철혈대주의 권위를 대신하는 일월쌍극을 가지고 이 자리에 섰어요. 풍뢰영의 마경화는 그 권위에 도전하려는 건가요?"

"어찌 감히!"

그제야 털썩 신형을 바닥에 꿇은 마경화가 고개를 조아리자 엄소옥의 석양에 물든 석류처럼 붉은 입술로 슬며시 미소가 떠올랐다.

'마경화는 담우소의 호위 무사다. 군사 강문호와 함께 최측근이라 할 수 있는 그녀가 이렇다는 건 아직 풍뢰영 전체가 담우소에게 장악당하진 않았다는 뜻일 테지? 아님, 그 남자에게 처음부터 딴마음 따윈 없었을지도 모르지. 하지만 천리종횡이 가지고 도망간 무명신공 하편은 무척 중요하다. 내 손에 들어오기까지 방심 따윈 할 수 없지.'

얼른 입가의 미소를 지운 엄소옥이 처음과 같이 부드러운 목소리로 말했다.

"소사매는 그만 일어나도록 해요."

"일월쌍극을 본 이상 속하는 그리할 수……."

"호호, 그런 딱딱한 말 따윈 하지 말아요."

손수 손을 뻗쳐 마경화를 일으켜 세운 엄소옥이 속삭이듯 말했다.

"내가 기검봉까지 달려온 건 담우소 대장에게 전할 말이 있어서예요."

"아!"

"소사매는 담 대장이 어디 있는지 알고 있지요?"

"……."

듣는 이의 정신을 아찔하게 할 정도로 감미롭고 마력적인 엄소옥의 미소. 마경화의 눈빛이 어느새 가는 떨림을 보이고 있었다.

제64장 경공을 완성하다

곤륜비동은 총 서른여섯 개의 석실로 이뤄진 거대한 미로였다. 각 석실마다 크기와 구조가 다를 뿐더러 쓰임새 역시 가지각색이었다.

고전적인 연단실은 물론이거니와 탕약실, 약재실에 상당한 양의 고서적이 쌓여 있는 도서실까지 무시무시한 살인기관의 비호를 받으며 자리 잡고 있었다.

만약 기관진식의 기초라도 익힌 자가 있어 이러한 곤륜비동의 내부를 찾는다면 찬탄과 함께 탄식을 동시에 토하고 말리라.

곤륜비동 내의 좁다란 복도를 바보 같은 얼굴을 한 동자의 안내를 받으며 가로지르던 담우소의 두 눈에 이채가 떠올랐다.

―칠성(七星)!

미로를 도느라 막혀 있던 숨이 탁 트일 정도로 널찍한 대전의 이름이었다. 이곳이야말로 곤륜비동의 중심임에 분명했다. 나선 모양으로 만들어진 복도가 끝나는 곳이기 때문이다.

대전 안으로 한 발짝 들어서니 어둠만이 감돌던 시야가 환해졌다. 따로 이름을 상기하지 않더라도 천장에 북두칠성 모양으로 박혀 있는 일곱 개의 야명주 덕분이었다.

'석실마다 야명주를 박아놓은 것도 모자라 이런 호사스런 대전을 지어놓다니, 도대체 곤륜노괴는 어디서 이와 같은 재화를 모은 것이지? 조사해 본 바 곤륜파는 그리 돈 많은 문파가 아니라고 들었는데…….'

천장에서 시선을 떼고 눈살을 찌푸리던 담우소가 주춤 걸음을 멈췄다. 언제나와 같이 적발을 흩날리며 대전 바닥에 앉아 있는 최고봉의 모습을 발견한 것이다.

때맞춰 냉큼 대전 안으로 들어선 담우소와 달리 복도 안쪽에서 발길을 멈추고 있던 동자의 우물거리는 목소리가 들려왔다.

"그, 그럼 지는 그만 가보겠시우."

담우소가 뭐라 하기도 전에 고개를 한 차례 꾸벅해 보인 동자가 엉거주춤한 걸음으로 뒷걸음질쳤다. 희한하게 몇 걸음만 떨어져도 종적이 묘연해지는 미로의 어둠 속으로.

"……."

말없이 동자의 뒷모습을 배웅하며 담우소가 한숨을 내쉬자 최고봉의 괄괄한 목소리가 대전을 쩌렁하니 울려 퍼졌다.

"이 녀석아! 왔으면 냉큼 달려올 것이지 어찌 그런 곳에서 머뭇거리고 있는 거냐?"

움찔!

한 차례 어깨를 떨어 보이고 동자가 사라진 어둠 속에서 시선을 뗀 담우소가 소지로 귀를 후비며 눈살을 찌푸렸다.

"제길! 귀 떨어지겠네. 늙은이가 목소리는 커갖고."

"제길? 제길이라니!"

처음보다 두 배쯤 큰 목소리로 버럭 소리 지른 최고봉이 대뜸 신형을 일으켰다. 그리고 다음 순간 바람처럼 담우소에게 다가와 정강이를 사정없이 걷어찼다.

뻐억!

"어이쿠! 이 늙은이가 미쳤나?"

마지막 순간에 슬쩍 다리를 움츠러뜨리긴 했으나 최고봉은 한 차례의 발길질에 다섯 번의 변화를 첨가했다. 마지막 다섯 번째 변화를 피하지 못한 담우소가 안색을 일그러뜨리자 면전까지 다가선 최고봉이 이빨을 드러내며 웃었다.

"흐흐흐, 내 퇴법이 어떠느냐? 천하무쌍인 마도종횡보에서 내가 스스로 독창해 낸 것이다."

"아아, 그렇소이까?"

인상을 찡그린 상황에서도 담우소는 슬그머니 최고봉과의 간격을 벌렸다. 혹시라도 있을지 모를 이격에 대비하기 위함이었다.

최고봉이 말했다.

"그런데 이곳이 처음도 아니면서 어째 천장의 야명주를 신기하다는 듯 바라보았느냐?"

"좀 한심한 기분이 들어서 말이오."

"한심한 기분이 들었다?"

다시 천장의 야명주들을 슬쩍 올려다본 담우소가 얼굴에 못마땅한
표정을 완연히 드러냈다.

"내가 지금 요 모양 요 꼴이 된 건 다 돈 때문인데, 하나에 황금 몇
백 냥은 족히 나갈 야명주를 물 쓰듯 쓴 이 귀신 소굴을 보고 있자니
어찌 속이 뒤틀리지 않을 수 있겠소? 생각 같아선 한바탕 뒤집어엎고
싶지만, 이렇게 귀신 같은 두 늙은이한테 붙잡혀 억류되었으니 한심한
기분이 든단 말이오."

여전히 말하는 와중에 슬금슬금 자신과의 간격을 넓혀가는 담우소
를 바라보며 최고봉이 나직이 코웃음 쳤다.

"흥, 고작 그런 것이냐?"

대충 일 장 반 남짓 간격을 넓힌 담우소가 어깨를 으쓱해 보였다.

"그럼 뭐, 하늘을 뒤집고 땅을 꺼지게 할 만큼 대단한 일이라도 있는
줄 아셨소?"

"그야……."

잠시 말을 멈췄던 최고봉이 말했다.

"어쨌든 네 녀석은 명존에게 무공을 사사받고 성화령주가 된 몸이
아니냐? 이미 광명소주의 눈에 들었던 녀석이 까다로운 명존께 선택을
받았다면 뭔가 특별한 점이 있으리라 생각하는 게 일반적인 상식이잖
느냐."

"그래서 내가 앞서 누누이 설명했잖소. 광명소주와는 그저 질기디질
긴 악연에 불과할 뿐이고, 명존께 성화령을 받은 건 어디까지나 화심인
을 받은 까닭이라고."

'흥, 과연 그뿐일까?'

내심 냉소를 터뜨린 후 최고봉이 다시 처음에 앉았던 자리로 걸어갔

다. 전혀 내공을 끌어올리지 않았음에도 마치 계곡에 흘러내리는 물처럼 부드러운 보행이었다.

그 모습을 유심히 지켜보던 담우소가 천천히 그 뒤를 따랐다. 조금이라도 더 최고봉의 보행을 지켜보려 애쓰며. 그러자 최고봉이 굳이 넓은 대전의 한가운데로 걸어간 까닭이 드러났다.

"이건?"

대전 바닥은 다른 곳처럼 청석이 깔려 있었다. 빛을 먹어버리는 복도와 같이 소리조차 먹기 위함이었다.

최고봉을 뒤따르던 중 종횡으로 그어져 있는 도형을 밟고 선 담우소가 몸을 움찔 떨었다. 지난번까지만 해도 이곳에는 몇 개의 돌멩이가 배열되어 있을 뿐이었다.

자신을 바라보는 담우소를 향해 뒤돌아선 최고봉이 히죽 입가에 미소를 담았다.

"건곤종횡보의 기본 변화를 배웠으니 이 도형들이 무얼 의미하는지 모르진 않겠지?"

얼굴에서 괴이쩍은 기색을 지우며 담우소가 말했다.

"건곤종횡보의 기본형과 비슷하면서도 그 변화가 다소 모자르니, 당신이 성명절기로 삼는 마도종횡보가 아니오?"

"그렇다. 이것은 내 가장 큰 밑천인 마도종횡보의 변화들을 풀어놓은 것이다. 앞서 네 녀석이 배웠던 열다섯 가지 변초들은 모두 이 거대한 변화를 위한 준비 운동에 불과하다."

최고봉의 뒷모습을 좇았듯 바닥에 그려진 변화를 꼼꼼히 살피고 있던 담우소가 슬쩍 눈살을 찌푸렸다.

"확실히 마도종횡보는 당신의 가장 큰 밑천이 분명하오. 비록 겉껍

질에 불과하지만 건곤종횡보를 참고해 만들어낸 내 건곤만영 이초식이
당신에겐 전혀 통하지 않았으니까.”
　“그 건곤만영이란 건 본래 삼초식으로 된 경공이었겠지?”
　“그렇소.”
　고개를 끄떡이며 담우소가 말했다.
　“쾌(快)의 섬전건곤과 변(變)의 분광건곤까지는 어떻게 만들어냈지
만 무변(無變)으로 유변(有變)을 잡아내는 마지막 종횡건곤(縱橫乾坤)은
머리 속에서만 맴돌 뿐 끄집어낼 수 없었소.”
　“네 녀석이 배운 건 건곤종횡보의 기본 변화뿐이고, 본래 알고 있던
운중행은 절정과는 거리가 먼 신법이니 그건 당연한 일이다. 아니, 그
둘을 융화시켜 새로운 신법을 만들어낸 것만도 네 녀석으로선 대단하
다고 할 수 있는 일이랄까?”
　입술을 내밀며 최고봉이 고개를 가로저었다.
　“하지만 그것으로 끝이다. 지금 이대로라면 네 녀석은 끝내 종횡건
곤을 완성할 수 없을 것이다.”
　“…….”
　“그리고 이렇게 불완전한 신법에 의지해서는 아무리 네 녀석이 명존
에게 뛰어난 기공이학을 전수받았다 해도 큰 힘을 발휘하긴 힘들다.
자고로 모든…….”
　“모든 무공의 시작은 신법이니까?”
　최고봉이 할 말을 대신 내뱉은 담우소가 어깨를 으쓱해 보였다.
　“그 말은 이미 귀에 못이 박히도록 들었잖소. 그러니 이제 슬슬 거
래의 조건에 대해 말해 주는 게 어떻소?”
　“응?”

"당신이 이렇게 밑천까지 아낌없이 털어주니 내 마음이 불안해서 그렇소. 혹시 말도 안 되는 요구를 하면 내가 어찌 감당할 수 있겠소?"

"용병이라고 해놓고 이제 와서 발뺌을 하겠다는 것이냐?"

"흥, 지는 전쟁에서 가장 먼저 발을 빼는 게 용병임을 몰라 그런 소리를 하는 거요?"

"끄응."

한마디도 지지 않는 담우소의 대꾸에 최고봉이 앓는 소리를 내자 두 사람의 뒤쪽에서 무심냉막한 목소리가 들려왔다.

"폐인의 몸으로 왔다 헤어진 지 일 년 반이 조금 넘었을 뿐인데 무공은 절정에 도달하고, 심계 또한 마도효웅과 어깨를 견준다? 내 역근단골이 그리 헛된 것은 아니었군."

'제길! 주변이 온통 약 향이라 후각이 마비되니 꼼짝없이 곤륜노괴에게 배후를 허락했구나.'

내심 혀를 차면서도 담우소는 굳이 뒤를 돌아보지 않았다. 이모백은 곤륜 제일의 고수였다. 운룡대팔식을 가장 완벽히 익힌 그에게 배후를 허락했다면 목숨을 맡긴 것이나 마찬가지였다.

담우소의 얼굴을 힐끔 쳐다보고, 다시 선풍도골의 이모백을 쳐다본 최고봉이 미미하게 고개를 끄떡였다.

"흐흐, 그동안 전혀 관심없는 체하더니 네 녀석도 내 마도종횡보에는 관심이 있는 게로구나."

"설마?"

말을 받은 이모백이 목소리를 퉁명스레 바꿨다.

"네 녀석이 자꾸 뜸만 들이고 말을 안 하니 내가 직접 나선 것이 아니냐?”

“뭐얏!”

“왜? 내 말이 틀렸느냐? 그냥 네 녀석이 마교의 전설인 무명비급 하편에 적힌 운신의 요체에 눈이 멀어 이곳까지 도망왔다고 말하면 되는 것을 굳이…….”

“카앗! 이 녀석이!”

‘이크!’

“오늘은 기어이 네 녀석을 죽여 버리고 말 테다!”

담우소는 순간 옆으로 신형을 날렸다. 사천왕상(四天王像)에 못잖을 정도로 무시무시한 얼굴이 된 최고봉을 피하기 위함이었다. 그리고 다음 순간이었다.

파팟! 파곽!

무시무시한 경력이 폭발하는 소리와 함께 칠성의 대전은 광포한 열기와 냉랭한 청기가 휘몰아치는 전장이 되고 말았다. 전력으로 피했음에도 맹렬히 일어난 용권풍에 휘말려 나뒹군 담우소를 뇌둔 채.

＊　　　＊　　　＊

빙예운이 아미를 가볍게 찌푸리자 간이 막사 안에 만들어진 탁자 주변을 에워싸고 있던 풍뢰영 무사들의 표정이 대번에 헤벌레해졌다.

아무리 철혈대 내에선 천상의 꽃이나 다름없는 백룡철검대의 대장이지만 혈기방장한 젊은이들에겐 그런 것이 전혀 문제되지 않았다.

오히려 고지의 꽃이 아니면 꺾을 가치가 없다며 떠들다가 거의 죽기 일보 직전까지 두들겨 맞는 녀석들이 넘쳐 나고 있었다. 능력이 좋은 만큼 문제도 심한 녀석들만 각 부대에서 차출해 만든 것이 풍뢰영인 까닭이다.

그러나 이런 열악한 환경 속에서도 빙예운은 전혀 굴하는 빛이 보이지 않았다. 어렸을 때부터 이런 뜨거운 시선엔 익숙해진데다 열혈 총각들의 집결지인 철혈대에 들어와선 더욱 심한 경험을 숱하게 한 바 있었다.

철저한 무관심으로 주변 열혈한들의 시선을 날려 버린 빙예운이 자신의 맞은편에 앉은 백의문사 강문호에게 입술을 뗐다.

"소부대 전투 시 행동 강령에 따라 시간마다 이동한 듯한데 진세가 별로 흐트러지지 않았군요. 꽤나 강행군이었을 텐데도."

"풍뢰영의 이동을 며칠간 지켜보신 겁니까?"

"어째서 그런 판단을 내렸지요?"

늘상 입가에 매달려 있던 미소를 지우며 강문호가 말했다.

"말씀하신 대로 저는 소부대 전투 시 행동 강령에 따라 풍뢰영의 인원을 다섯으로 나눠 밤에는 이동하고, 낮에는 최대한 주변을 살피기 용이한 곳에 진지를 구축했습니다. 번을 서는 것부터 이동 시 짐의 배분까지 철저하게 관리했으니 강행군을 했다 해도 피로는 그다지 누적되지 않았습니다."

"그런데 내가 한눈에 강행군했다는 것을 알아보았으니 그리 짐작하게 된 것이군요?"

"뭐, 반쯤은 찍은 것이었습니다."

눈가에 이채를 띤 빙예운이 살며시 고개를 끄떡였다.

"거기에 또 속아 넘어갔으니 난 참 미련한 사람이군요."

“그렇게 자책하실 것까지야.”

손을 휘휘 저어 보인 강문호가 갑자기 몸을 일으키곤 정중히 포권지례했다.

“빙예운 대장님, 마침 잘 오셨습니다.”

“무슨 뜻이죠?”

“대장님도 근처에 천외지 천지이단의 이대 살수 조직이 진을 치고 있다는 건 이미 알고 계시지 않습니까?”

“…나보고 선봉을 서라는 건가요?”

평소처럼 입가에 빙글거리는 미소를 매단 강문호가 더욱 깊숙이 고개를 숙여 보였다.

“곧 기검봉에서 담 대장님과 함께 떠난 본 부대의 특수조들이 복귀합니다. 그들의 퇴로를 열어줘야 하는데 저쪽에는 십대천사를 비롯해서 몇 명이나 되는 고수들이 있는지라 제 고심이 이만저만이 아니었습니다. 그런데 마침 빙 대장님이 오셨으니 이 어찌 하늘이 저희 부대원들에게 내린 구원이 아니겠습니까? 작전은 이미 제 머리 속에 담겼으니 빙 대장님께서는 한 팔의 힘만 거들어주십시오.”

그 순간 마치 기다리기라도 했다는 듯 우레와 같은 함성이 터져 나왔다.

“우와아! 빙 대장님이 선봉을 서신단다!”

“우오! 난 빙 대장님을 위해서라면 이 한 몸 아낌없이 불사르리라!”

“빙 대장님 만세!”

“우오오!”

가히 폭풍과도 같은 기세였다. 막사 안에 도열해 있던 무사들뿐만 아니라 밖에 있던 무사들까지 일제히 광란에 가까운 기세를 올리기 시

작했다. 엄격한 무사 생활로 오랫동안 쌓여왔던 욕구 불만이 한꺼번에
폭출된 듯한 형국이었다.

'이, 이런……'

삽시간에 평생 들었던 음담패설을 훨씬 상회할 정도의 정신적 공격
을 당한 빙예운의 안색이 변했다. 본래 빙공인 한령신공을 익힌 탓에
백옥 같던 안색에서 더욱 핏기가 가셨고, 한쪽 머리가 지끈거려 왔다.
이와 같은 기세에 휘말린 상태에선 만마천에서 배운 백계(百計)가 아무
소용 없음을 아는 까닭이다.

그러나 은근슬쩍 내뱉어지는 구애를 가장한 음담패설까진 어쩔 수
없다지만, 성난 멧돼지처럼 돌진하는 무뢰한까지 봐줄 빙예운은 아니
었다.

파악!

뒤에서 덮쳐든 황소 같은 무사를 돌아보지도 않고 손을 휘둘러 막사
밖으로 던져 버린 빙예운이 강문호에게 차갑게 말했다.

"그동안 백룡철검대의 작전실에 있었다고요?"

"미천한 모사 중 한 명이었지요."

"내가 대단한 인재를 몰라봤었군요."

"과찬이십니다."

콰직!

강문호와 얘기하는 틈을 타 옆에서 슬그머니 손을 뻗던 무사의 옆
구리를 교족으로 가볍게 짓밟아준 빙예운이 마지못해 고개를 끄떡였
다.

"그래서 내가 해야 할 일이 뭐죠?"

"진짜 풍뢰영을 위해 한 팔의 힘을……"

"내 말을 못 믿겠단 건가요?"

서늘해진 빙예운의 눈빛을 직시한 강문호가 슬그머니 고개를 흔들었다.

"그럴 리가 있겠습니까?"

강문호가 슬그머니 손을 들어 올리자 우레와 같던 부르짖음이 서서히 잦아들기 시작했다. 눈치없는 무사 몇이 여전히 빙예운에게 휘파람을 불어대다 한쪽으로 끌려가 무참히 짓밟히는 걸 끝으로.

빙예운이 보는 앞에서 막사 안은 금세 정리되었다. 심하게 짓밟힌 무사 몇 때문에 바닥 군데군데에 핏자국이 묻긴 했지만 아무도 거기에 신경 쓰는 사람은 없었다.

막사 내의 무사들을 모두 밖으로 몰아낸 강문호가 수중에서 두루마리—권자본(卷子本:가로로 길게 이어서 두루마리로 된 책)—하나를 꺼내 탁자 위에 펼쳤다.

촤라락!

"이건……?"

"외곤륜의 지형도입니다. 외곤륜의 패자라 할 수 있는 곤륜파를 상대한다는 걸 알자마자 부랴부랴 준비한 거지요."

사락!

옷자락 끌리는 소리와 함께 눈앞에 펼쳐진 지형도를 세세히 살핀 빙예운이 흐릿하게 입가에 미소를 담았다.

"황급히 준비한 것치고는 대단히 꼼꼼하군요. 백룡철검대 작전실에서 내곤륜뿐만 아니라 외곤륜에 대한 지형지물을 한동안 만들었던 걸로 기억해요. 이건 그 당시 빼돌린 게 아닌가요?"

“하하, 그건…….”

“특별히 변명할 필요는 없어요. 당신은 지금 백룡철검대의 모사가 아니라 풍뢰영의 군사 신분이니까요.”

“배려에 감사드립니다.”

얼마 전의 다분히 희롱 섞인 예와는 달랐다. 다시 정중히 고개를 숙여 보인 강문호가 미리 준비해 뒀던 사항들을 설명하기 시작했다.

“현재 저희 풍뢰영은 이곳을 비롯해 거점을 총 세 군데 정도 잡고 움직이고 있습니다. 하나같이 주변 일대가 훤히 내려다보일 뿐더러 동서남북 어느 쪽으로든 이동이 용이한 지형이지요. 그것은…….”

“나는 백룡철검대의 대장일 뿐더러 철혈대주의 자문 역을 맡고 있는 사람이에요. 이미 주변의 지형은 대부분 살펴보고 왔으니 강 군사는 본론만 말하세요.”

“그렇군요. 소인이 미련했습니다.”

고개를 굽실거리며 강문호가 소매 속에서 붓을 꺼내 들고 거점 세 곳을 삼각형으로 이었다. 그리고 앞으로 지익 그어 보이니 몇 개의 험준한 협곡을 지나 한 무더기의 동그라미가 나타났다.

“어째서 동그라미가 몇 개로 나뉘어 있지요? 설마 하니 적들이 이 동그라미 개수만큼 나뉘어 있다는 건가요?”

“하하, 빙 대장님께는 자질구레한 설명이 필요없으니 소인이 무척 편하군요.”

동그라미에서 시선을 떼지 않은 채 빙예운이 말했다.

“그런 말은 내게 통하지 않으니 어서 설명하세요. 흑색천사와 은형마사는 이번에도 합동 작전을 펼치지 않게 된 건가요?”

“예, 그렇습니다. 본래는 합동으로 작전을 펼쳤습니다만 혈봉황단

인수 작전이 실패로 돌아간 걸 기화로 다시 예전의 상태로 돌아갔습니다. 밀정 셋을 잃고 알아낸 바로는 서로 싸움까지 했던 것 같습니다.”

“그렇군요. 본래 천령단을 맡고 있는 뇌음사는 능력은 있으나 덕이 부족해 수하들을 잘 믿지 않아요. 이번에도 본래 앙숙지간인 이대 살수 조직 간에 경쟁을 유도한 듯한데 별로 큰 성과는 없는 듯하군요.”

“천령단은 이대 살수 조직 말고도 비슷한 위세를 지닌 천령단주 직속의 마영혈(魔影血)들이 있습니다. 천령단주보다는 광명우사의 명령에 더 복종하는 두 세력을 시시때때로 깎아내릴 필요가 있었겠지요.”

“당신…….”

문득 지도에서 시선을 떼고 강문호의 얼굴을 바라본 빙예운이 기묘한 표정을 지어 보였다.

“천령단에서도 마영혈은 극비 중의 극비에 붙여진 최종 병기들이에요. 철혈대나 오행기의 각 기주들이 마령신단을 먹여 키운 특수부대를 상대하기 위해선 그럴 수밖에 없었죠.”

“…….”

“게다가 광명우사와 뇌음사의 사이에 이상 기류가 흐르기 시작한 것은 더욱 극비라 할 수 있어요. 그런데 그런 일들까지 알고 있다니, 담 대장은 일반적인 군사를 얻은 게 아니로군요.”

“풍뢰영의 뒤에는 혈봉황단이 있으니 어찌 소인이 보물산을 그대로 놔뒀겠습니까. 지난 몇 달 동안 소인은 보물들을 산처럼 쌓아놓고 도락을 즐겼습니다.”

“보물산이라! 과연 군사에게 혈봉황단의 광대한 정보는 무엇과도 바꿀 수 없는 보물이긴 하겠군요.”

고개를 끄떡인 빙예운이 말했다.

"그럼 강 군사는 알겠군요."

"무얼 말씀하시는지?"

"어째서 뇌음사가 내곤륜도 아니고 외곤륜에 지금까지보다 몇 배나 되는 전력을 투입했는지 말예요."

강문호의 입가에 매달려 있던 미소가 물거품처럼 사라졌다. 이와 같은 질문을 예상치 못했기 때문이 아니라 상대가 빙예운인 까닭이었다.

잠시의 침묵 끝에 강문호가 말했다.

"그건 소인이 감히 입에 담을 수 없는 문제인 것 같습니다만."

"모르는 것이 아니라 입에 담을 수 없다? 그런 말을 내게 하고도 살아남을 수 있다고 생각하는 건가요?"

"소인은 그저 빙 대장님과 저희 대장님 간의 조그만 친분에 기댈 뿐이지요."

"그동안 전혀 앞에 나서지 않더니, 한 번 입을 여니 전국시대(戰國時代)의 소진(蘇秦)과 장의(張儀) 못지않을 정도로 혀에 기름을 발랐군요?"

"알아주시니 감사합니다."

촤라락!

여태 눈길을 주고 있던 지형도를 빙예운은 다시 둘둘 말았다. 그리고 도저히 일소경국(一笑傾國)할 모습과는 어울리지 않는 표정으로 강문호를 직시했다.

"내가 저쪽에 진을 치고 있는 십대천사 하나와 은형마사의 팔대마사(八大魔邪) 중 둘을 맡겠어요. 나머지 십대천사 한 명과 잔당들은 강 군사가 맡아주세요."

"팔대마사 중 하나 정도는 더 소인에게 맡기셔도 됩니다."

빙예운이 미미하게 고개를 흔들었다.

"십대천사나 팔대마사는 그리 대단한 고수는 아니지만 모두 암살의 달인들이에요. 만마천에서 살수 수업을 받은 내가 아니면 상대하기 힘들 거예요."

"……."

"그리고 혹시라도 잘못되어 강 군사의 목 윗부분이 없어지면 담 대장이 괴로워하지 않겠어요?"

"빙 대장님께서도 저희 대장님을 그동안 아주 빈 마음으로 대하신 건 아니로군요."

"빈 마음?"

반문한 빙예운이 입가에 미미한 미소를 담았다.

"어찌 그러한 사람을 완전히 거짓된 마음으로 대할 수 있겠어요? 강 군사 같은 책사마저 이토록 마음을 준 사람인데……."

"담 대장님과 소인과의 관계는 그런 것이 아니라……."

"됐어요. 그리 변명할 필요 없어요."

강문호에게 한 차례 손짓을 한 빙예운이 막사를 빠져나갔다. '우리 관계는 그저 빚진 자와 빚을 준 자의 관계'라는 강문호의 우물거리는 목소리를 외면한 채.

"으악!"

"어이쿠!"

필시 미련을 못 버리고 막사 주변을 배회했을 무사 몇의 처절한 울부짖음에 강문호가 고개를 절레절레 흔들었다. 아무리 절세가인이라 해도 철혈대의 대장쯤 되면 절대 무시할 수 없다는 판단이었다.

그러나 쓴웃음이 매달린 입가와 달리 강문호의 눈빛은 오랜만에 활기를 일으키며 살아나고 있었다. 자신의 인생을 게으름 피워야 할 때와 아닐 때로 나눈 그에게 지금은 후자 쪽임에 분명했다.

*　　　*　　　*

검의 움직임은 번개와 같았다. 어둠과 빛이 묘하게 조화를 이루고 있는 공간을 가르니 검은 곧 유성이 되었다. 묘한 기운을 흩뿌리는 빛의 물결을 꼬리에 매어단 채.

스파앗!

일시 십여 개에서 백여 개로 늘어난 검기의 물결. 자신을 휘어감아 오는 살인적인 홍색의 폭포수를 차갑게 노려보던 담우소의 신형이 일시 가는 흔들림을 보였다. 종횡으로 변화하는 검기가 그의 몸을 관통하기 바로 직전이었다.

스윽!

검기의 폭풍이 휘몰고 지나간 바로 다음 순간이었다. 그저 대기가 갈가리 찢겨지는 소음뿐 아무런 변화도 일어나지 않은 대전 한가운데에 담우소는 조용히 내려섰다. 마지막 순간에는 물경 삼백여 개가 넘었던 검기가 통과하고 지나간 바로 그 자리였다.

십 장이나 떨어진 곳에서 이모백이 전개한 칠보유홍분심검법(七步流紅分心劍法)을 지켜보고 있던 최고봉이 가볍게 박수를 쳤다.

짝짝짝!

"좋다! 좋아! 아주 좋아! 곤륜노괴의 칠보유홍분심검법은 일곱 걸음을 떼기 전에 무려 삼백육십 번이 넘는 변화를 일으킨다. 그런데 그것을 제자리에서 피해냈으니, 네 녀석의 종횡건곤은 완성된 것이나 진배 없다.”

담우소와 딱 일곱 걸음 떨어진 곳에 검을 늘어뜨리고 있던 이모백이 못마땅한 표정이 됐다.

“어디까지나 연공을 돕기 위해서였다. 만약 내가 마음을 둘로 나눠 검기를 나눴다면 상황은 완전히 달라졌을 것이다.”

“흥, 아무려나. 하지만 저 담가 녀석도 오직 경공에만 신경 썼을 뿐이니, 그리 떫은 감을 씹은 표정은 할 필요가 없지 않느냐.”

“누가 떫은 감을 씹었다는 것이냐?”

“네놈 말이다! 네놈!”

“이런 무식한 마도 녀석이!”

“말만 앞세우는 정파의 비겁자 녀석이!”

며칠 전의 일전에서 서로 우열을 가리지 못한 탓이었다. 몇 마디 지나지 않아 최고봉과 이모백은 십 장의 거리를 둔 채 날카로운 시선을 교환했다. 만약 담우소가 중간에 끼어 있지 않았다면 벌써 손속을 나눴을 기세였다.

‘쯧, 늙은이들이 말싸움은, 좋은 손발 놔두고. 지난번에도 대전 안을 빙글거리며 경공만을 견주더니, 이번에도 말만 앞세우다 끝날 모양이군.’

옆 동네 불 구경하는 심정으로 두 사람의 설전을 지켜보던 담우소가 슬그머니 끼어들었다.

“그러니 최 노인과 이 노인이 보기에도 내 종횡건곤은 완벽해진 게 맞다는 말이오?”

“어딜!”

"아직 멀었다!"

언제 설전을 벌였냐는 듯 똑같은 목소리를 낸 최고봉과 이모백의 모습에 담우소가 입을 벌렸다.

"에? 그럼 방금 전의 박수는……."

"그건 어디까지나 며칠 만에 첫 번째 관문을 통과한 것에 대한 격려의 박수였다."

어느새 십 장의 거리를 가로질러 온 최고봉이 이모백을 한차례 쏘아보고 담우소에게 이빨을 드러냈다.

"흐흐, 어쨌든 뜻밖의 일이었다. 아니, 예상 밖의 일이었다는 편이 더 옳달까?"

'뭔 말이 하고 싶은 거냐?'

"어쨌거나 네 녀석이 그동안 이만큼이나 경공의 기초를 착실하게 쌓았을 줄은 몰랐다. 무변으로 유변을 이길 수 있기 위해선 같은 동작을 십만 번 이상 반복하는 고련이 필요하거늘."

"머리가 별로 고명하지 못하니 몸으로라도 때워야 하지 않겠소. 어렸을 때부터 지금까지 육체를 단련하는 데 꾀부린 적은 없었소."

"하긴 육체의 운동 능력을 극한까지 끌어올리는 풍천외가경을 그만큼이나 익히려면 당연한 일이겠지."

고개를 끄떡여 보인 최고봉이 이모백에게 눈길을 던졌다.

"이젠 네 녀석의 효용이 모두 떨어졌으니 빨리 딴 곳으로 가봐라!"

"마교에 대한 이야길 할 모양이군."

"그러거나 말거나!"

"알겠다. 나도 네 녀석 같은 마도, 사파의 얘기 따윈 듣고 싶지 않다."

휑하니 도포 자락을 휘날리며 이모백이 칠성대전에서 떠나갔다. 항시 말과 행동이 일치하는 성격대로의 모습이었다.

"흥, 그런 마도, 사파에게 약점을 잡혀 휘둘리고 있는 주제에……."

이모백의 뒷모습을 바라보며 최고봉이 콧방귀를 뀌었다. 그러고도 모자라 주먹까지 흔들어 보이는 최고봉을 담우소가 점잖게 만류했다.

"떠난 사람 뒷모습 보며 주먹을 흔드는 건 소인배가 하는 짓이오."

"뭐? 소인배!"

"흠, 이제야 날 돌아보는구려."

"……."

"빨리 하려던 말을 끝내는 게 어떻겠소? 나도 바쁜 사람이고, 최 노인도 광명우사나 광명소주가 찾아오기 전에 도망치려면 바쁘긴 마찬가질 거 아뇨?"

"어!"

나직이 신음을 토한 최고봉이 흉신악살 같은 표정이 되었다.

"곤륜노괴 녀석이 말하더냐?"

담우소가 고개를 흔들어 보였다.

"그럴 사람이 아니지 않소."

"그럼?"

어느새 자신의 지척까지 다가선 최고봉을 피해 몇 걸음 뒤로 물러선 담우소가 말했다.

"설마 내가 그동안 놀고만 있었다고 생각하는 건 아닐 텐데?"

"이곳의 기관은 매번 바뀐다. 그동안 마음대로 풀어뒀으니 다방면으로 탈출로를 알아봤겠지만 헛수고에 불과하다."

"그럼 어째서 그리 경계를 하는 것이오?"

"그거야⋯⋯."

피식 입가에 웃음을 담은 담우소가 최고봉의 말을 끊었다.

"당신 말이 맞소. 이곳은 확실히 대단한 기관으로 중첩되었을 뿐만 아니라 계속 바뀌니 내 혼자의 힘으론 죽었다 깨어나도 탈출할 수 없소."

"그럼 방금한 말의 진의는 무어냐?"

"그거 말이오?"

어깨를 으쓱해 보인 담우소가 말했다.

"바로 이거요."

스윽!

눈앞에서 담우소가 허깨비처럼 후들하는 흔들림을 보인 순간이었다. 말없이 담우소를 직시하고 있던 최고봉의 눈빛이 얼음장처럼 차갑게 가라앉았다.

"건방진!"

그리고 최고봉의 신형이 역시 미미한 흔들림을 보였다 싶은 순간 주변을 밝히고 있던 야명주의 광채가 몇 차례 가벼운 흔들림을 보였다.

팟! 파파파파!

최고봉과 담우소, 두 사람 모두 대전의 청석 위에서 한 발짝도 떼지 않고 있었다. 오직 가벼운 흔들림을 보이고 있을 뿐이었다.

그러나 몇 차례씩 야광주의 광채가 미묘한 산란을 일으킬 때마다 그들의 반경 십 장 내에선 거센 기파가 터져 나오고 있었다. 몇 촌 밖으로부터 십 장 밖까지. 사람의 그림자는 보이지 않지만 기파의 충돌은 시간이 갈수록 격렬해지기만 할 뿐 줄어들 생각을 하지 않았다.

그러다 언뜻 삼 장 밖에서 그림자 하나가 모습을 드러낸 순간이었다. 그저 미미한 요동만을 보이고 있던 두 사람 중 담우소의 모습이 허깨비처럼 사라졌다. 그림자가 잠깐 모습을 드러낸 것과 동시에 벌어진 일이었다.

"자, 잠깐!"

그림자가 모습을 드러낸 지점으로부터 다시 십여 장을 물러선 곳이었다. 황급한 목소리를 낸 사람은 담우소였다. 여전히 처음 위치했던 자리에서 일 촌도 움직이지 않은 최고봉이 퉁명스런 목소리를 냈다.

"어떠냐? 아직도 경공으로 내게 대항할 마음이 남았느냐?"

그제야 완전한 모습을 드러낸 담우소가 고개를 절레절레 흔들었다.

"과연 천하제일 경공 대가요. 나는 이번에야말로 진정 탄복했소이다."

"당연하지. 곤륜노괴 녀석도 감히 내 앞에서는 경공을 논하지 않는다."

'지난번의 일전을 보건대 그건 아닌 듯한데…….'

내심 작은 반론을 던져 본 담우소가 곧 고개를 끄떡거렸다.

"앞으론 절대 최 노인 앞에서 경공에 대해 논하지 않겠소이다."

"그럼 다른 건 논하겠다는 것이냐?"

"다른 점은 좀 논해볼 문제가 있지 않겠소?"

말을 끝마치자마자 최고봉에게 다가선 담우소가 목뼈를 가볍게 까닥거렸다.

우둑, 뚝!

"설마 더 해보자는 것이냐?"

"설마?"

표정이 살벌해진 최고봉에게 슬며시 고개를 저어 보인 담우소가 곤
륜비동에 들어선 후 처음으로 입가에 사교적인 웃음을 담았다.

"그렇지만 말이오, 경공만으로야 최 노인을 당해낼 수 없겠지만 지
금이라도 명존께 직접 무공을 사사받은 내가 목숨을 걸면 이야기가 조
금은 달라지지 않겠소?"

"그런 낯짝을 하고 잘도 위협하는구나?"

"아! 위협으로 들렸소이까?"

"그럼 네 녀석에게 위협할 의도가 없다는 것이냐?"

어깨를 으쓱해 보인 담우소가 말했다.

"뭐, 위협한다고 통할 상대도 아니고, 내 단도직입적으로 말하겠
소."

"말해라."

"처음 말했다시피 난 용병이오. 경공을 배운 일은 무척 고마운 일이
지만 난 당신을 사부로 생각하지 않소. 그러니 어쩌면 이곳을 나서자
마자 난 당신을 배신할지도 모르오. 아니, 내게 이익이 된다면 분명 배
반할 것이오."

"그렇겠지……."

"그런데도 최 노인과 이 노인은 내게 도박을 걸겠소?"

최고봉의 얼굴이 잠시 침울하게 변했다.

"처음엔 그동안 놀지 않았다는 말이 경공에 열중했다는 것인 줄 알
았더니, 사실은 현재 자신이 처한 상황을 치밀히 계산하고 있었다는 것
이로구나."

"목숨은 소중한 것이니까……."

잠시 말끝을 흐린 담우소가 손을 내밀었다.

"성화령을 돌려주시오."

"……"

"지금 내가 할 수 있는 약속은 단 한 가지. 언제가 될진 모르겠지만, 최 노인이 이곳에 있는 한 반드시 들이닥칠 두 세력 중 하나의 우두머리인 광명소주에게 당신에 대한 변명을 해주겠다는 것이오."

"고작?"

"그게 어째서 고작이 되오! 나나 최 노인이나 화심인의 굴레에 씌인 사람들이니 지금 내 결정이 목숨을 건 것임을 알 게 아니오. 게다가……"

잠시 목소리를 낮춘 담우소가 음울한 표정으로 말했다.

"광명소주가 얼마나 성질이 더러운지는 당신도 그날 내가 당하는 꼴을 봐서 알 게 아니오?"

"화, 확실히……"

잠시 엄정하에게 담우소가 화심인을 받을 당시의 광경을 떠올린 최고봉이 어깨를 으슬 떨었다. 그날 당했던 사람은 담우소만이 아닌 것이다.

"그러니 빨리 주시오."

"……"

잠시 어린애처럼 보채는 담우소를 노려본 최고봉이 얼굴 표정을 어둡게 바꿨다.

"하지만 네 녀석도 알다시피 날 노리는 사람은 광명소주뿐이 아니다. 어쩌면 광명소주보다 더 무서운 사람이지."

"광명우사……"

"그렇다. 천하무림을 손에 넣기 위해 기본적인 무림의 도의조차 잊어먹은 그 녀석 말이다.”

우두둑!

뼈가 으스러질 정도로 꽉 쥐어진 최고봉의 손아귀에서 피가 배어 나
왔다. 모호한 야명주의 광채를 검붉게 물들이며.

제65장 아! 화심인

툭!

손바닥으로 전달되는 기묘한 온기. 천산냉옥과 더불어 천하에 귀한 열화온옥(熱火溫玉)의 기운임을 직감한 담우소의 안색이 딱딱하게 굳었다.

‘이렇게 쉽게?

그렇다. 너무 쉬웠다. 담우소의 내밀어진 손아귀에 떨어진 건 열화온옥을 깎아 만든 성화령이었다. 이렇게 쉽사리 손에 들어올 물건이 아닌 것이다.

의문에 찬 눈빛을 던지면서도 담우소는 재빨리 품속에 성화령을 갈무리했다. 이런 경우는 한순간의 망설임도 있어선 아니 될 일이었다.

그런 담우소를 묵묵히 지켜보고 있던 최고봉이 말했다.

“이 순간 성화령을 돌려주는 것으로 네 녀석의 한 가지 약속은 받아낸 걸로 치겠다.”

‘그럼 뭐가 또 남았다는 뜻인가?

담우소의 얼굴로 그럼 그렇지 하는 표정이 얼핏 스쳐 갔다. 그저 눈한 번 깜빡일 정도로 순간적인 일이었다.

바로 평정 그 자체인 얼굴로 바꾼 채 담우소가 말했다.

“앞서 말했던 것만으로도 나로선 목숨을 담보로 한 것이오. 거기서무얼 더 내가…….”

“너는 화심인의 저주에서 벗어나고 싶지 않느냐?”

꿈틀!

안면 근육 전체를 격하게 떨어 보인 담우소가 다시 입가에 사교적인미소를 담았다.

“아하하, 나는 명존께 충성을 맹세한 자요. 신교에서 화심인을 받았다는 건 그야말로 영광스런 일로써 백 번 천 번이고 명존과 성화의 은혜에 감복해야 하는 것인데…….”

“그런데 어째서 그리 친근한 표정을 하고 내게 다가서는 것이냐? 아까까진 내게서 조금이라도 멀리 떨어지고자 노력했던 녀석이?”

“그야…….”

어느새 최고봉의 바로 앞까지 다가선 담우소가 잠시 말을 멈추고 주변을 몇 차례 훑어봤다. 이미 극도로 천시지청술을 발휘한 상황이었으나 만사 불여튼튼이랄까.

사람의 그림자 하나 보이지 않는다는 걸 몇 차례나 확인하고서야 담우소가 최고봉의 귀에 입을 갔다 댔다.

“화심인은 신교 육대 호교 신공 중 하나요. 명존과 그 후계자인 광명소주한테만 전해지는 무공인데 최 노인, 당신에게 무슨 방도가 생겼다는 것이오?"

비죽!

담우소의 행동이 전혀 이상하지 않다는 미소를 입가에 매단 최고봉이 말했다.

"만약 그렇다면?"

"내게 뭘 원하는 것이오?"

"벌써 마음의 결정을 내렸다는 것이냐?"

"하하하!"

아까와는 전혀 다른 통쾌한 대소를 천장을 올려다보며 터뜨린 담우소가 눈빛을 차갑게 가라앉혔다.

"익히 말했다시피 나는 용병이오. 더 이상 흰소리하지 말고 요구 조건이나 말하시오."

"화끈해서 좋구나!"

고개를 힘있게 끄떡여 보인 최고봉이 말했다.

"지령단을 맡고 있던 형님과 누이를 구하기 위해 지금부터 나는 이곳을 떠나 광명우사를 찾아갈 생각이다."

"그건……."

"왜? 네놈이 보기엔 내가 죽을 자리를 찾아가는 것 같으냐?"

담우소의 눈살이 가볍게 찡그려졌다.

"그럼 아니오?"

낼름!

피로 물든 자신의 손바닥을 혀로 핥은 최고봉이 음울한 표정을 지어 보였다.

"어쩌면 그럴 수도 있겠지. 오산인 중 으뜸인 단장귀수 형님은 물론

이거니와 지모가 탁월했던 희매까지 억류시킨 광명우사 녀석은 강적임에 분명하니까."

"게다가 그에겐 천령단주인 뇌음사까지 있지 않소? 두 사람이 세간의 평과 달리 속으론 꽤 반목하고 있다곤 하지만 최 노인 혼자서 상대하기엔 너무 힘드오. 으음……."

만류의 말을 하던 중 나직이 신음을 토한 담우소가 더욱 눈살을 찌푸려 보았다.

"부탁하려는 게 설마 나더러 뇌음사를 상대하란 것이오?"

"왜? 자신없느냐?"

"……."

"네 녀석이 익힌 풍천외가경이나 그 밖에 기공이학은 이미 상당한 경지에 오른 데다 경공 역시 네놈만의 것을 완성한 터라 이미 뇌음사 정도는 제압할 만하다. 화심인의 저주로부터 벗어나게 해주는 데 그 정도면 싼 편이라 생각한다만."

'확실히 그 빌어먹을 화심인에서 벗어날 수만 있다면 그리 비싸게 부른 가격은 아니다. 하지만 적발귀신을 못 잡은 걸 알면 성질 사나운 엄 대주가 날 죽이려 들 텐데…….'

그때였다. 담우소의 대답을 기다리기 귀찮아진 듯 최고봉이 품속에서 죽간 하나를 꺼내 들었다. 상당히 오래된 듯 퇴색한 빛이 역력함에도 코끝을 스치는 기름 내음이 이채로웠다.

"죽간을 오래도록 보존하기 위해 시시때때로 기름종이에 싸뒀던 것 같구려?"

담우소가 묻자 최고봉이 고개를 끄떡였다.

"천 년이나 된 물건이니 그럴밖에."

“천 년?”

고개를 갸웃해 보이는 담우소에게 최고봉이 수중의 죽간을 내밀었다.

“이건 신교 천 년 역사상 가장 중요한 물건 중 하나이다. 창교조사 때부터 이어 내려온 물건이며, 무림의 역사상 가장 귀중한 보물인 것이다. 이걸 네 녀석에게 맡기니 광명소주에게 전해 드리거라.”

“으음.”

신음을 흘리면서도 담우소는 성화령 때와 마찬가지로 재빨리 죽간을 품 안에 갈무리했다. 역시 한 치의 망설임도 보이지 않는 모습이었다.

참 넉살도 좋은 녀석이라 내심 중얼거리며 최고봉이 말했다.

“그게 뭔지는 알고 품에 넣은 것이냐?”

“어쨌든 좋은 거 아뇨? 일 테면 무명비급 하편이라거나…….”

“그, 그야 그렇지. 하지만…….”

“염려 마시오!”

최고봉의 말을 끊은 담우소가 말했다.

“이 죽간이 최 노인 말처럼 광명소주가 원하는 것이고, 덕분에 내가 문책을 면하게 되면 약속은 반드시 지키겠소.”

“뇌음사는 그렇다 치더라도 천령단은 결코 만만치 않은 집단일 텐데?”

“하하, 아까의 말과는 다른 듯한데? 설마 날 의심하는 것이오?”

“네 녀석이 나 같았으면 어찌하겠냐?”

“뭐, 최 노인과 다름없겠지요.”

“하면?”

입가에 남아 있던 웃음을 모두 씻어낸 담우소가 말했다.

"뇌음사에게 세력이 있다면 내게도 미약하나마 세력이 있소. 천하 어디에 내놔도 손색없을 군사도 있고."

"……."

"그래도 모자르다면 그건 지금부터 내가 알아서 해결할 일이니 최 노인은 이 노인과 함께 광명우사에게 한 방 먹이는 일에나 신경을 쓰시오."

호쾌한 호언장담과 달리 담우소는 다시 손을 내밀고 있었다. 화심인의 해결책을 요구하고 있는 것이다.

담우소를 전혀 믿을 수 없다는 표정으로 노려보면서도 최고봉은 나직이 한숨을 토해냈다.

"네놈이 가진 죽간의 내용은 지난 천 년간 신교의 수많은 인재들이 달려들었으나 누구도 해독하지 못한 고문(古文)으로 되어 있다. 따라서 몇 가지 도형 역시 무용지물이나 다름없었지. 그러나 나는 광명소주에게 이 물건을 보내기 전 도형을 살펴보고 몇 가지 사실을 깨달았다."

"운신의 요체?"

최고봉은 고개를 흔들어 보였다.

"이미 내 경공은 더 이상 오를 곳이 없을 정도에 이르렀다. 혹여 무명비급에 대단한 경공이 적혀 있다손 쳐도 지금의 내 경지를 뛰어넘기는 힘들 것이다."

천하제일 경공 대가의 자부심이 느껴지는 말이었다. 평소의 짓궂음 따윈 집어던진 채 고개를 끄떡여 보인 담우소가 의혹의 눈빛을 던졌다.

"그렇다면?"

"내가 주목한 건 화심인의 근본이랄 수 있는 정신 감응력의 요체였다.”

“아!”

담우소는 진심으로 감탄했다. 자신은 절대 도형만으로 어떤 무공의 원리를 유추해 내는 일 따윈 불가능하다는 걸 자인한 것이다.

최고봉이 설명을 계속했다.

“그래서 나는 그동안 화심인을 풀 방도를 찾기 위해 이곳 곤륜비동에 은신했고, 요즈음에 이르러 상당한 진전을 볼 수 있었다.”

“그렇다면 화심인을 깰 수 있는 방법이 완전한 것은 아니라는 것이오?”

“아직까지는 그렇다. 하지만 조금만 더 공을 들이면 화심인을 완전히 깰 수 있을 것이다. 네 녀석이 뇌음사의 목을 가지고 내게 올 때쯤이면 말이다.”

설명을 끝마치고 최고봉은 사악하게 웃었다. 그동안 담우소가 해달라는 대로 다 해줬던 건 바로 이 말을 해주기 위함이었음이 분명했다.

‘뇌음사의 목을 가져올 때라······.’

잠시 염두를 굴린 담우소가 말했다.

“그렇다면 광명소주나 광명우사 역시 최 노인이 발견한 사항을 눈치챈 것이오?”

“광명우사는 몰라도 광명소주는 분명히 그럴 것이다. 광명소주처럼 총명한 사람은 지금까지 보지 못했으니까.”

“알겠소.”

한 차례 고개를 까딱여 보인 담우소가 성큼성큼 칠성대전을 가로질러 갔다. 더 이상 최고봉이 자신에게 해줄 게 없다고 판단 내린 것이다.

잠시 어이없다는 표정을 짓고 있던 최고봉이 버럭 소리 질렀다.

"언제 뇌음사의 목을 가져오려느냐?"

"최 노인은 언제 광명우사를 박살 낼 거요?"

최고봉은 대답하지 못했다. 대신 담우소가 평소처럼 툴툴거리며 말했다.

"제길! 어차피 피차간에 앞일을 예상할 수 없으니, 오늘은 이만 헤어지고 후일을 기약합시다."

"나는 곧 이곳을 떠날 것이다."

"광명소주에겐 이렇게 말하겠소. 최 노인이 본래는 지극히 신교와 명존께 충성하는 사람인데 광명우사의 음험한 음모에 빠졌을 뿐이라고."

"어떤 음모냐고 물으면?"

잠시 발걸음을 멈춘 담우소가 어깨를 으쓱해 보였다.

"그땐 도리가 없달까?"

"허억!"

최고봉의 입에서 숨 넘어가는 소리가 들렸다. 담우소가 칠성대전을 빠져나가기 바로 전에 들은 마지막 소음이었다.

그러나 바로 다음 순간이었다. 어둠이 깃든 복도 안에서 철커덕! 하는 소음이 들렸고, 보무도 당당하게 걸음을 내딛고 있던 담우소가 칠성대전으로 바람처럼 되돌아왔다.

"제기랄! 이 노인은 도대체 어딨는 거야!"

'또 기관이 바뀌었군.'

담우소를 바라보는 최고봉의 입가로 슬며시 비웃음 한 자락이 흘러나왔다.

＊　　　＊　　　＊

마경화는 평소와 달리 안절부절못하고 있었다. 근처에 주저앉아 돌
멩이를 집어 들고 공기놀이를 하고 있는 소여영과는 극히 대조적인 모
습이었다. 며칠 전 군사의 급전을 통보하기 위해 기검봉에 온 후 합류
한 소여영은 지금까지 단 한 번도 담우소에 대한 걱정을 입 밖에 낸 적
이 없었다.

대략 한 시진 전부터 땅바닥에 몇십 개나 되는 돌멩이를 배열해 놓
고 고심 어린 눈빛이 되어 있던 엄소옥이 문득 입가에 미소를 띠었다.

"아아, 이런 것이었군!"

파파팍!

흙먼지를 일으키며 엄소옥에게 다가간 마경화의 입술이 가늘게 떨
렸다.

"지, 진세를 푸셨나요?"

"아니."

엄소옥은 바로 고개를 저어 보였다. 청백하면서도 교염한, 이중적인
매력을 물씬 풍기는 미모에 어울리지 않는 얄궂은 미소를 입가에 매단
채였다.

동행한 며칠간의 경험으로 눈앞의 미녀가 대단히 짓궂은 성격을 지
녔음을 파악한 마경화가 조심스레 다시 물었다.

"하지만 한 시진 전에는 자신만만하셨잖아요?"

"응?"

"이딴 진세 정도로 내 앞길을 막을 순 없다고."

쪼그려 있던 자리에서 벌떡 몸을 일으킨 엄소옥이 미간을 가볍게 찌푸렸다.

"음, 분명 그랬었지."

그리곤 다시 고개를 가로저었다.

"그렇지만 곤륜신성 이모백의 명성에 걸맞게 눈앞의 진세는 너무 복잡하단 말야. 처음에는 오행(五行)을 근간으로 하는 것 같더니, 조금 더 깊이 들어가니 팔괘(八卦)를 아우르고, 칠성(七星)마저 변화에 끼어들었다구. 시간에 따라 생문과 사문이 바뀌고 휴문마저 일정치 않으니, 내가 어찌 한 시진 정도 끙끙거렸다고 풀 수 있겠어?"

"……."

기문진법에 대한 지식이 전무한 마경화로선 그저 입 꾹 다물고 경청할 도리밖에 없는 상황이었다. 엄소옥이 없었다면 곤륜도사를 족쳐 곤륜비동을 찾았다손 치더라도 지금쯤 눈앞에 펼쳐진 진법 속에 갇혀 헤매고 있을 게 분명한 까닭이다.

그러자 자신 혼자 마구 떠들다가 침묵하고 있는 마경화에게 애매모호한 표정으로 질문을 던졌던 엄소옥의 아미가 상큼하게 치켜 올라갔다.

"대답이 없는 걸 보니 경화 동생은 지금 날 무시하고 있는 거지?"

"예?"

"내가 이깟 진세 하나 못 풀어낸다고 지금 속으로 비웃고 있잖아!"

"그, 그럴 리가……."

"시끄러! 시끄럽다구!"

마경화에게 화를 내는 엄소옥의 백설 같던 두 볼이 어느새 붉게 물들어 있었다. 가진 재주를 다 동원하고서도 진세를 풀 수 없자 가슴에 쌓인 울화가 결국 폭발하고 만 것이다.

'내가 벌통을 건드린 것인가?'

마경화는 그제야 자신의 계속된 질문이 자부심 강한 엄소옥의 심경을 건드렸음을 깨달았다. 이렇게 투정 부리는 어린애 같은 엄소옥의 모습은 만난 후 처음 보는 바였다. 항시 자신만만한 표정과 장난기 어린 행동들 속에는 이처럼 자존심 강한 소녀의 모습이 감춰져 있었던 것이다.

시간이 지날수록 엄소옥의 안색은 진홍빛으로 물들어갔다. 말없이 지켜보고 있는 마경화의 심장을 조여오는 변화였다. 언제 어디로 튈지 모르는 용수철을 지켜보는 심정이었다.

그때였다. 두 여인 간에 긴장이 고조되고 있는 가운데에서도 꿋꿋하게 공기놀이를 멈추지 않고 있던 소여영의 입에서 탄성이 터져 나왔다.

"아!"

붉게 달아올랐던 엄소옥의 안색이 순간적으로 제 빛을 회복했다. 냉정을 되찾은 것이다. 그리고 고개를 돌린 그녀의 추수 같은 눈빛이 가볍게 흔들렸다.

"진이 요동 치고 있다! 설마 하니 제 수순을 밟지 않고 밖으로 뛰쳐 나오는 사람이 있는 건가?"

믿을 수 없다는 투의 혼잣말을 내뱉은 것에 비해 엄소옥의 눈빛은 조금의 흔들림도 보이지 않았다. 방금 전까지 어린애처럼 마경화에게 성질을 부리던 모습은 전혀 찾아볼 수 없었다. 지극한 냉정함만이 매혹적인 눈동자를 장식하고 있었다.

바로 그 순간 언뜻언뜻 흔들리던 눈앞의 한가로운 풍경 속에서 검은색 일색의 장신 사내가 모습을 드러냈다. 칠렁거리는 긴 머리를 아무

렇게나 흐트러뜨린 그 모습은 펼치는 신법과 더불어 광포한 폭풍과도
같았다.

"우왕! 사부님!"

누가 뭐라 하기도 전에 소여영이 사내의 품으로 돌진했다. 여태껏
보였던 무관심한 천진함과는 전혀 다른 열정을 발산하며.

모습을 드러낸 사내는 담우소였다. 외인에게 진의 변화를 몽땅 가르
쳐 줄 수 없다고 이모백이 고집을 부린 탓에 그는 이제 막 완성한 건곤
만영을 극한까지 발휘해야만 했다. 생문을 따르지 않고 몇 가지 휴문
을 거쳐 진의 변화를 정면 돌파한 것이다.

"이런이런……."

진을 빠져나오자마자 품속으로 달려든 소여영을 안고 담우소는 고
개를 가로저었다. 느닷없는 돌격에 다소 놀라기는 했으나 가슴을 축축
이 적시는 느낌은 그에게 생경했다. 지금까지 별로 경험해 보지 못한
일이란 뜻이다.

일시 소여영을 밀치지 못하고 난처한 표정을 지어 보이던 담우소의
시선이 멀리 서 있는 마경화에게 향했다.

"……."

소여영에게 선수를 뺏긴 마경화는 애꿎은 땅바닥만 발끝으로 걸어
차고 있었다. 소여영처럼 감정을 있는 그대로 발산하기엔 호위 무사로
서의 위치가 장벽을 치고 있었다.

그러자 잠시 떠올랐던 의혹을 뒤로한 담우소의 고개가 마경화를 향
해 가볍게 끄떡여졌다. 전후의 사정을 듣지 않고도 그는 대충 사정을
짐작할 수 있었던 것이다.

그때 소여영을 품에 안고 있는 담우소를 묘한 눈빛으로 바라보고 있던 엄소옥이 독특한 음색으로 입을 열었다.

"호오, 본래 남녀가 유별하다 했거늘, 끌어안고 있는 시간이 다소 긴 것 같네?"

"아!"

그제야 담우소의 품에서 슬머시 벗어난 소여영이 커다란 두 눈에 가득 고여 있던 눈물을 닦으며 엄소옥을 돌아봤다.

"하지만 저하고 대장님은 사제지간인걸요?"

엄소옥이 도톰한 입술을 가볍게 이지러뜨렸다.

"영매, 사제지간이라면 더욱 가릴 건 가려야 하는 거야. 두 사람처럼 나이 차이가 얼마 나지 않는 사제지간끼리는 더 더욱."

"그, 그렇구나!"

하지만 연신 고개를 끄떡이면서도 소여영은 담우소 옆에서 떨어질 생각을 하지 않았다. 직분에 충실한 마경화와 소여영은 개성 자체가 다른 것이다.

진세를 빠져나왔을 때부터였다. 눈이 번쩍 뜨이는 미모를 지닌 엄소옥을 주시하고 있던 담우소가 다시 눈길을 마경화에게 던졌다.

"마 호위가 설명해 보라."

마경화가 곧 본래의 자신을 되찾았다.

"대장님, 이분은……."

"아! 설명은 내가 하도록 할게."

마경화의 보고를 끊고 앞으로 나선 엄소옥이 등에 짊어지고 있던 일월쌍극을 양손에 나눠 들었다.

"일월쌍극?"

“예를 취해 보이지 않을 건가요?”

무심한 엄소옥의 절세미모를 한차례 직시한 후 담우소가 얼른 한쪽 무릎을 땅에 대었다.

“독립 부대 풍뢰영 대장 담우소가 철혈대의 지존신물 앞에 무릎을 꿇습니다.”

“내가 누군지 알겠나요?”

“일월쌍극을 지닌 자, 곧 철혈대주라 했소이다. 대주님과 동일한 신분일 것으로 짐작합니다만.”

“호호, 얘기로 들었던 것과는 다르네요?”

입가에 슬며시 미소를 떠올린 엄소옥이 곧 목소리를 바꿨다.

“그럼 내가 어째서 이곳에 왔는지도 짐작하고 있겠지요?”

“대충은.”

“그럼 설명해 보세요.”

앞서 자신이 마경화에게 했던 말을 돌려받은 담우소의 표정이 미묘하게 변했다. 왠지 눈앞 절세미녀의 모습이 낯설지 않다는 느낌을 받은 것이다.

‘흐음, 이상하군. 한 번 보면 절대 잊어버릴 수 없을 정도의 미녀이거늘 어찌 기억이 나지 않는 걸까?’

내심 염두를 굴리면서도 담우소는 곧 표정을 바로 하고 고개를 조금 숙여 보였다.

“자평하자면, 곤륜비동에 갔던 일은 절반의 성공이라 할 수 있습니다.”

“절반의 성공?”

엄소옥의 눈빛이 싸늘해졌다.

"절반의 실패가 아니고요?"

"딱히 표현을 하자면 그럴 수도 있겠지요."

"뭐, 일단은 좋은 쪽으로 생각하기로 하고 우리 자리를 옮기도록 하죠."

힐끔 시선을 남쪽으로 돌린 엄소옥이 말하자 담우소가 대뜸 대답했다.

"이곳에서 동쪽으로 십여 리 정도만 가면 몇십 개나 되는 동굴군이 있습니다. 만약 추격하는 자들이 있다 해도 숨기엔 제격인 곳이지요."

"흐응, 첫 대면이지만 우리는 서로 간에 마음이 맞는 것 같군요."

"제가 본래 미인과는 의기투합을 잘하는 편이죠."

"호호호!"

하늘을 바라보며 교소를 터뜨린 엄소옥이 바람처럼 움직여 소여영을 옆구리에 꿰고 동쪽으로 신형을 뽑아 올렸다. 진세를 빠져나올 때 담우소가 발휘했던 건곤만영에 조금도 뒤지지 않는 신법이었다.

'허! 신법만이라면 대주 못지않군.'

혀를 내두른 담우소가 마경화를 돌아보며 입가에 미소를 담았다.

"상황 판단이 빠른 사람이군. 영아 쪽이 무게가 덜 나갈 테니 내가 손해를 본 건가?"

"아!"

마경화의 안색이 홍시처럼 붉어졌다.

담우소의 말처럼 동쪽으로 십 리를 달리자 일군의 천연 동굴들이 보였다. 필시 수천 년간 이뤄진 자연의 천부(天府)임이 분명했다.

그중 한 군데에 자리를 잡은 엄소옥에게 담우소가 대뜸 품 안에서 꺼낸 죽간을 내밀었다.

"이건……."

엄소옥의 눈에 이채가 떠올랐다. 한눈에 보기에도 오랜 풍상을 겪은 듯한 죽간에서는 기묘한 냄새가 배어 나오고 있었다. 후각이 아주 좋거나 고서적에 조예가 깊은 사람이라야 눈치 챌 수 있는 오랫동안 기름과 섞인 대나무가 만들어내는 냄새였다.

자신과는 달리 죽간을 재빨리 받아 들지 않는 엄소옥을 탐색하듯 바라보며 담우소가 말했다.

"대주님 대신으로 오셨다면 알고 계실 거라 생각했습니다만……."

"……."

"혹시 내가 잘못 생각한 겁니까?"

"그렇군요."

스윽!

담우소에게 고개를 끄떡여 보인 엄소옥이 다음 순간 바람처럼 신형을 날려 마경화와 소여영을 훑고 지나갔다. 듣는 귀를 줄이려는 의도였다.

파팟! 팟!

아! 소리도 내지 못하고 쓰러진 소여영의 뒤를 따라 마경화 역시 바닥에 주저앉았다. 담우소와 엄소옥 간의 대화를 듣고 저항을 포기한 것이다.

눈앞에서 수혈을 짚힌 두 여인이 쓰러지는 모습을 묵묵히 지켜보고 있던 담우소가 눈살을 가볍게 찌푸렸다.

"과연 내 생각이 잘못된……."

파앗!

두 여인을 처리하고 돌아오자마자 엄소옥은 곧바로 담우소에게 손을 썼다. 백옥 같은 수장을 앞으로 내뻗었다 위로 올려치자 담우소의 상반신이 몽땅 수영의 변화에 휘감겼다.

그야말로 살기만장(殺氣萬丈)의 기세!

하던 말도 채 끝맺지 못하고 펄쩍 뒤로 물러섰던 담우소의 신형이 눈부시게 아름다운 소수에 다섯 차례나 꿰뚫렸다. 승부가 결정되는 순간이었다.

그러나 다음 순간 뒤로 신형을 물린 사람은 엄소옥이었다. 손끝으로 느껴지는 공허함 때문이었다.

휘익!

마경화를 비롯한 풍뢰영 특수조 전체를 제압했던 귀신 같은 움직임으로 십여 장이나 뒤로 물러선 엄소옥의 입술이 가는 떨림을 보였다.

"여태껏 그 자리에 계속……?"

십 장 밖의 엄소옥을 바라보며 담우소가 웃었다.

"하하, 일월쌍극을 지니셨으니 그냥 명령만 내리면 될 터인데 어찌 친히 손을 쓰시는 겁니까?"

"명령만 내리면 된다? 그럼 내가 죽으라면 죽겠다는 뜻인가요?"

"그런 명령은 좀 곤란합니다만, 죽는시늉 정도는 해드릴 용의가 있소이다."

"시늉이라……."

담우소 곁으로 다가선 엄소옥이 손을 내밀었다.

"그럼 이만 절반의 성공을 넘겨주시죠."

"이젠 살인멸구(殺人滅口)할 생각을 버리신 겁니까?"

"살인멸구란 건 절대적인 힘이 있는 자들이 하는 소리예요. 곤륜비동에서 어떤 기연을 만났는지는 모르겠지만 지금의 당신을 제압하려면 오라버니가 나서야 할 테니 포기할밖에요.”

“오라버니…….”

“소개가 늦었군요. 내 이름은 엄소옥. 광명소주이자 철혈대주직을 겸임하고 있는 마도의 기린아(麒麟兒) 엄정하는 제 오라버니예요.”

“그, 그렇군요.”

담우소는 고개를 끄떡이며 엄소옥의 얼굴을 뚫어지게 쳐다봤다. 얼굴이 익숙한 데다 소옥이란 이름은 더욱 낯설지 않았기 때문이다.

그러자 엄소옥이 담우소의 내심을 읽은 듯 입가에 미소를 띠었다.

“후훗, 왜? 내 이름이 낯설지 않은가요?”

“이름도 그렇지만 소저의 화용월태(花容月態) 또한 어디선가 본 듯한데 기억이 나지 않는군요. 소저 같은 절세미인을 기억하지 못할 리 없건만.”

“그건 아마도 내가 당신을 만났을 때 화화기공을 펼치고 있었기 때문일 테지요.”

“아아!”

자신이 지켜보는 앞에서 얼굴을 변모시킨 엄소옥을 바라보며 담우소는 입을 딱 벌렸다. 평범하면서도 이지적인 용모. 눈앞의 여인은 어느새 만마천 시험 때 만났던 구소옥의 얼굴이 되어 있었다.

잠시 잠깐 만에 펼쳤던 화화기공을 푼 엄소옥이 다시 입가에 미소를 담고서 살짝 허리를 숙여 보였다.

“광명정에서는 참 신세를 많이 졌어요.”

“하!”

순식간에 과거 광명정에서 벌어졌던 전후 사정을 눈치 챈 담우소가 기가 막힌 탄식을 터뜨렸다. 신정으로 떨어진 후 고난의 세월을 보냈던 걸 생각하면 화가 치밀지만 덕분에 절정고수로 거듭난 사실을 염두에 두지 않을 수 없었던 것이다.

잠시 담우소의 눈치를 살피고 있던 엄소옥이 변명하듯 말했다.

"담 공자도 알다시피 그 당시 신교의 상황은 매우 위험했고, 특히 오라버니의 경우 생명이 위험할 정도였어요. 이용할 수 있는 건 무엇이든 이용해야 했다구요. 그중에 나와 담 공자가 끼었을 뿐이고요."

"자기 자신도 피해자란 말을 하고 싶은 것이오?"

"뭐, 일테면 그렇다는 거지요."

"……."

"하지만 산속에서 곱게 곱게 자란 터에 이복 오라버니가 있다는 사실은 내게도 충격이었다구요."

담우소는 일시 말문이 막히지 않을 수 없었다. 여인의 몸으로 쉽사리 할 수 없는 말을 했다는 생각이 든 까닭이다.

'하지만 그렇다고 이대로 물러설 순 없지.'

이런 건수를 잡고 손해 볼 수 없다는 판단과 함께 담우소가 수중의 죽편을 다시 품속에 집어넣었다.

"아!"

"일단 이 물건은 본인이 보관하고 있겠소."

여태까지의 여유만만하던 표정을 벗어던진 엄소옥이 성난 목소리를 냈다.

"지금 일월쌍극의 권위에 도전하겠다는 건가요?"

"그럴 리가요."

"그럼 어째서 넘겨주려던 걸 도로 품에 집어넣는 거예요?"

"아! 이거 말이오?"

죽편을 집어넣은 가슴팍을 손으로 몇 차례 두드려 보인 담우소가 씨익 웃었다.

"이제 전후의 사정은 대충 알겠지만, 이곳에 대주님 대신 엄 소저가 온 까닭이 나는 궁금하구려."

"그건……."

잠시 말을 멈추고 담우소의 느물거리는 표정을 냉연히 바라본 엄소옥이 눈살을 가볍게 찌푸려 보였다.

"너무 많은 걸 알고자 하는 자, 그만큼 황천길에 가까워라!"

"마도에 전해오는 고언(古言)이구려?"

"그걸 아는 사람이 지금 이런 우매한 행동을 하는 건가요? 비록 담 공자가 명존께 사사받았다곤 하지만 제 오라버니는 무수히 많은 마도의 거마효웅들과 어깨를 나란히 하고 있다고요."

"대주님은 확실히 무서운 사람이지요."

"흥, 그래도 담 공자는 전혀 두렵지 않다는 거군요?"

한차례 냉소와 함께 발걸음을 돌린 엄소옥이 쓰러져 있는 소여영과 마경화에게로 걸어갔다. 담우소에게 무명신공 하편을 돌려받는 건 일단 뒤로 미루기로 마음먹은 것이다.

＊　　　＊　　　＊

최고봉의 이마로 주름이 하나 더 늘어났다. 본래 마음이 일면 어디든 달려가야 직성이 풀리는 성격에 느긋한 성격인 이모백과 동행하려니 울화가 끓어올랐다. 담우소를 보낸 후 곧바로 곤륜비동을 떠났건만 반나절이 넘도록 아직 삼십여 리도 움직이지 못하고 있는 것이다.

남의 속도 모르고 야트막한 언덕 하나를 넘어선 이모백이 눈앞으로 보이는 기검봉을 망연히 바라보며 중얼거렸다.

"곤륜비동에 갇혀 살길 몇 년이던가! 기검봉을 따라 흘러가는 구름은 여전하니 곤륜의 빛 또한 변함이 없으렷다!"

"제기랄! 그럼 곤륜파의 말코들이 네 녀석 하나 없어졌다고 모두 뒈지거나 도사질을 그만둘 줄 알았더냐?"

"허어! 곤륜의 빛은 그대로인데 어디서 개 짖는 소리가 자꾸 들리니 세월이 흐르긴 흐른 모양이로구나."

"뭐! 개 짖는 소리? 이 말코도 되지 못한 돌팔이 녀석이!"

최고봉이 달려들자 이모백은 슬쩍 신형을 띄우고 몇 차례나 공중에서 신형을 틀었다. 운룡대팔식 중 익힌 자가 몇 없다는 용비구천(龍飛九天)을 자연스레 펼친 것이다.

그러나 이모백의 상대는 천하제일 경공 대가였다. 단숨에 마도종횡보 중 팔황변(八荒變)을 펼쳐 용비구천의 꼬리를 따라잡은 최고봉의 양장이 벽력같이 이모백의 좌우를 파고들었다.

콰콰콰!

최고봉이 운기한 건 마도일절 열화기였다. 삼 장 밖에서 이미 열화장력의 강렬한 열기를 간파한 이모백이 다시 신형을 몇 차례 회전시켰다. 공중에서 아홉 번의 변화를 보인 용비구천에 이어 천룡두린(天龍頭鱗)을 펼쳐 최고봉의 열화장력을 회피한 것이다.

"허어!"

다시 열화기를 운기하려다 말고 나직한 탄성을 터뜨린 최고봉이 주춤 멈춰 섰다. 자신이 두 차례나 손을 쓰는 동안 이모백이 전혀 반격하지 않았다는 걸 깨달은 탓이다.

최고봉의 후속 공격에 대비해 몇 장의 간격을 벌리고서야 땅에 발을 디딘 이모백이 냉랭한 표정으로 말했다.

"노물아! 네 녀석이 마도 오대마공 중 하나라는 열화기를 그만큼이나 익혔으니 광명우사 녀석을 죽이는 것도 문제가 아니겠구나."

"흥! 그 잘난 운룡대팔식으로 몇 차례 내 공격을 피했다 하여 곤륜노괴, 네 녀석이 지금 날 희롱하는 것이냐?"

"어찌 내가 무도한 마도의 노물을 희롱하겠느냐? 나는 다만 네 녀석이 이번 중원행에 대단한 자신감을 보이는 듯하여 한마디 했을 뿐이다."

"그게 무슨 뜻이냐?"

"담우소란 어린 녀석과 한 약속은 네 녀석 혼자서도 충분히 지킬 수 있으리란 것이다. 네 녀석과 하등 다를 바 없는 마도의 마두들도 구해 낼 수 있을 것이고."

"……."

굳이 묻지 않더라도 최고봉은 이모백이 하는 말의 의미를 알 수 있었다. 각자 이유는 다르지만 두 사람은 공통된 목적을 가지고 중원행에 나선 참이었다. 처음부터 이렇게 싸울 까닭이 없었다.

'하지만 저 망할 곤륜노괴 녀석만 보면 나도 모르게 울화가 치밀어 오르니…….'

내심 자신의 경솔함을 탓하면서도 이모백의 얼굴을 한차례 노려보는 걸 잊지 않은 최고봉이 결국 고개를 끄떡였다.

"알았다. 광명우사 녀석의 멱줄을 끊어놓기 위해 손을 잡은 터이니 목표를 달성하기 전까진 네 녀석을 용서하기로 하마."

“허허, 날 용서하겠다고? 그렇다면 나도 한동안 네 녀석의 불유쾌한 면상을 참기로 하지.”

“으드득, 마음껏 떠들어라. 그렇게 떠들 수 있는 날도 얼마 남지 않았으니.”

“아무려나.”

최고봉에게 차가운 냉소를 던진 이모백의 시선이 다시 눈앞의 기검봉을 향했다. 생사를 알 수 없는 길을 가려니 밟히는 게 참 많기도 많았다.

제66장 전장의 밤은 깊어

현재 군사 강문호의 지휘 하에 있는 풍뢰영의 총병력은 돌격 일조 사십 명, 특수 침투 파괴 이조 이십오 명, 연락 삼조 오 명 등 총 칠십 명 정도였다.

본래 풍뢰영은 총인원 백이십 명 정도의 구성이었으나 일선 전투 부대에서 인원 확충을 완벽하게 한다는 건 있을 수 없는 일이었다. 애송이 신입 무사들을 쓸 만한 전투 병력으로 성장시키는 데는 대단히 많은 시간과 노력이 필요한 것이다. 풍뢰영같이 전문가들로 구성된 특수 독립 부대로선 더 더욱.

그러니 현재 강문호의 머리를 지끈거리게 하는 건 대치하고 있는 적의 절반도 되지 않는 풍뢰영의 병력이 아니었다. 오히려 그가 걱정하는 건 상대방에 비해 월등히 적은 고수의 숫자와 아직 가다듬어지지 않은 조직력이었다.

과거 점창파와 귀성장 간의 싸움에서도 알 수 있는 일이었다. 강호 무림에서 고수라는 존재는 언제나 정상적인 전략, 전술을 펼치는 데 있어 큰 걸림돌이었고, 조직력이란 한 부대의 명운을 쥐어짤 만한 문제였다.

그나마 다행이랄까, 부족한 고수의 문제는 빙예운의 등장으로 어느 정도 해소됐지만 설익은 조직력의 해결 방안은 아직 마련되어 있지 않았다.

그동안 기검봉 쪽으로 보급을 연결하며 계속 몇 가지 소부대 전투 훈련을 행했지만 강문호의 마음에 드는 수준은 요원하기만 했다. 찢어진 소부대 간의 원활한 연계가 이뤄지지 않는다는 전제 하에 병력을 나눈다는 건 적에게 각개 격파의 빌미를 제공할 뿐이었다.

'하지만 이미 특수조들과의 연락이 끊긴 지 닷새가 넘어가고 있다. 곤륜파의 동태도 더 이상의 파악이 어렵고, 비록 마지막 명령서에 회군(回軍)할 장소를 명시해 놓긴 했지만 더 이상 시간을 끌었다가는 특수조 전부를 잃을 수도 있다. 대장 녀석은 물론이고.'

톡톡!

'잠깐! 그렇게 되면 대장 녀석과의 채무 관계도 이번 기회에 깨끗이 정리되는 게 아닐까? 본래 당사자가 죽으면 채무란 소멸하기 마련이니까. 특별히 채무를 인계받을 일가붙이가 대장 녀석에게 있는 것도 아니고.'

매우 구미가 당기는 일이었다. 완벽하지 않은 상태에서 두 배가 넘는 적들과 싸우는 모험을 하는 것에 비한다면 적어도 백배는 더.

하지만 책상을 손가락으로 몇 차례 두드리다 피식 입가에 미소를 담은 강문호는 벌떡 신형을 일으켰다. 홀로 궁시렁댔던 것과 달리 어느

새 그의 머리 속에는 이미 깔끔할 정도로 정리된 전술들이 샘솟고 있
었다.

성큼성큼 막사 밖으로 걸어나간 강문호가 이미 전투 준비에 돌입
해 있는 돌격 일조 사십 명 중 맨 앞에 서 있는 무사를 향해 소리쳤
다.

"전충(戔忠)!"

"예!"

한 걸음 앞으로 나선 건 돌격 일조의 조장이었다. 그동안 시간이 날
때마다 들볶았던 사나이를 똑바로 직시하며 강문호가 말했다.

"여태까지의 훈련대로 돌격 일조를 십 명씩으로 나눠 야간 전술 이
동에 들어간다."

"존명!"

"아! 그리고……."

잠시 말끝을 흐린 강문호가 전충 뒤에 도열해 있는 돌격 일조를 훑
어봤다.

"그동안 훈련과 위장에 공들인만큼 최후의 순간에 목숨들은 스스로
챙기도록!"

"존명!"

이례적으로 전충과 더불어 먹물로 얼굴을 시커멓게 칠한 돌격 일조
모두가 나직이 복명했다. 훈련 시 언제나 '생환'을 강조했던 강문호의
지시를 기억해 낸 것이다.

'흠, 이젠 슬슬 특수 침투 파괴 이조를 인솔해 출발한 빙 대장이 흑
색천사의 주둔지에 침투해 파괴 공작을 펼칠 시간이렷다!'

뒤통수를 긁적인 강문호가 문득 깊은 어둠 속에 파묻힌 눈앞의 산봉

을 바라봤다. 수적인 열세는 물론이거니와 조직력에서도 문제가 있는 돌격 일조들을 데리고 은형마사를 치기 위해선 지금 바로 출발해야 할 터였다.

*　　　*　　　*

털썩!

검은색 일색의 경장에 얼굴에는 검은 복면, 죽는 순간에도 소리를 내지 않는다 알려진 흑색천사의 살수 중 하나가 소리없이 주저앉았다. 주저앉은 다음에야 고개가 옆으로 꺾이니 밤의 정적 속에 검붉은 핏물이 녹아들었다.

손을 들어 올려 주변이 모두 깨끗해졌음을 인영이 알리자 주변에 은신하고 있던 인영 둘이 소리없이 움직였다. 소부대 전투 중 잔당 제거 시 주로 쓰이는 삼 인 일 조, 한 사람이 암습하는 동안 나머지 둘은 주변을 방비하는 기본형이었다.

"이 녀석까지 벌써 다섯 명째다. 이젠 더 이상 이 근방에 얼쩡거리는 살수 녀석들은 없는 것 같다."

겉면을 검게 칠해 전혀 빛을 반사하지 않는 단검에 묻은 핏물을 소맷자락으로 닦으며 첫 번째 인영이 말하자 품에서 화골산(化骨散)을 꺼내 든 두 번째가 눈살을 찌푸렸다.

"딴 녀석들이 향한 쪽은 어찌 됐는지 모르겠지만 생각보다 흑색천사의 살수들이 약한 것 같다. 이거 설마 하니 함정은 아니겠지?"

두 번째의 손에서 화골산을 빼앗아 방금 죽인 살수의 핏속에 뿌리며 세 번째가 고개를 가로저었다.

"선발대를 이끌고 떠난 건 빙 대장님이다. 아마 강한 놈들은 이미 그분의 손에 다 요절난 것일 테지."

"그런가?"

"뭐, 그럴 테지. 그렇지 않다면 명색이 천령단의 이대 살수 조직 중 하나라는 흑색천사 녀석들이 이리 쉽사리 당하진 않았을 테니."

치이익!

화골산이 뿌려지자 앞서의 살수들처럼 시체는 삽시간에 녹아 들어갔다. 피와 만나 반응한 화골산의 부식력은 놀라울 정도로 강력했다.

잠시 그 모습을 지켜보고 있던 삼 인 일 조 중 첫 번째가 귀를 쫑긋 세웠다. 마치 그들의 의문에 화답이라도 하려는 듯 어둠만이 잠들어 있던 산중 이곳저곳에서 미세한 파공성이 들려오기 시작했다. 바로 빙예운의 뒤를 좇은 선발대가 향한 곳에서 들려오는 소리였다.

"드디어 시작됐군."

첫째가 고개를 끄떡이자 두 번째와 세 번째가 역시 고개를 끄떡여 보였다. 지금까지 그들이 했던 작업이 주변 이곳저곳에 홀로 은신한 살수들을 찾아 제거하는 것이었다면 이제부터는 말 그대로 전면전 돌입이었다.

마지막이 될지도 모를 일이었다. 서로의 얼굴을 한 차례씩 확인한 삼 인 일 조 중 첫 번째 조가 여태까지와 같이 바람처럼 앞으로 내달렸다.

그 시각, 선발대 열 명을 이끌고 출발한 빙예운은 다양한 형태로 주둔해 있던 흑색천사의 주둔지 중 하나를 속전속결로 박살 내고 이동

중이었다.

본래 그녀는 홀로 흑색천사의 십대천사 중 하나와 은형마사의 팔대마사 중 둘을 처리할 생각이었다. 그만한 암살 고수들을 감당해낼 사람이 현재 풍뢰영에는 없다는 판단이었다. 사실 그렇기도 하고.

하지만 지난 며칠간 강문호와 격론을 벌인 후 빙예운은 단독 행동을 포기하고 양동 작전의 한 축을 맡게 되었다. 강문호의 주장 중 가장 큰 것이 '대승은 원하지 않는다' 였기 때문이다.

'훗, 대승은 원하지 않는다고?'

뒤따르는 선발대에 맞춰 적당한 빠르기로 야천을 가로지르며 빙예운은 고소를 금치 못했다. 두 배가 넘는 살수단과의 정면 대결을 벌이기 싫다는 말을 은유적으로 표현한 강문호의 재치를 떠올린 것이다.

한동안 야천을 가로지르다 보니 동쪽 방향에서 화광이 충천하는 게 보였다. 달빛조차 구름에 가려 어둠만이 위세를 떨치고 있는 상황이니 상당히 떨어진 거리임에도 불빛은 또렷하게 보였다.

파파팟!

잠시 빙예운이 발길을 멈춘 사이 뒤따르던 선발대 중 한 명이 다가들었다. 전령의 임무를 수행하는 특수 침투 파괴 이조의 조장 강개(姜愷)였다.

"불길이 치솟은 건 대략 백오십 장에서 이백 장 밖입니다. 이미 흑색천사 녀석들이 불빛을 봤을 테니 기습은 물 건너갔다고 봅니다만."

"첫 번째 목표물을 타격하고 이미 반 시진이 지났어요. 후발대 다섯 개 조에서 청소를 하고 있는 이상 병력 확충은 불가능할 터인데 그럼 어쩌자는 소리죠?"

스슥! 슥슥!

어느새 빙예운과 강개의 주변으로는 나머지 선발대 아홉 명이 둘러서 있었다. 혹시라도 있을 적의 암습에 대비하기 위한 일종의 방진 구축이었다.

동료들의 믿음직한 모습을 한차례 훑어본 강개가 눈알만을 반짝이며 말했다.

"불길이 치솟은 건 은형마사 쪽 주둔지입니다. 만약 흑색천사와 은형마사 간의 분쟁이 없고 우두머리가 범용한 자라면 그쪽으로 병력을 집결시킬 겁니다. 하지만 두 살수 집단 간의 골은 깊고 흑색천사의 십대천사들은 하나같이 범용한 자들이 아니지요."

"하면?"

"속하의 생각에 지금쯤 그들은 병력을 집결시켜 우리가 방금 전에 친 주둔지를 향해 달려오고 있으리라 봅니다. 그러니까 저희들은 지금 당장……."

"일정한 장소를 찾아 매복을 해야겠군요?"

강개의 말을 대신한 빙예운이 입가로 흐릿한 미소를 머금었다.

"그럼 매복할 장소 역시 군사에게 전해 들었겠죠?"

"아!"

살짝 입을 벌린 강개가 얼른 품 안에서 쪽지 하나를 꺼내 빙예운에게 내밀었다. 이와 같은 상황을 예상한 강문호가 맡긴 쪽지 중 하나였다.

얼른 강개에게서 쪽지를 받아 펼친 빙예운의 입가에 매달린 미소

가 더욱 진해졌다. 내심 점찍어뒀던 장소들 중 하나를 발견한 것이
다.

"으음, 이 와호(臥虎) 모양의 언덕이라면 이곳에서 그리 멀지 않아
요. 내가 길을 알고 있으니 앞장서도록 하죠."

"속하들 역시!"

"속하들도!"

와호 모양이란 소리에 여기저기서 목소리를 낸 선발대를 대신해 강
개가 이미 방향을 찾아 빙예운 대신 앞장섰다.

"군사의 명으로 그동안 이 근처의 모든 언덕과 협곡들을 속하들은
하루도 빼놓지 않고 숙지했습니다. 이곳에서 그곳까지의 가장 빠른 지
름길을 알고 있으니 속하가 앞장서겠습니다."

"그렇군요."

빙예운이 고개를 끄떡여 보이자 강개가 앞서 달려가기 시작했다. 시
간이 곧 황금과 같다는 말은 이럴 때 쓰는 말이었다. 조금이라도 늦어
매복에 실패한다면 뒤에 남겨진 후발대 십오 명의 목숨이 위험하기 때
문이다.

*   *   *

돌격 일조에 속한 자들은 기본적으로 세 개의 단봉과 한 쌍의 단검
을 패용했을 뿐더러 등에는 소궁(小弓)을 짊어지고 있었다. 평상시 이
동과 집단 전투 시 살상력을 극대화시키기 위함이었다.

게다가 특수 침투 파괴 이조와 달리 전투 시 최일선에서 돌격을 감
행해야 하는 만큼 움직임의 민활함과 장병의 집중력을 극대화시킬 필

요가 있다는 것도 한 가지 이유였다.

밤을 도와 이동해 새벽녘쯤 적진 근처에 화전(火箭)을 집중시키는 대규모의 화공(火攻)을 펼친 돌격 일조는 곧 단봉과 단검을 결합했다.

차창! 창!

결합된 형태는 한 쌍의 단창과 양날의 장창, 두 가지 형태 중 후자였다. 짧은 거리에서의 백병전 시에는 한 쌍의 단창이 유용하지만 높은 위치에서 내리꽂듯 적진을 유린하거나 마상 전투에서라면 역시 양날을 모두 사용할 수 있는 장창이었다.

그것은 장병과 단병이란 전투에 따라 실효가 다르기 때문인데, 이번에 후자가 선택된 건 적의 병기를 고려한 것이었다. 은형마사 살수들은 기본적으로 암습에 용이한 천잠사와 단검만을 사용하는 것이다.

며칠 전부터 날씨를 살핀 강문호의 예상이 맞아떨어져 첫 번째 화공은 상당한 실효를 거두고 있었다. 주변에서 번을 서던 은형마사의 살수들은 이미 대대적인 화공에 놀라 꼬리를 만 지 오래였다. 그들의 독문병기인 천잠사는 직물로 짜여지기 전에는 불에 상당히 약하니 화공에는 속수무책이리라.

'하지만 그렇다 해도 이런 혼란이 오래갈 린 없겠지.'

야간 이동을 하는 동안 땀으로 범벅이 된 이마를 소맷자락으로 훔치며 눈살을 찌푸린 강문호가 손짓하자 돌격 일조 조장 전충이 얼른 앞으로 다가들었다.

"준비는 이미 끝났습니다. 명을 내려주십시오!"

"으음, 그리 긴장할 건 없고."

뒤통수를 긁적인 강문호가 말했다.

"그냥 그동안 반복 훈련했던 대로 하시오."

"그럼 몇 명을 차출해서 군사님의 호위를……."

"아니, 호위는 필요없어요."

"예?"

손을 들어 전충의 말을 가로챈 강문호가 근처를 둘러보다 나무 하나를 골랐다. 주변을 온통 휘감고 있는 화마(火魔)와는 한참이나 떨어져 있을 뿐더러 바람의 방향으로 봐도 불길로부터 꽤 안전한 나무였다.

"옳지! 저거면 되겠군."

고개를 끄떡여 흐뭇한 마음을 표시한 강문호가 여전히 명을 기다리고 있는 전충에게 말했다.

"나는 지금부터 저 나무에 기어올라 가 조장의 무운장구를 빌겠소이다. 그러니 이제부터 기초적인 사항들은 전 조장이 책임지도록 해요."

전충이 두 눈을 부릅떴다.

"아니 될 말씀입니다. 그러다 혹여 은형마사 살수들에게 암습이라도 당하시면……."

'후후, 사실 암습은 우리가 했지 그들이 한 건 아닌데…….'

내심 작은 실소를 지어 보인 강문호가 한쪽 눈을 살짝 감아 보였다.

"전투가 시작되면 어차피 도움이 안 되는 사람이라 나무에 올라 숨어 있으려는 거요. 주변에 호위를 두면 오히려 적들의 눈에 띄일 뿐이니 전 조장은 작전이나 잘 수행하시오."

그 말을 끝으로 강문호는 뒤도 돌아보지 않고 찍어놨던 나무 쪽으로 달려가 기어오르기 시작했다. 한 번 내린 결정을 절대 뒤엎지 않겠다는 단호한 행동이었다.

"허어!"

가벼운 한숨을 토해낸 전충이 곧 발길을 돌격 일조로 돌렸다. 강문호의 말처럼 전투 시 문약한 그를 보호한다는 건 수월한 일이 아닌 데다 곧 날이 밝아올 터였다. 기습의 시기란 처음도 중요하지만 끝마무리 역시 간과해선 안 될 일이었다.

전충은 바로 돌격 일조를 둘로 나눠 일군은 뒤로 돌리고 나머지는 원추형으로 집결시켰다.

며칠간 강문호에 의해 반복 훈련받은 대로 불길에 몰려 우왕좌왕하는 모습이 여실한 적진을 단숨에 꿰뚫고 반대 편에서 합공하는 전형적인 양동 작전에 돌입한 것이다.

그리고 다음 순간이었다.

"우와아!"

산길을 가로지르고 불을 지르는 동안 숨소리 하나 없고자 노력했던 돌격 일조의 일군이 하늘로 양인창(兩刃槍)을 치켜 올리고 격렬한 함성을 토해냈다. 일반적인 강호방파 간의 싸움에서는 절대 볼 수 없는 돌격전의 시작이었다.

차창! 퍼퍼퍽!

시간이 갈수록 대규모로 튀어 오르기 시작한 피와 살육의 향연. 돌격전은 한 시진이 넘도록 계속됐다.

처음 양인창을 앞세운 원추진에 돌파를 허용한 은형마사 측에선 곧 몇 명씩 조를 짜 산개적인 저항을 시도했다.

아무리 새벽녘에 화공을 당한 터라지만 돌격 일조의 몇 배나 되는 인원을 그들은 지니고 있었다. 전황이 돌격 일조에 그리 유리하게만 전개되진 않을 상황이었다.

그러나 다음 순간, 먼 길을 돌아 뒤로 돌아간 이진이 산개된 적들을 한 쌍의 단창으로 휘저었기 시작했다. 강문호가 줄곧 훈련시킨 소부대 전투 중 산개 상태에서의 분쇄형 전투에 들어간 것이다.

그 뒤로 어둠은 더 이상 넘쳐흐르기 시작한 피와 살육을 숨겨주는 데 역부족을 느낄 수밖에 없었다. 그녀의 품속에서 거친 숨을 뿜어내는 사내들의 야성은 시간이 갈수록 격렬해지기만 할 뿐 멈출 기색을 보이지 않았다.

게다가 주변을 죄다 태운 불길이 시간이 갈수록 사그라들기 시작하자 야천을 밀치며 먼동이 터오기 시작했다. 어둠 속에서 인간들을 태초의 숨 막히는 야성으로 몰아넣고 있던 밤의 마력이 힘을 다하는 순간이었다.

―처음에는 서서히, 그리고 마지막은 격렬하면서도 순식간에!

밤의 여신이 후닥닥 도망치자 자욱한 연기를 제치고 밝아오는 햇빛에 문득 어깨를 떨어 보인 전충은 주변을 둘러보았다.

이미 주변은 살육 후의 침묵에 들어간 상태였다.

전장의 가외 지역에서 산발적인 저항이 있을 뿐 이미 전투는 끝났다고 봐도 좋을 정도였다. 은형마사의 살수들은 괴멸에 가까운 패퇴를 당하고 만 것이다.

팍!

전충은 그제야 수중의 장창을 땅바닥에 박았다. 밤새 족히 몇십 명이 넘는 적들의 몸을 꼬치 꿰듯 했던 물건이었다.

"목이 탄다."

세심하면서도 쩨쩨한 강문호가 전폭적인 지지를 표할 정도로 과묵한 사내는 충동적으로 가슴 깊이 숨을 들이마셨다. 주변에 더 이상 탈 만한 것이 남지 않았으나 아직도 매캐한 나무 타는 내음만은 남아 있었다.

"쿨럭!"

기다렸다는 듯 가슴 가득 치밀어 오르는 둔통을 참느라 눈살을 찌푸린 전충의 귓전으로 익숙한 목소리 하나가 파고들었다.

"그게 아냐! 그렇게 억센 녀석들은 정면으로 붙지 말고 양익으로 나눠서 다리를 공격하란 말야!"

'다행히 군사께선 무탈하신 모양이군.'

이 한 번의 전투를 위해 삼십여 번이 넘는 준비 태세 및 상황을 걸었던 사내의 목소리를 확인한 전충이 다시 주변을 둘러봤다. 방금 전까지만 해도 괴멸되어 시체가 된 적의 모습만이 보였는데, 이번에는 중간중간 아군의 모습이 보였다. 적어도 이번 전투에서 돌격 일조가 절반 이상의 병력을 잃었다는 걸 알려주는 모습이었다.

'그렇지만 우리는 이 밤 천령단의 이대 살수 조직 중 하나인 은형마사의 사 분지 일에 해당하는 병력을 괴멸시켰다. 전과에 비한다면 이 정도 희생은……'

"아아, 희생이 너무 컸다!"

마치 전충의 내심을 읽고 있었던 듯 때마침 들려온 한탄은 어느새 나무에서 내려온 강문호에게서 나온 것이었다. 잠시의 여유를 뒤로하고 얼른 그에게 달려간 전충이 얼른 고개를 숙여 보였다.

"군사께서 무사하셔서 다행입니다."

"일단은 부상자들과 인원 점검이 우선입니다."

"아!"

평소의 다소 익살스럽던 모습이 싹 사라진 강문호의 눈빛에 놀란 전충이 얼른 표정을 딱딱하게 굳혔다. 과거 행했던 훈련 중에는 전투 후의 상황 조치 역시 포함되어 있었다. 인원 점검과 부상자 이동을 하지 않은 건 치명적인 실수였다.

강문호에게 다시 고개를 숙여 보인 전충이 얼른 전투 후 상황 조치에 들어갔다. 특유의 휘파람 신호로 인원을 끌어 모으고 부상자를 파악하기 시작한 것이다.

그렇게 해서 잠시 후, 집결한 돌격 일조의 생존자는 대략 이십여 명이었다. 그리고 실수들과의 전투답게 부상자는 불과 대여섯 명에 불과했다. 한 명의 부상자가 두 명의 실 병력을 잡아먹는다는 걸 감안하면 그나마 다행스런 결과라 할 만했다.

인원 파악이 끝나자마자 강문호는 전령을 소집해 빙예운을 좇은 특수 침투 파괴 이조에게 승전보를 전했다.

그의 예상대로 기습전이 진행됐다면 지금쯤 돌격 일조를 지원하기 위해 이곳을 향해 전력으로 달려올 빙예운 등에 대한 배려였다.

대승을 거두고도 왠지 미지근한 표정을 짓고 있는 강문호에게 전충이 최종 보고를 올렸다.

"…이로써 전투는 사실상 종결된 듯합니다만, 패잔병 척결은 어찌해야 할지요?"

"패잔병?"

"시체로 확인된 은형마사의 실수들은 총 칠십오 구입니다. 본래 밀정을 풀어 알아본 바에 의하면 백여 명이 넘는 인원이었으니 상당수가 불길을 뚫고 달아난 듯합니다.”

여전히 얼굴이 새카만 전충의 눈빛이 반짝였다. 방금 전까지의 피로를 잊고 대승으로 인해 고양된 전의를 발산하고 있는 것이다.

그러나 강문호는 고개를 흔들었다.

“그들은 놔둡니다.”

“예? 그렇지만…….”

“우리는 적들의 절반밖에 안 되는 병력이었어요. 기습이 성공했다곤 하지만 약간 이해가 안 가는 문제가 있어요. 이런 때 패해 도망간 적을 쫓는다는 건 어리석은 일입니다.”

만약 그동안의 체계적인 훈련이라거나 오늘의 압도적인 승리가 없었다면 전충은 반발했을지도 모른다. 전투의 경험이 많은 그는 패잔병을 처리하지 않고 내버려 둔다는 게 얼마나 위험한 일인지 잘 알고 있는 까닭이다.

‘군사에게 무언가 다른 복안이 있겠지.’

찜찜한 마음을 뒤로하고 치밀어 오르던 전의를 다잡은 전충이 얼른 고개를 숙여 보였다.

“군사의 뜻을 따르겠습니다.”

“고맙습니다.”

전충의 내심을 꿰뚫어 본 듯 역시 고개를 끄떡여 보인 강문호가 주변에 도열해 있는 돌격 일조를 향해 박수를 쳤다.

짝짝짝!

“제군들, 밤새 전투를 치르느라 고생이 많았다. 얼굴에는 시커멍이를 칠하고 온몸에는 핏자국이 가득하구나. 지금 당장이라도 쉬게 하고 싶지만, 특수 침투 파괴 이조가 걱정되니 지금 바로 제이지점으로 이동이다."

"아아!"

여기저기서 투덜거리는 소리가 들려왔다. 전투에서 승리했으나 돌격 일조는 대부분 만신창이에 체력은 바닥이었다. 강문호의 말마따나 바로 땅바닥에 앉아 쉬고 싶다는 기색들이 여실한 상황인 것이다.

그러나 강문호는 이번에도 전혀 타협할 생각이 없다는 표정으로 고개를 흔들어 보였다.

"그런 표정들 지어봤자 아리따운 소저가 아니니 전혀 가련하단 생각이 들지 않는다. 쉬는 것도 목숨이 붙어 있고서 챙길 일이니 얼른 부상자들을 추슬러서 행군 대형으로 나눠 서라!"

"존명!"

전충이 얼른 목소리를 높이자 여전히 불만스런 표정이 가득하던 나머지 돌격 일조원들 역시 목소리를 높여 대답했다. 군령에 한해선 전혀 가차없는 강문호의 성격을 아는 것이다.

돌격 일조가 반 시진을 이동해 도착한 곳은 강문호가 제이지점이라 임시로 설정한 장소로 흑색천사와 은형마사의 가운데에 위치한 곳이었다.

그들 천령단의 이대 살수 조직은 알 수 없는 이유로 틀어져 제이지점을 기점으로 주둔지를 좌우로 나누는 우를 범한 것이다. 그것도 서로 간에 연계가 이뤄지기엔 꽤나 거리를 벌린 채.

그리 멀지 않은 거리임에도 전령을 수시로 운용한 탓에 강문호와 빙예운의 만남은 순조로웠다.

자신의 예상과 별로 벗어나지 않는 십여 명의 생존자들이 몸을 일으

켜 예를 올리자 강문호는 얼른 그들에게 고개를 끄떡이며 치하의 말을
했다.

"역시 특수 침투 파괴 이조는 강인한 사내들이고, 전문가들이로군.
흑색천사 같은 지독한 녀석들을 괴멸시키고도 이만큼이나 살아남다
니!"

"헤헤, 군사님도 쑥스럽게 그런 당연한 말을."

"하긴 우리가 일조 녀석들보다 좀 강인하긴 하지!"

엄격하고 조직적인 전술을 운선시하는 돌격 일조와 달리 좀 더 전문
적인 파괴 활동을 하는 게 특수 침투 파괴 이조였다. 이번에도 거의 비
슷한 수준의 적을 절반 정도밖에 안 되는 인원으로 괴멸시켰으니 그들
의 자만심이 한층 올라간 걸 탓할 순 없었다.

하지만 본래 직종이 다르고 부대가 다를 경우 생기는 자존심 싸움,
즉 경쟁 심리라는 건 이런 경우 여지없이 표출되기 마련이다.

밤새 모시고 있던 상관이 특수 침투 파괴 이조만을 칭찬하고 빙예운
과 자리를 옮기자 돌격 일조 여기저기서 불만의 목소리가 터져 나왔다.

"강인하긴 뭐가 강인하냐! 쥐새끼처럼 숨어서 암습이나 하는 녀석들
이!"

"암! 게다가 천하절색에 무공 또한 대단한 빙 대장님이 고수들은 죄
다 처리해 주셨을 텐데, 지놈들이 한 게 뭐가 있다고!"

자신들끼리의 투덜거림으론 다소 목소리가 높았다. 돌격 일조의
수군거림을 들은 특수 침투 파괴 이조에서 몇이 버럭 노성을 터뜨렸
다.

"뭐라고! 이 무식한 땅개 녀석들아! 말 다 했냐!"

"뭐라고? 땅개? 다 했다! 이 계집 뒤나 좆는 쥐새끼들아!"

“이 녀석들이!”

“이것들을 그냥!”

서로 간에 고성이 오가길 얼마간. 단숨에 난투극 일보 직전까지 발전한 상황은 일조 조장 전충과 이조 조장 강개가 언성을 높여서야 진정 국면에 접어들었다. 밤새 피를 본 터라 흥분을 가라앉히기란 수월한 노릇이 아닌 것이다.

근처의 숲으로 향하던 중 계집 운운하는 소리를 들은 강문호가 얼른 너털웃음을 터뜨렸다.

“허허, 밤새 싸우고도 혈기들이 넘치는군요.”

강문호의 걱정과 달리 빙예운이 대범하게 입가에 미소를 띠었다.

“호호, 이게 모두 강 군사가 잘 조련한 탓이지요.”

‘이크! 은근히 말속에 가시가 숨어 있잖아?

내심 뜨끔한 강문호가 평소답지 않게 정중한 표정을 해 보이며 자연적으로 이뤄진 나무 둥치 쪽을 가리켰다.

“빙 대장님, 저쪽에 좌정하시지요.”

“이건 혹시 여자라고 배려해 주시는 건가요?”

“어찌 속하가 감히!”

생글!

만화(萬花)가 한꺼번에 만개한 듯 아찔한 미소를 지어 보이며 빙예운이 둥치에 앉았다. 굳이 깊게 생각하지 않더라도 강문호에게 농을 던진 게 분명한 모습이었다.

그러자 백룡철검대 시절 항상 엄정, 엄숙한 모습이었던 빙예운만을 기억하던 강문호가 낯을 가볍게 붉히곤 곤혹스런 목소리를 냈다.

“이건 반칙입니다.”

"반칙?"

"빙 대장님이 그리 미소를 지으시면 속하는 정신이 어지러워 머리가 굳는단 말입니다."

"호오, 그건 안 될 일이군요. 강 군사의 보배로운 머리가 굳어선 몇 가지 수수께끼를 풀 방도가 없으니까요."

'수수께끼?'

강문호가 일순 언제 낯을 붉혔나 싶을 정도로 평소의 안색을 회복했다. 지난밤의 전투 시 그가 느꼈던 위화감을 빙예운 역시 느꼈다는 판단을 내린 것이다.

"역시 빙 대장님께서 사대살수들을 제거한 게 아니란 말씀이시군요?"

빙예운이 미미하게 고개를 끄떡였다.

"만약 그들이 있었다면 이번 전투는 강 군사의 처음 예상처럼 더욱 험난했겠죠."

"그렇다는 건……."

"이번 전투가 있기 전에 이미 그들은 다른 곳으로 이동했어요. 그렇기 때문에 이번 기습에 흑색천사와 은형마사가 어이없을 정도로 쉽게 무너진 것이고요."

"으음."

강문호의 입에서 가는 신음이 흘러나왔다. 그가 염두에 뒀던 상황 중 최악의 패가 뽑혔음을 직감한 것이다.

강문호의 신음이 의미하는 바를 역시 예상하고 있었던 듯 빙예운이 고운 아미를 찌푸려 보였다.

"역시 그들이 간 곳은 거기밖에 없겠죠?"

“이성적으로 생각한다면 필시……."

강문호의 확인을 받은 빙예운의 얼굴에 가벼운 먹구름이 끼었다. 그녀 역시 천재 소리를 들으며 철혈대의 실질적인 군사 노릇을 하고 있었으나 강문호가 아니라는 말을 해주길 바랬던 것이다. 만약 그녀의 예상이 사실이라면 이번 전투는 어떤 의미에서 철혈대의 패배나 마찬가지였기에.

그런데 그때였다. 한참을 고심 어린 눈빛이 되어 있던 강문호가 하늘을 바라보며 활짝 웃었다.

“왔구나! 왔어!"

‘응?'

강문호를 좇아 하늘로 시선을 던진 빙예운이 눈에 이채를 띠었다. 맑은 창공을 가로지르며 응조 한 마리가 동쪽을 향해 쏜살같이 날아가고 있었다.

그러자 맨 처음 호들갑을 떨었던 강문호가 펄펄 뛰었다.

“어이쿠! 저놈이 주둔지 쪽으로 날아가는구나! 저놈을 잡아야 하는데……."

‘전서응이렷다!'

더 이상 깊이 생각할 필요도 없었다. 바람처럼 신형을 날린 빙예운이 근처의 나뭇가지를 박찼다. 그리고 다음 순간 손에 넣은 솔방울 몇 개를 연달아 손가락으로 튕겼다.

피잉! 핑핑핑!

솔방울은 맨 처음 전서응의 앞을 가로막더니 퍼덕거리는 양 날개를 연달아 두드렸다. 경력이 담기진 않았으나 날개에 솔방울을 얻어맞은 전서응으로선 더 이상 하늘에 머물기가 쉽지 않았다.

끼이!

안간힘을 쓰며 몇 차례 더 퍼득거리다 힘을 잃고 밑으로 떨어지는 녀석을 빙예운이 재빨리 금나수를 펼쳐 사로잡고 땅으로 내려섰다.

"강 군사가 기다렸던 게 바로 이것이겠죠?"

전서응 다리에 매달려 있던 작은 통 안에서 돌돌 말린 밀지를 끄집어낸 빙예운이 입가에 만족스런 미소를 담았다. 밀지의 내용을 읽지 않더라도 자신이 걱정하던 사태가 벌어지지 않았다는 판단을 내린 것이다.

역시 그녀와 비슷한 판단을 내린 강문호가 힘을 잃고 축 늘어져 있다 자신을 보고 기운을 차린 전서응에게 어깨를 내밀자 녀석이 얼른 날아왔다.

"으윽!"

끼이!

주인의 어깻죽지를 피로 물들이며 전서응은 좋아 죽겠다는 표정으로 부리를 연신 벌려댔다. 임무를 성공적으로 수행했으니 빨리 상을 달라고 보채는 모양새였다.

얼른 품을 뒤져 밤새 씹어 먹다 남겨뒀던 육포 몇 조각을 꺼내 전서응에게 먹이곤 강문호가 궁금해서 죽겠다는 표정을 빙예운에게 던졌다.

"아! 무슨 내용이냐고요?"

그제야 밀지에서 시선을 뗀 빙예운이 묻자 강문호가 얼른 고개를 끄떡여 보였다.

"예, 속하는 궁금해서 미칠 지경입니다."

빙긋.

또다시 반칙에 가까운 미소를 입가에 매단 빙예운이 수중의 밀지를
강문호에게 내줬다.

"우리가 우려하던 일이 벌어지긴 했더군요."

"역시 그들은 기검봉으로……."

"그뿐만 아니라 아주 기가 막힌 일을 한 가지 더 벌이려고 했더군
요."

"으음."

나직한 신음과 함께 받아 든 밀지에 시선을 집중시키고 있던 강문호
의 입가로 피식 미소가 새어 나왔다. 그동안 그를 안절부절못하게 만
들었던 사나이의 필체를 확인한 것이다.

"하하, 이것 참!"

"대단하죠?"

고개를 끄떡인 강문호가 연이어 고개를 흔들었다.

"하지만 그들이 이런 짓까지 하리라곤 생각지 못했는데, 이거 뒤통
수를 맞은 느낌이군요."

빙예운이 고개를 끄떡이며 동조했다.

"생각보다 천지이단에는 인재들이 많은 것 같네요. 병력의 대부분을
남겨 강 군사와 풍뢰영의 발을 묶고, 소수 정예만으로 곤륜파의 성지인
곤륜비동을 치려 하다니."

"하지만 아쉽게도 그들은 곤륜비동 쪽에 이미 담 대장님과 특수조들
이 집결해 있는 걸 알지 못했으니 진인사대천명(盡人事待天命)이란 말
이 그른 것은 아닌 것 같습니다."

"확실히 그렇네요, 확실히."

강문호의 말을 받으며 빙예운은 기검봉이 있는 쪽을 어림잡아 바라

보았다. 자신을 놔두고 떠난 엄정하가 아니라 언제부턴가 가슴 한 켠
을 차지하고 들어선 담우소의 자취를 좇아, 그리고 자신의 알 수 없는
마음을 들여다보기 위해서.

제67장 복귀! 그리고 또 다른 임무

기검봉 근처, 곤륜비동으로부터 얼마 떨어지지 않은 관목림이 끝나가는 곳이었다.

자연적으로 이뤄진 공터의 한 켠에는 천하에 둘도 없을 듯한 절세미녀가 팔짱을 끼고 서 있었다. 일월쌍극을 등에 짊어지고 있는 엄소옥이었다.

한 식경 정도 전이었다. 담우소를 좇아 관목림을 벗어나다 일단의 살수들에게 암습을 당했으나 엄소옥은 몇 차례 신형을 틀어 뒤로 몸을 날렸을 뿐 손가락 하나 까딱할 필요를 느끼지 못했다. 광풍처럼 그녀의 앞을 가로막아 선 담우소가 가히 가공할 만한 무위를 선보인 것이다.

덕분에 눈앞에서 무자비하다 할 일단의 도살극을 지켜봐야 했던 엄소옥이 눈살을 가볍게 찌푸린 채 야유하듯 말했다.

"천잠사와 흑검을 사용한 걸로 봐서 그들은 천령단의 이대 살수 조직에서 나온 게 맞겠지요? 하지만 당신은 지나칠 정도로 무자비하더군요."

"으음, 내가 그랬었나? 천령단의 살수들한텐 예전부터 맺힌 게 좀 많아서……."

"그래도 그들의 뒷배경과 암습 목적을 알아내려면 죽이기보다는 생포하는 게 좋았을 텐데요?"

"그래서 한 명은 살려뒀잖소이까?"

엄소옥에게 한쪽 눈을 슬쩍 깜빡여 보인 담우소가 마혈을 점혈당한 채 엎어져 있는 흑의복면 살수를 향해 턱짓을 해 보였다. 주변에 널브러져 있는 십여 명의 살수들과 하등 다를 바 없어 보이는 모습이나 유일한 생존자였다.

"흐응, 새로 배워 익힌 경공을 시험하던 중에도 그런 정신은 차리고 있었던 모양이지요? 그런 것까지 생각하고 있었던 걸 보면."

피식 웃어 보이는 엄소옥의 입술이 묘한 호선을 그렸다. 빙예운과는 색감이 다른, 보면 볼수록 빠져들게 만드는 매력적인 미소를 만들어낸 것이다.

'으음.'

순간적으로 정신이 아찔해지는 기분에 휩싸인 담우소가 얼른 시선을 엄소옥에게서 뗐다.

"어쨌든 이자는 회안냉심공을 익힌 걸로 미뤄 흑색천사의 십대천사 중 일 인이 분명합니다. 천리종횡님과 비교한다면 거물이라 할 순 없겠지만 그리 작은 위치 또한 아니니, 철혈대로 끌고 가 심문하면 몇 가지 정보쯤은 알아낼 수 있을 겁니다."

"확실히 오라버니께 천리종횡 최고봉을 놓친 데 대한 변명거리 하나
는 만든 셈이네요. 이번 일에 천지이단마저 움직였다면 아무리 공과(功
過)를 분명히 하는 오라버니라도 당신한테 큰 죄를 묻기는 힘들 테니까
요."

"엄 소저께서 그렇게 이해해 주시니 감사할 따름입니다."

장난스레 고개를 슬쩍 숙여 보이는 담우소의 모습에 여전히 미소로
응대하던 엄소옥이 묘한 표정으로 눈살을 찌푸렸다.

"설마? 그런 상황까지 내다보고 저들을 제압하자마자 전서응을 날
린 건가요?"

"내게는 범같이 무서운 군사가 있는지라."

"범 같은 군사?"

"하하, 그런 사람이 있소이다."

"……."

너털웃음으로 말끝을 흐리는 담우소를 바라보는 엄소옥의 눈가가
샐쭉해졌다. 담우소가 자신에게 몇 가지 사실을 숨기고 있음을 알고
있었던 것이다.

그러나 엄소옥과 담우소 간에는 곤륜비동에서부터 암묵적인 묵계가
맺어진 상태였다. 그녀 역시 자신의 속내를 다 내보이지 않았으니 상
대방에게만 모든 것을 까발리라고 강요할 순 없었다.

"쳇! 관두죠."

나직이 혀를 찬 엄소옥은 담우소에 의해 살풍경하게 변한 주변 환경
을 둘러보았다. 여기저기 다양한 형태로 쓰러져 있는 살수들의 모습이
보였다.

방금 전까지 주변을 살기로 물들이며 천라지망과도 같은 암습을 펼

쳤던 자들이었으나 지금은 그저 싸늘한 시신으로 변하고 말았다.

'무공도 무공이지만 손을 쓰는 데도 전혀 망설임이 없다는 거군.'

문득 태연자약한 담우소에게 다시 시선을 던진 엄소옥이 근처의 큼지막한 바위를 골라 펄쩍 뛰어올랐다. 특수조들을 찾으러 떠난 마경화와 소여영이 돌아오기까지 그곳에서 지친 다리를 쉬려는 의도였다.

그러자 처음 만났을 때의 눈이 멀 듯한 화려함과는 다소 달라진 엄소옥의 모습을 바라보며 고소를 지어 보인 담우소가 묵묵히 움직이기 시작했다.

자신을 암습했다 도리어 맞아 죽는 운명에 처한 십여 명의 시체를 한쪽으로 치우고 사로잡은 자는 번쩍 들어 응달 아래 옮겨놓았다. 얼마 전에 보였던 성난 광풍과도 같은 모습이 조금도 보이지 않는 세심한 행동이었다.

바위 아래로 날씬한 다리를 까닥거리며 그 모습을 지켜보고 있던 엄소옥이 문득 질문을 던졌다.

"필시 화골산이 있을 텐데 자기 손으로 죽인 사람들을 일일이 땅에 묻어주는 건 어떤 이유에서죠?"

"……."

"설마 이제 와서 그들을 동정하는 건가요?"

그제야 엄소옥 쪽으로 고개를 돌린 담우소가 다소 퉁명스런 목소리로 말했다.

"그들과 나는 서로 간에 목숨을 걸고 싸웠소. 무사가 자신이 익힌 바를 다 토해내며 싸웠는데 어찌 동정같이 값싼 말로 포장하려 하시오."

"당신이 방금 전, 익힌 바를 몽땅 토해내 싸웠다고요? 내가 보기엔

전혀 아니올시다던걸요? 당신은 저들을 단숨에 물리쳤을 뿐더러 손을
씀에 있어서도 마도의 흉마들에 못잖을 정도로 악랄했어요. 저들은 모
르겠으나 당신은 전혀 목숨을 건 싸움이 아니었다고요!"

"그건……."

마지막 시체를 땅속에 묻는 것과는 별도로 잠시 주춤했던 담우소가
무거운 표정으로 말했다.

"내가 아직 부족하기 때문이오."

"당신의 무공은 이미 경지에 오른 것 같던데요?"

"나는 그 당시 상대가 모두 일류고수이자 살수란 점에 흥분한 나머
지 손을 씀에 있어 세기를 조절하지 못했소. 그래서 가장 무공이 높던
한 명밖엔 사로잡지 못했으니, 어찌 내가 부족한 탓이 아니겠소?"

"……."

만약 담우소의 고백을 들은 상대가 엄소옥이 아니었다면 당장 야유
를 들어 마땅한 말이었다. 범인(凡人)이 듣는다면 이건 완전히 자기 잘
났다고 떠들어대는 것이나 마찬가지였다.

그러나 엄소옥은 담우소에게 처음처럼 야유의 눈빛을 던지는 대신
다소 놀란 표정을 얼굴에 담았다. 그녀 역시 절정의 무도자인 까닭에
담우소의 토로가 바로 절정지경이 극에 이르기 직전인 자의 것임을 직
감한 것이다.

'도대체 곤륜비동에서 무슨 기연을 만났길래 이렇게 급격한 발전을
이룰 수 있는 거지?'

엄소옥에겐 모든 것이 의문투성이였다. 그동안 계속 담우소와 행동
을 같이했지만 곤륜비동에 관한 것 중 알아낸 건 거의 없다고 봐도 과
언이 아니었다.

마도 오대무공 중 하나인 무상옥인의 공력을 걸어봐도 담우소는 예전과 달리 전혀 빈틈을 보이지 않았다. 눈앞의 담우소는 그만큼 성장한 것이다.

문득 현재 자신의 힘으로 담우소를 제압할 가능성이 적다는 판단을 내린 엄소옥이 앉아 있던 바위 위에서 펄쩍 뛰어내렸다. 그리곤 냉큼 담우소 곁으로 다가가 그의 턱 밑에 고개를 들이밀며 말했다.

"나는 기다릴 만큼 기다렸어요. 시간이 지나면 당신 스스로 내게 무릎 꿇고 그간의 잘못을 뉘우치기를."

"……"

"그럼 나는 너그러운 표정을 지어 보이며 참회의 눈물로 더럽혀진 당신의 얼굴을 닦아주며 용서해 주는 거예요. 그만한 아량은 가지고 있으니까요."

"하지만 본인은 엄 소저에게 그리 큰 잘못을 저지른 일이 없습니다만?"

코끝으로 파고드는 여인의 향기에 낯을 붉히면서도 담우소의 대응은 가차없었다. 이만한 절세미인이라면 무릎 꿇고 사랑을 구걸할 사내가 지천으로 널렸을 텐데 그는 요지부동이었다. 마치 감정이란 게 존재하지 않는 사람처럼.

그러자 처음부터 그럴 줄 알았다는 표정으로 슬며시 뒤로 한 발짝 물러선 엄소옥이 다음 순간 미련없이 발길을 돌렸다. 그리고 환상 같은 교구를 돌려 신형을 날리기 전 담우소를 돌아보며 미묘한 감정이 묻어 나오는 표정을 지어 보였다.

"하아! 당신은 들판을 뛰노는 야생마와 같은 사람. 어차피 화심인의 주인인 오라버니가 아니라면 절대 남에게 굴복할 사람이 아니겠지요?"

“……”

“하지만 아쉽네요. 처음 만났을 때부터 당신한테는 관심이 참 많았는데 오늘 이렇게 내게 모욕을 줄 줄이야.”

“내가 언제 당신을 모욕했다는……”

“됐어요, 인연이 있다면 다시 만날 날이 있겠지요.”

담우소가 뭐라 변명하기도 전에 엄소옥은 바람처럼 신형을 날려갔다. 절세미인의 관심을 그제야 깨달은 담우소의 때늦은 한탄 따윈 듣지 않겠다는 기세였다. 반대 편에서 일군의 무사들이 달려오는 소리에 재빨리 자취를 감춘 한탄이지만.

“대장님! 기검봉 주변에 은신하고 있던 특수조 전원을 데리고 방금 복귀했습니다.”

“한 명의 낙오자도 없었습니다!”

일군의 무사들 중 가장 먼저 달려온 마경화와 소여영이 일제히 소리치자 담우소는 얼른 씁쓸한 표정을 감췄다. 엄소옥의 마지막 말이 신경 쓰이긴 했지만 언제까지나 사랑에 들뜬 젊은이 흉내를 내고 있을 순 없었다.

“수고했다.”

근엄한 표정으로 마경화와 소여영에게 치하의 말을 한 담우소의 시선이 뒤에 도열한 아홉 명의 특수조들을 향했다.

그동안 곤륜파의 눈치를 보며 기검봉 주변에 숨어 지냈던 것치고는 하나같이 표정들이 좋았다. 풍뢰영에서도 추리고 추린 인재들답게 생존 능력 하나는 타의 추종을 불허하는 게 분명했다.

그들을 향해 고개를 한 차례 끄떡여 보인 담우소가 무게를 실은 목소리로 말했다.

"그동안 수고 많았다. 제군들의 활약 덕분에 작전은 성공적으로 끝났다."

"우와아!"

"와아!"

생각보다 좋은 낯빛을 하고 있었던 것만 가지곤 부족했으리라. 담우소의 입에서 비로소 작전의 성공을 전해 들은 특수조 전체가 지진이라도 일어난 것처럼 함성을 토해냈다. 드디어 철혈대로 복귀할 수 있게 된 것이다.

"까아악!"

"어이쿠! 어이쿠!"

개중 흥분이 도를 넘긴 몇 명이 소여영에게 돌진하다 마경화에게 발길질을 당했다. 농담이 아니라 진짜 죽을 정도로.

그 모습을 바라보며 피식 하고 웃은 담우소가 그동안 실질적으로 특수조의 조장을 맡고 있던 일자수라검 고강남을 향해 다시 치하의 말을 했다.

"그동안 자네의 수고가 많았다는 걸 아네. 복귀하자마자 대주님께 상을 내려달라 할 것이야."

"속하는 그저 대장님과 강 군사의 명을 따랐을 뿐입니다. 동료들과 다른 대우는 바라지 않습니다."

"그런가?"

"예, 그렇습니다."

아마 예의상 해본 말이었을 것이다. 정파와 달리 마도의 무사들이란 거의 백이면 백 명예보다는 실리를 추구하기 때문이다.

그러나 담우소는 고강남이 내심 바라고 있었을 두 번째 치하를 하지 않았다. 마치 홀가분한 짐이라도 덜었다는 듯 고강남을 향해 씨익 웃어 보인 그가 도가 지나칠 정도로 폭행에 열을 올리고 있던 마경화에게 소리쳤다.

"그러다 사람 잡겠다."

"아! 예."

비로소 마경화가 폭행을 멈추자 간신히 목숨을 건진 무사들이 담우소에게 고개를 조아려 보이곤 땅바닥을 기어갔다. 아마도 허리 쪽을 심하게 밟힌 모양이었다.

그 모습을 지켜보다 다시 입가에 웃음을 담은 담우소가 특수조들을 향해 처음과 다름없는 목소리로 말했다.

"그럼, 바로 철수다. 다들 챙길 짐 따윈 없을 테니 전력으로 달려 풍뢰영 본대에 합류한다!"

"존명!"

고강남이나 땅바닥을 기어가던 무사들이나 하나같이 고개를 숙이며 목소리를 통일시켰다. 살아서 집으로 돌아간다는 데 싫어할 자들이 있을 리 만무했다.

*　　　*　　　*

며칠간 강문호와 빙예운은 발빠르게 움직였다. 풍뢰영과 천령단의 이대 살수 조직 간에 벌어진 첫 번째 전투의 뒷수습을 위해서였다. 삼천이지가 곤륜산맥을 중심으로 세력을 형성하고 있는 와중에 이런 일은 신속하면 할수록 좋았다.

빠르게 전투 지역이 정리됐고, 정확한 전과가 문서로 빼곡하게 기록
되었다. 차후에 있을 논공행상(論功行賞)을 위해서였다. 기록으로 남지
않은 전과란 아무짝에도 쓸모가 없다는 강문호의 강력한 주장 때문이
었다.

그런 와중에 친히 부상자들의 후송을 맡은 빙예운이 철혈대로 떠나
고 강문호가 풍뢰영의 조직 재편에 고심하고 있을 즈음이었다.

그동안 몇 차례에 걸쳐 전서응을 통해 소식을 주고받던 담우소가 이
번 작전에 투입된 특수조들을 이끌고 풍뢰영 본대에 합류했다. 작전을
위해 기검봉으로 떠난 지 정확히 사십여 일 만의 복귀였다.

살아 복귀한 특수조들은 모두 돌격 일조와 특수 침투 파괴 이조에
속한 병력이었다. 원대 복귀하자마자 그들은 왁자하게 무용담을 늘어
놓기 시작했고, 곧 동료들로부터 그에 못지않은 전투 과정을 전해 들었
다. 이번 작전은 얼기설기 기운 누더기 같던 풍뢰영을 하나의 부대로
결집시켰음에 분명했다.

왁자지껄함을 뒤로하고 사로잡은 살수에 대한 처리를 비롯한 몇 가
지 사항을 마경화에게 지시한 후 담우소는 곧 강문호와 막사 안으로
들어갔다. 마경화와 두 명의 조장이라면 특수조가 포함됐다 해도 부대
통솔에 별 지장이 없으리란 판단이었다.

간이 책상을 가운데 놓고 오랜만에 얼굴을 마주한 두 사람 중 먼저
입을 연 사람은 담우소였다.

"보고대로 풍뢰영은 첫 번째 작전에서 절반 이상의 인원을 잃었군."

"빙 대장님이 부상자를 후송하기 위해 열두 명을 차출했으니 열여덟
을 합하면 절반 정도가 살아남았다. 이제야 하나의 부대로 형태를 갖

춘 풍뢰영을 유지시키려면 부상자를 제외하더라도 오십 명 정도를 철혈대로 복귀하자마자 보충해야 할 거다.”

“흠, 그렇군.”

고개를 끄떡이던 담우소가 눈살을 찌푸려 보였다.

“그런데 보충이 그리 쉽겠어? 지난번에도 능력은 있지만 말썽을 많이 피운다거나 뭔가 문제가 있는 녀석들만 어찌어찌 빼낼 수 있었는데……."

“그렇지만 이번 작전은 처음 생각했던 것보다 훨씬 어려웠다. 이만큼의 성과를 올린 게 기적에 가까울 정도로. 그러니 지난번처럼 대주님한테 대장이 엉기면 어떻게 되지 않을까?”

“대주한테 엉기라고?”

“그래, 이상하게 대주님은 대장한테는 약하잖아.”

오싹!

과거 엄정하에게 반했던 일을 떠올린 담우소는 어깨를 가볍게 떨었다. 빙예운이라거나 얼마 전에 만난 엄소옥 같은 절세미인들 덕분에 거의 잊었던 악몽이 새삼 떠오르자 등덜미로 소름이 돋았다. 아무리 천하의 미남자라 해도 자신처럼 달릴 것 다 달린 사내에게 반했던 일은 지금도 씻을 수 없는 상처였다.

그런 담우소의 과거나 내심을 알 리 없는 강문호가 다시 말했다.

“어쨌든 현재 풍뢰영의 전력 가지곤 앞으로 국지적인 전투는커녕 기본적인 첩보 활동이나 파괴 공작도 하기 힘들다. 지난번 부대를 만들 당시 호언장담했던 것처럼 나는 열심히 조직 개편에 힘쓸 테니 인원 확충은 대장이 책임지라구.”

타악!

말을 끝내자마자 강문호는 담우소 앞에 두루마리 하나를 던졌다. 그동안 침식을 잊어가며 작성한 새로운 풍뢰영에 대한 조직 개편도였다.

'으윽!'

강문호를 향해 한 차례 인상을 긁어 보였으나 담우소는 얼른 두루마리를 펼쳐 훑어봤다. 군사로 삼은 강문호의 능력을 전적으로 인정하지 않고선 보일 수 없는 행동이었다.

한참 조직 개편의 중요 골자를 읽어 내려가길 얼마간, 담우소가 다시 두루마리를 말아 강문호 쪽으로 던져 줬다.

"훌륭한 개편이다."

얼른 두루마리를 챙겨 넣은 강문호가 두 눈을 반짝였다.

"그럼 이대로 통과하는 거냐?"

"아니."

고개를 가로저은 담우소가 말했다.

"이번 작전은 네 예상대로 아직 골치 아픈 일들이 산재되어 있다. 풍뢰영 쪽으로 빙 대장이 왔던 것처럼 내게도 대주의 명을 받은 사람이 찾아왔었다. 만약 내가 임기응변을 부리고, 네가 천령단 살수들과의 전투에서 압도적으로 승리하지 못했다면……."

"십중팔구 토사구팽(兎死狗烹)당했겠지."

자신의 말을 빼앗아 대신한 강문호를 밉살스럽다는 듯 쳐다본 담우소가 얼른 고개를 끄떡였다.

"그래, 확실히 네 녀석의 예상대로 됐을 공산이 크다. 느닷없이 풍뢰영 같은 독립 부대를 만든다는 것 자체가 정상적인 병법에서는 있을 수 없는 일이니까."

"역시 대장은 가르치는 보람이 있는 제자로군."

고개를 끄떡이며 웃음을 입가에 매단 강문호가 슬쩍 목소리를 낮췄다.

"그래서 말인데, 대장은 이대로 철혈대로 돌아갈 생각인 거야?"

"……."

잠시의 침묵 끝에 담우소가 눈빛을 서늘하게 가라앉혔다.

"너는 이대로 병력을 역천이 위치한 마교 본산으로 돌려 고검명, 고형을 구해내고 싶은 것이냐?"

"대장은 그럴 자신이 있는 거냐?"

"그 질문은 오히려 내가 묻고 싶은 건데? 너, 이 정도 병력 가지고 마교 본산을 칠 수 있겠냐?"

"물론 그건 불가능하지."

그럴 줄 알았다는 듯 어깨를 한 차례 으쓱해 보인 담우소가 말했다.

"그럼 갑자기 병가의 금기(禁忌)를 깨고 무리하려는 까닭이 뭐냐?"

"그야……."

말끝을 흐리고 담우소처럼 어깨를 으쓱해 보이려다 강문호는 자세가 나오지 않자 평소처럼 어깨를 좁혀 보이며 뒤통수를 긁적였다. 장신에 근육질인 담우소와 문약한 서생인 강문호의 풍채는 근본적인 차이를 보이는 것이다.

그러자 강문호를 빤히 쳐다보고 있던 담우소가 말했다.

"됐다! 네 녀석이 뭘 염려하는지 내가 모르는 바 아니다. 확실히 이번에 복귀해 봤자 또 다른 명령을 받기 십상이겠지. 이번 작전에 버금갈 정도로 어렵고 힘든 종류로."

"그런데 그걸 알면서도 아무런 갈등 없이 철혈대로 복귀하려는 거냐?"

“…….”

담우소는 대답 대신 고개만을 끄떡였다. 그리고 곤륜비동에서 들었던 최고봉의 말을 떠올렸다. 화심인에서 벗어날 수 있는 비법에 대한 열망이 미친 듯 샘솟는 순간이었다.

그러나 잠시의 침묵 후 담우소는 슬며시 화제를 바꿨다.

“그건 그렇고, 오랜만에 빙 대장을 보니 어떻더냐? 여전히 천하에 다시없는 미인이었을 테지?”

“왜? 궁금하냐?”

“당연하지! 내 평생에 그렇게 예쁜 가인은 본 일이 없는 데다 관심을 보여준 여자도 그뿐이었단 말이다!”

“그야 그렇겠지.”

잠시 담우소의 흥분하는 모습을 말없이 지켜보고 있던 강문호가 빙예운에 대한 얘기 대신 몇 가지 부대 개편에 대한 사항을 늘어놓기 시작했다. 담우소가 철혈대 복귀를 결정지었음을 알고 그 역시 화제를 돌린 것이다.

＊　　　　＊　　　　＊

그로부터 칠 일 후.

주야로 행군한 끝에 담우소가 이끄는 풍뢰영은 떠날 때의 절반도 되지 않는 병력을 이끌고 철혈대로 복귀했다.

근래 철혈대가 치렀던 전투 중 가장 큰 대승을 거뒀지만 환영의 꽃다발은 없었다. 풍뢰영이 치른 작전이라거나 전투는 철저히 비밀에 부쳐져 오직 철혈대의 최상층부만 알고 있었기 때문이다.

임시 막사인 풍운각에 자리를 잡자마자 이번 작전과 전투에 대한 함구령을 내린 후 담우소는 집무실에 틀어박혔다. 철혈중지에 불려가기전 그동안 살펴볼 틈 없던 무명신공 하편을 연구해 볼 생각이었다.

아무리 천 년 내 광명신교에서 그 비밀을 푼 자가 없다곤 하지만 이런 절세의 비급을 손에 넣은 이상 내용을 살피고 싶은 건 인지상정이었다. 무인에게 있어 절세의 무공비급과 신병이기는 기꺼이 목숨을 바치게 만드는 마력을 지니고 있었다. 미녀의 애달픈 눈물과 함께.

촤르륵!

혹시라도 천 년이나 된 죽편 조각이 부스러질세라 담우소는 극히 주의하며 무명신공 하편을 펼쳤다. 묵은 기름 내음이 코끝으로 확 퍼진다.

안력을 돋우니 죽편을 연결한 실의 광택에 시선이 갔다. 일견하기에도 천잠사가 분명했다. 그렇지 않다면 천 년간 이런 광택을 유지할 수 있을 리 만무했다.

'그렇다는 건 무명신공의 저자가 혹시라도 죽편을 연결한 줄이 끊겨 내용이 뒤섞일 것을 염려했다는 뜻이군. 천잠사란 물건은 그 당시에도 무척 귀중한 것이었을 테니. 하지만 그렇게 정성 들여 만든 비급 안에 천 년간 아무도 풀지 못할 암호문을 남겨놓다니, 이 사람도 꽤나 문제가 많은 사람이군.'

나직이 혀를 차면서도 담우소의 시선은 빠르게 죽편 위를 훑어갔다. 애초에 알아볼 수 없는 올챙이 같기도 하고, 쐐기 같기도 한 글자들 따윈 대충만 훑어보고 단숨에 건너뛰었다.

아무리 담우소가 신정 안에서 한비자 외전을 익히는 동안 고문(古文)에 어느 정도 익숙해졌다곤 하나 눈앞의 글자들은 하나도 알아볼 수 없었다. 그게 당연했다.

담우소의 관심은 천 년 전의 암호문 따위가 아니었다. 최고봉이 화심인을 깰 수 있는 방법을 발견했다던 도형이 그의 최종 목적이었다. 눈앞을 어지럽히는 암호문과 달리 몇 가지 도형 정도라면 짧은 시간 안에도 충분히 머리 속에 담을 수 있으리란 판단이었다.

과연 죽편을 빠르게 넘기다 보니 몇 가지 도형이 모습을 드러냈다. 전적으로 눈을 피곤하게 할 뿐인 암호문들과 달리 속속 나타나기 시작한 도형들은 담우소의 눈을 빛나게 만들었다.

"건(乾), 곤(坤), 그리고 태극(太極). 숫자의 조합이 이렇게 나온다는 건 팔괘를 나타낸 것인가?"

그러나 다음 순간 연신 도형의 방위에 맞춰 손가락을 꼽아보던 담우소가 눈살을 가볍게 찌푸렸다.

처음 시작은 단순한 팔괘인 줄 알았는데, 조금 지나자 계산이 틀려지기 시작했다. 변화의 숫자는 기하급수적으로 늘어나고 있었다.

"아니다! 아냐!"

문득 손가락 꼽기를 멈춘 담우소는 처음에 마음먹었던 대로 도형들을 머리 속에 담는 작업에만 몰두하기 시작했다. 도형의 숫자에 정신을 기울이면 기울일수록 머리 속이 복잡해져 마음을 비우기로 마음먹은 것이다. 주화입마에 빠질 것을 염려하여.

그러자 그 뒤로는 일사천리였다. 뒤로 갈수록 범위가 늘어났으나 기본적으로 팔괘의 방위를 따르는 도형의 모양과 기본 변화는 외우기가 쉬웠다. 명존 엄철극에게 두들겨 맞으며 익혔던 교양 수업이 실효를 거두는 순간이었다.

그 뒤 몇 차례에 걸쳐 무명신공 하편에 실린 도형의 변화를 완벽하게 외운 후 담우소는 죽편을 다시 원래대로 돌려놨다. 돌돌 만 후 기름 종이로 싸 품속에 집어넣은 것이다.

그리고 흐뭇한 표정 그대로 의자 등받이 쪽으로 상체를 젖힌 채 활짝 기지개를 켜던 담우소의 눈에 이채가 떠올랐다.

'드디어 왔는가?

담우소가 의자에서 신형을 일으켜 세우는 것과 동시에 밖에서 마경화의 목소리가 들려왔다.

"대장님! 빙예운 대장님께서 뵙기를 청하십니다."

'역시 이번에도 그녀가 왔군.'

내심 고개를 끄떡인 담우소가 대뜸 달려가 집무실의 문을 활짝 열어 젖히고 소리쳤다.

"기다리고 있었습니다!"

"아!"

정작 당사자인 빙예운은 동요가 없는데 마경화의 입에 벌어졌다. 담우소의 돌발적인 행동에 적잖이 마음의 동요를 일으킨 듯했다.

하지만 마경화는 여전히 대장 호위의 신분이었다. 얼른 마음의 동요를 감춘 그녀가 옆으로 물러서자 담우소가 쑥스런 표정으로 머리를 묶은 영웅건을 매만지며 말했다.

"직접 매어준 영웅건은 다행히 무사합니다."

"무사히 복귀하셨으면 됐습니다. 그런데 머리가 좀 헝클어져 있네요."

마경화가 지켜보고 있다는 것도 잊은 듯 빙예운은 손을 뻗어 담우소의 머리를 매만져 줬다. 모르는 사람이 본다면 정인(情人)을 대한다 착각할 만큼 다정하게.

안색을 가볍게 붉힌 채 빙예운의 손길에 머리를 맡기고 있던 담우소가 어색하게 웃었다.

"하하, 제가 이렇습니다."

"뭘요, 사내가 너무 단정한 것도 흠이 될 수 있지요."

"그런가요?"

물색없이 좋아하는 표정이 됐던 담우소가 냉랭해진 마경화의 눈치를 한 번 보고 얼른 목소리를 바꿨다.

"대주께서 찾으시는 거겠지요?"

"예, 지금 당장 오시라고 하더군요."

"찾는 게 좀 늦다 했지요."

슬쩍 고개를 끄떡여 보인 담우소가 마경화에게 눈길을 돌려 말했다.

"당분간 어느 누구도 풍운각에 들이지 말고 군사의 명에 따르도록 해!"

"존명!"

얼른 고개를 숙여 보이는 마경화를 뒤로하고 담우소는 빙예운과 함께 풍운각을 떠났다. 품 안에 무명신공 하편을 단단히 갈무리한 채로.

오랜만에 찾은 철혈중지는 여전했다. 그동안 달라진 건 담우소뿐이었다. 육층에 올라 순검대장 두진악과 눈인사까지 하는 여유를 부린 후 담우소는 대주 집무실로 들어섰다.

과거 몇 차례나 통과한 문이지만 담우소는 이번에도 번번이 느끼곤 하던 숨 막히는 기분이 들었다. 예전에는 그것이 긴장 탓인 줄 알았는데 이제 와 생각하니 그런 것이 아니었다.

눈앞으로 보이는 태사의에 대충 기대앉아 있는 엄정하에게선 주변을 압도하는 기도가 자연스레 뿜어져 나오고 있었다. 딱히 내공을 일으킨 게 아님에도 천인을 압도하고, 만인을 굴복시킬 만한 패도였다. 그동안 담우소가 느낀 답답함은 오로지 눈앞의 엄정하가 뿜어내고 있는 기도의 영향임에 분명했다.

'역시 저 녀석은 대단하군!'

과거에는 느끼지 못했던 사실에 작은 경악을 느끼며 담우소가 얼른 집무실 바닥에 한쪽 무릎을 댔다.

"풍뢰영 대장 담우소, 대주의 부름을 받아 왔습니다."

과거와 비교하자면 천양지차일 정도로 충성스러워 보이는 모습이었다. 그러나 담우소의 겉과 다른 속마음을 읽은 것일까. 태사의에 묻혀 있던 상체를 슬쩍 앞으로 내민 엄정하가 퉁명스레 말했다.

"용케도 죽지 않고 살아 돌아왔군."

"아직 대주와 맺은 삼 년의 약속이 끝나지도 않았는데 어찌 속하가 죽을 수 있겠습니까?"

"삼 년의 약속이라? 확실히 과거에 내가 그런 약속을 하긴 했지. 하지만 내가 삼 년의 약속을 맺은 상대는 명존의 가르침을 받아 아주아주 쓸 만한 사나이였다. 첫 번째 내린 명령도 제대로 수행하지 못하는 자에게 나는 그런 약속을 한 일이 없다."

담우소를 지그시 노려보는 엄정하의 두 눈에서 벼락이 튀는 듯했다. 인간의 눈에서 진짜 벼락이 튀어나올 리 없으니 그건 환각이었을 것이다.

'제길! 하지만 진짜 무서운걸. 예전보다 더욱 기도가 무시무시해진 것 같아.'

가볍게 진저리를 친 담우소가 얼른 목소리를 높였다.

"속하는 아직도 꽤 쓸 만합니다만."

"증명해 보라!"

담우소는 천천히 품속을 뒤져 기름종이에 싸인 무명신공 하편을 끄집어냈다. 그리고 머리를 조아린 상태 그대로 그것을 들어 올리니 엄정하가 바로 접인지기를 일으켰다.

스윽!

자신의 손을 떠난 무명신공 하편이 엄정하의 수중으로 들어가는 걸 아까운 심정으로 바라본 담우소가 말했다.

"천리종횡 최고봉은 반도 광명우사를 척살하기 위해 중원으로 향했습니다."

"그자 혼자서?"

조소가 섞인 반문에 담우소가 다시 말했다.

"곤륜신성 이모백이 그와 함께한 줄로 알고 있습니다."

"이모백이?"

"그렇습니다. 두 사람 사이엔 과거로부터 뭔가 *끈끈한* 인연이 있었던 것 같습니다."

"흥, 정파와 마도 간에 *끈끈한* 인연이라… 대단히 구린 냄새가 나는구나."

냉소를 터뜨리면서도 엄정하는 재빨리 수중의 기름종이를 펼쳐 봤다. 과거 믿고 있던 최고봉에게 한차례 뒤통수를 맞았던 기억을 떠올렸음이 분명하다.

그리고 꼼꼼한 눈빛으로 죽편 하나하나를 살펴보길 일 다경여, 처음으로 흡족한 미소를 입가에 매단 엄정하가 고개를 끄떡였다.

"진품이 틀림없군."

"속하가 아직 꽤 쓸 만하다는 걸 입증한 셈인가요?"

담우소에게 시선을 돌린 엄정하가 피식 웃었다.

"그동안 꽤 착해졌다 생각했더니 다시 당돌한 말을 내뱉는군. 어떻게 이걸 얻었지?"

"보고를 하자면 꽤 깁니다만……."

"나는 오늘 오후를 모두 비워놨다. 수하 하나의 머리를 베어내던가 치하하기 위해."

'그, 그렇군.'

자신도 모르게 자신의 목 주변을 한 차례 손가락으로 훑은 담우소가 집무실에 들어선 후 처음으로 엄정하를 직시했다. 평소와 다름없는 반투명한 면사로 가려진 얼굴이 보였다. 마침 이지적이고 아름다운 그의 두 눈이 역시 담우소를 직시하고 있었다.

문득 엄정하의 눈빛을 다른 곳, 다른 장소에서도 본 것 같다는 생각에 미간을 좁혀 보인 담우소가 침을 한 차례 삼키고 입을 열었다. 곧 곤륜비동에서 겪었던 일들이 그의 입을 통해 적절히 각색되어 흘러나오기 시작했다.

*　　　*　　　*

담우소가 철혈중지를 나선 건 어둠이 내려앉기 시작할 무렵이었다. 천하에 총명절륜한 엄정하를 상대하려니 말이 한없이 길어졌다. 어떤 상황을 말하더라도 논리적인 설명과 부연을 덧붙여야 했기 때문이다.

집무실 밖에서 기다리고 있던 빙예운이 곧바로 엄정하의 부름을 받았기에 담우소는 올 때와 달리 혼자였다. 주변의 어떤 건물이라도 감히 견주지 못할 웅장한 모습의 철혈중지를 한 차례 올려다보고 풍운각으로 가려니 멀리서 종종걸음으로 다가오는 사람이 있었다.

'저자는.'

담우소는 딱히 고민할 필요가 없었다. 그를 알아본 상대가 손을 들어 올리며 먼저 아는 척을 해왔다.

"담 형! 풍운각에 없어 어디 갔나 했더니 대주님께 불려갔다 오셨군요?"

"아, 군 형이구려."

"하하, 이번에 천외지 녀석들과의 싸움에서 큰 공적을 세웠으니 대주님께 큰 칭찬을 들었겠구려?"

한걸음에 다가온 상대는 황룡패도대 대장 군무해였다. 필시 풍운각에 들러 자신의 행적을 캐물었을 텐데, 우연임을 강조하는 모습에 담우소는 내심 헛웃음을 터뜨렸다. 그가 자신을 찾는 이유란 게 뻔하다 생각한 것이다.

"요즘 전 대장과는 어떻게 잘 지내고 계신지요?"

담우소의 은근한 물음에 군무해가 대뜸 호쾌한 성격답지 않게 난처한 표정을 지어 보였다.

"그렇지 않아도 그 문제 때문에 담 형이 복귀하기만을 노심초사 기다리고 있었소이다."

"그래요?"

내심을 숨긴 채 반문한 담우소가 자연스레 군무해의 어깨에 어깨동무하듯 손을 얹고 말했다.

"이런 곳에서 이러지 말고 풍운각으로 갑시다. 그런 이야긴 술이라도 마시며 풀어야 하지 않겠소?"

"아! 그래도 되겠소? 술은 사실 이 군 모가 내려고 했는데……."

"하하, 어차피 군수용인데 술이야 누가 낸들 어떻겠소이까? 그동안 술하고 담쌓고 살았으니 오늘은 군 형과 거하게 회포나 풀어야겠소이다."

어깨동무를 한 손에 담우소가 힘을 주자 잠시 몸을 움찔해 보였던 군무해가 어색한 웃음을 입가에 담았다. 천하에 호한이라 불리는 패도무적이라 해도 복잡한 애정사에 얽히자 홍안의 소년과 다름없었다.

그렇게 대장이란 신분도 벗어던지고 어깨동무를 한 두 사람은 풍운각에 들어서자마자 술판을 벌이기 시작했다. 원거리 연애로 힘들어하는 청년의 기분을 풀기에는 폭주만한 것이 없다고 담우소는 판단했기 때문이다.

그러나 담우소가 한 가지 간과한 것이 있으니, 술에는 묘한 마력이 있다는 것이었다. 기분이 좋든 나쁘든 간에 마시다 보면 홍취가 도도해지다 못해 간혹 이성을 잃게 만들었다.

밤새 술잔을 주고받던 중 기분이 좋아진 담우소는 얼마 전에 풍뢰영에 배속된 군수 담당관을 혼비백산하게 만들었다. 풍뢰영 전원에게 술을 몇 병씩 돌린 것도 부족해 하루씩의 외박 명령을 내린 것이다. 오늘밤 안으로 자신의 능력껏 회포를 풀고 오라는 책임지지 못할 명령과 함께.

다음날.

서로를 끌어안고 잠이 들었던 담우소와 군무해는 잔뜩 독이 오른 백독마녀 유소빈의 방문을 받았다. 밤새 이성을 잃어버린 풍뢰영의 망나니들을 붙잡으러 다니느라 마경화와 각 조 조장들이 녹초가 된 탓에 대장 집무실로 들이닥친 그녀를 막을 사람은 아무도 없었다.

콰앙!

거의 부숴 버릴 기세로 집무실 문을 열어젖힌 유소빈이 자신의 눈앞에 엉겨 있는 두 남자를 바라보며 날카로운 목소리를 냈다.

"꼴 좋군요! 철혈대에서도 서열 십위 이내에 드는 두 사람이 해가 중천에 떴는데도 일어날 생각을 하지 않다니!"

끄웅!

과거 두주불사(斗酒不辭)를 자랑하던 철사염 임창배와 술로 목욕한 일이 있었던 담우소가 먼저 몸을 일으켰다. 처음부터 작정하고 내공을 운용하지 않았기에 취기가 완전히 가시지 않은 상태였다.

'하지만 여자 앞에서 약한 모습을 보이는 건 사내가 취할 도리가 아니지.'

머리를 한 차례 흔들어 보인 담우소가 얼른 군무해를 깨워 일어나게 하고 유소빈에게 손님 접대용 탁자를 손으로 가리켰다.

"일단 앉으시지요."

그러자 이제 막 술에서 깨어난 사람에게 악을 써봤자란 생각을 한 듯 유소빈이 한풀 꺾인 표정으로 자리에 앉았고, 곧 담우소와 군무해가 근처에 자리를 잡았다.

담우소가 자리에 앉자마자 유소빈이 예의 날 서린 목소리를 냈다.

"도대체 무슨 생각으로 그런 명령을 내린 거예욧!"

"무슨?"

담우소가 중간에 의식이 끊긴 사람의 전형적인 표정을 지어 보이자 유소빈이 더욱 목소리를 높였다.

"어젯밤 귀 부대의 머저리들이 독룡독녀대의 부대 막사를 월담했어

요. 당장에 몇을 붙잡아 심문해 보니 담 대장이 회포를 풀고 오란 명령
을 내렸다고 하더군요? 그게 사실인가요!"

"아! 그거……."

그제야 자신이 열광적인 지지를 받으며 내렸던 명령을 기억해 낸 담
우소가 곧 뒷말을 꿀꺽 삼켰다. 근처에 연애를 걸 만한 여자들이 있는
장소라곤 독룡독녀대뿐임을 깨달은 것이다.

내심 혀를 차며 담우소는 유소빈을 힐끔 쳐다봤다. 자유연애주의자
인 그녀이니 어떻게 얼버무릴 가능성이 있을까 해서였다. 그러나 유소
빈의 두 눈에는 독기가 풀풀 흘러나오고 있었다. 그냥 넘어갈 일이 아
님이 분명했다.

'이거 내가 술김에 사고를 단단히 쳤구만. 이 노릇을 어쩐다?

느닷없이 닥친 위기에 고심하던 담우소의 얼굴이 다음 순간 활짝 펴
졌다. 하늘이 무너져도 솟아날 구멍은 있다던가. 마치 담우소의 위기
를 기다리고라도 있었던 듯 군사 강문호가 집무실 안으로 들어섰다.

"강 군사! 어서 오시오!"

마치 죽었던 부친이라도 살아 돌아온 듯 벌떡 자리에서 일어선 담우
소에게 고개를 한 차례 숙여 보인 강문호가 품속에서 붉은 봉투를 꺼
내 들었다.

"대장님, 방금 전 철혈중지에서 온 명령서입니다."

제68장 풍운을 몰아 사천으로

"붉은 봉투?"

"철혈중지에서 명령서가!"

언제 독기를 풀풀 풍겼냐는 듯 유소빈이 놀란 눈빛을 해 보였고, 군무해가 단숨에 취기를 날려 버렸다. 철혈중지에서 온 붉은 봉투로 된 명령서란 출전 명령밖에 없음을 그들이 알고 있는 까닭이다.

'예상 밖이군. 이렇게 일찍 보낼 줄이야……'

무명신공 하편을 들어 바친 게 바로 어제였다. 아직 지난번 작전과 전투에서 얻은 풍뢰영의 피해가 복구됐을 리 만무했다. 자신의 예상을 훨씬 뛰어넘은 상황에 내심 신음을 토한 담우소가 군무해와 유소빈에게 양해를 구했다.

"대주님께 붉은 봉투의 명령서를 받은 이상 조금이라도 머뭇거릴 수는 없지요. 어젯밤에 벌어진 일은 따로 두 분이서 해결하시고 오늘은 이만 물러가 주셨으면 감사하겠습니다.”

“그야 붉은 명령서를 받았으니 당연히 자리를 피해 드려야겠지요. 그런데 어젯밤에 벌어진 일이란 게 대체 무슨?”

담우소와 마찬가지로 군무해 역시 중간에 정신을 잃은 듯 어제의 일을 기억하지 못하고 있었다. 내심 그러리라 짐작하고 있던 담우소가 얼른 시치미를 뗐다.

“그야 군 형이 모르는 일을 이 사람이 어찌 알겠소? 유 대장께서는 깊이 헤량하시기 바라오.”

“그렇군요. 어제의 일에는 군 삼가가 개입됐었단 뜻이군요.”

아랫입술을 깨문 채 고개를 끄떡여 보인 유소빈이 군무해를 잡아먹을 듯 노려보며 소리쳤다.

“따라 나와욧!”

“어어?”

군무해로선 아닌 밤중에 홍두깨를 만난 격이었다. 그는 어젯밤 담우소가 술김에 지시를 내렸을 때 이미 정신을 잃은 상태였기 때문이다.

그러나 그런 사정을 담우소가 설명해 줄 리 만무했다. 명령서를 내세우며 끝까지 시치미를 뚝 뗀 담우소에게 울상을 지어 보이던 군무해가 재차 이어진 유소빈의 냉갈에 이끌려 집무실 밖으로 나갔다. 흡사 도살장에 끌려가는 황소의 얼굴을 한 채.

그 모습을 가련하다는 듯 일별한 후 얼른 표정을 딱딱하게 굳힌 담우소가 강문호에게 눈살을 찌푸려 보였다.

“부대 상황은 어떻지?”

“최악이다. 그보다 명령서부터 받아보는 게 우선일 듯한데?”

“음, 그렇겠지.”

강문호에게서 냉큼 명령서를 뺏어 펼쳐 본 담우소의 얼굴이 묘하게 변했다. 지난번 명령서를 받아 들고 난감해하던 모습과는 다른 흥분을 얼굴에 드러낸 것이다.

담우소의 표정을 묵묵히 살피고 있던 강문호가 말했다.

"전투는 아닌 듯하군."

"철혈대에는 전투 부대가 다섯 개나 된다. 물론 제일부대인 묵룡암 영대 같은 경우 아직도 정확한 임무가 뭔지 파악하지 못했지만 다른 네 개는 전투 중심의 부대다. 그런데 전력이 팍 떨어진 풍뢰영을 전투에 참가시킬 리 없잖아."

"어쩐지 대장의 바람을 말하고 있는 것 같군."

"인간미가 느껴지지 않는 녀석!"

"이하 동문이네. 전투가 아니라도 준비할 게 산더미 같을 테니 빨리 요점을 말해 봐."

강문호가 상관인 담우소를 마구 닦달하는, 완전히 주객이 전도된 듯한 모습이었다. 그러나 담우소는 조직을 움직이는 일에 대해선 강문호를 전적으로 신뢰하고 있었다. 슬쩍 이맛살을 찌푸려 보였을 뿐 담우소는 크게 탓하지 않고 말했다.

"이번 작전의 요지는 사천을 공략하는 거라 말할 수 있을 것 같구나."

"사천을 공략하라고? 설마 풍뢰영을 이끌고 사천으로 가서 점창파와 아미파(峨嵋派)를 제압한 후 사천 무림의 패자인 당가(唐家)를 신교의 아래 무릎 꿇리라는 절대 이룰 수 없는 명령은 아니겠지?"

"그거 어려운 일이냐?"

"당연하지!"

여태껏 보인 일이 없을 정도로 강문호는 딱 잘라 말했다. 그리고 다짐이라도 받으려는 듯 담우소에게 된소리를 늘어놨다.

"만약 그런 명령을 받은 거라면 당장에 짐 싸서 이곳을 벗어나야 할 거다. 만약 마교가 삼천이지로 나뉘지 않았고, 명존 역시 폐관 중이 아니라면 혹시 가능할까? 사천 무림을 단일 세력이 장악한다는 건 결단코 불가능한 일이다."

"내가 논리적인 설명을 부탁한다면?"

기다렸다는 듯 강문호가 설명을 늘어놨다.

"이곳 청해성도 불모지에 곤륜산맥이 둘러쳐진 천험적인 요새이지만 사천은 사정이 더욱 나쁘다. 고래로부터 제왕의 피난처란 말을 들었던 것처럼 촉로(蜀路)는 하늘에 오르는 것처럼 험하고, 구파일방 중 두 군데와 오대세가 중 가장 까다로운 가문이 자리 잡고 있다."

"……."

"점창파와 아미파가 세속의 일에 별로 간섭을 하지 않으나 그 세력이 만만치 않고, 당가는 독과 암기의 명가일 뿐더러, 사천의 수십 개 군소문파들의 우두머리이다. 타 지역의 무림 세력들이 비집고 들어갈 틈이 없다는 뜻이다. 따라서 사천 무림을 병탄하려면 그들 중 절반 이상을 몰살시켜야 할 터이니, 그와 같은 일을 현재의 마교가 할 수 있겠느냐?"

"주력 부대인 오행기가 독립한 현재로선 힘들겠지, 중간에 곤륜파까지 가로막고 있으니."

"역시 가르치는 보람이 있군!"

탁! 하고 탁자를 내려친 강문호가 '그래서?' 하는 표정을 지어 보였다. 은연중 담우소에게 이번 임무에 대한 다음 설명을 재촉하는 것이다.

그러자 잠시 강문호의 설명을 되새기고 있던 담우소가 수중의 명령
서를 쑥 내밀며 말했다.

"읽어봐라."

"뭐, 대장의 명령이라면."

처음부터 호시탐탐 노리고 있던 명령서를 결국 손에 넣고도 강문호
는 전혀 좋아하는 기색을 내비치지 않았다. 이번 임무에 사천이 언급
됐기 때문이다.

이윽고 입술을 뚫고 흘러나온 신음. 명령서를 한눈에 읽어 내려간
강문호가 눈살을 찌푸리며 말했다.

"도대체 뭐가 그렇게 좋았던 거지?"

"마교를 떠나 사천에 간다는 것."

"고작 그런 것 때문에?"

"그래."

"미쳤군!"

혀를 찬 강문호가 미간을 좁히며 말했다.

"혈봉황단의 도움을 받아봐야 확실해지겠지만 내가 알기로 금산상
회는 강남제일세(江南第一勢)를 굳힌 지 오래됐고, 과거 사대거상 중
한 명이었던 악덕 상인은 이제 철혈거상(鐵血巨商)이 되어 금산상회를
몽땅 장악한 사람이다. 그런데 그런 거물이 사천당가에 행차했으니 무
언가 경천동지할 일이 있으리란 건 삼척동자도 알 수 있는 일이다."

"그렇겠지."

"그런데 그들 사이에 끼어들어 '그 뭔지 알 수 없는 비밀 회담의 내
용을 알아내고, 만약 수틀리면 그들의 기반을 붕괴' 시키라는 명령을

들을 참이냐?"

"그래, 그럴 참이다."

순간 강문호는 천연덕스런 담우소의 멱살을 부여잡을 뻔했다. 논리적으로 얼마나 이번 임무가 난감할 수 있는지를 설명했음에도 상대가 요지부동이자 왈칵 노화가 치민 것이다.

그러나 강문호는 어떠한 상황에서도 이성을 유지하는 데 탁월한 능력을 타고난 사람이었다. 금세 짜증이 묻어 나오던 표정을 바꾼 그가 말했다.

"뭔가 다른 문제가 있군?"

천연덕스럽던 담우소의 입매가 가볍게 비틀렸다.

"네 녀석도 사천에는 받을 빚이 좀 있겠지만 나로선 빚잔치를 벌이고 싶은 기분이다. 반드시 붙잡아서 산채로 가죽을 벗겨야 하는 녀석이 있거든."

"널 팔아먹고 도망갔던 사천 하오문의 주서안이냐?"

"설마?"

"그럼 사천당가에 빌붙어서 암염을 캐먹고 사는 흑상귀란 녀석이겠군."

"으드득!"

담우소는 대답 대신 이빨을 갈았다. 풍뢰문이 망한 직접적인 원인을 제공했을 뿐더러, 그 후 그로 하여금 말할 수 없는 고초를 겪게 만든 주인공이 바로 흑상귀였던 것이다.

그러나 다음 순간 금세 표정을 바꾼 담우소는 어깨를 으쓱했다.

"물론 그 녀석과의 은원은 언제고 갚아야 될 일이다. 하지만 나에겐 그 녀석 못잖게 빚을 받아내고 싶은 상대가 있다."

“내가 모르는 은원이 또 있었냐?”

“그야 본래 나는 은혜는 잊어도 원한은 잘 잊지 않는 성격이니까.”

“그거 아주 안 좋은 성격이다.”

“시끄럽고, 그래서 군사로서의 네 의견은 어떠냐?”

“내 의견이라면 처음에 말했잖아!”

“그걸 제외하고 차선책을 말해 보라는 거다.”

“차선책? 좋은 군사라면 차선책 따윈 생각하지도 않는다.”

“그래도 차선책이 필요하다면?”

담우소의 완고해 보이는 모습을 빤히 지켜보던 강문호가 한숨과 함께 고개를 가로저었다.

“에휴, 네 녀석이 군사의 의견을 듣지 않고 반드시, 기어코 갈 생각이라면 방법은 한 가지밖에 없다.”

“내 세이 경청할 테니 말해 봐라!”

어느새 평소의 표정을 회복한 강문호가 퉁명스레 말했다.

“일당백의 소수 정예를 뽑아 사천에 침투한 후 가장 먼저 사천 하오문을 장악하는 거다.”

“사천 하오문을?”

“혈봉황단의 도움을 받는다면 그리 어려운 일은 아닐 거다. 정보로 먹고 사는 자들은 자고로 통하는 데가 있거든. 게다가 하오문이란 건 점 조직으로 되어 있어 뿌리의 근원을 찾기가 힘들지, 그 근원만 찾아낸다면 무력은 별 볼일 없는 자들이니까.”

“흐음, 그럼 사천 하오문을 장악한 이후는?”

“그야 그때부터는 대장, 네가 알아서 할 일이 아니냐? 혈봉황단을 혼자서 장악한 솜씨라면 사천 하오문의 정보를 다양하게 이용할 수 있을 테니까."

"네 녀석은 이번 작전에서 쏙 빠지겠다는 심산이냐?"

"사천에는 안 좋은 기억이 너무 많아서……."

담우소가 심통스런 표정이 됐다.

"그래도 일이 틀어질 경우 네 녀석의 머리가 필요할 텐데?"

"뭐, 그때는 전서응도 있고 전령도 있으니까."

"그럼 그동안 네 녀석은 뭘 할 건데?"

"본 군사는 대장님께서 무사 귀환하실 때까지 풍뢰영의 조직을 확실히 재편해 놓겠습니다."

벌떡 신형을 일으켜 허리까지 조아려 보이는 강문호를 담우소는 눈살을 찌푸리며 쳐다봤다. 자존심 센 강문호가 이렇게까지 나온다면 더 이상 도리가 없음이었다.

조용한 침묵이 잠들어 있는 대전.

밤이 되자 대전 안은 평상시처럼 촛불의 바다를 이루고 있었다. 아니, 평상시보다 좀 더 많은 양이랄까.

조그만 바람에도 촛농은 가녀린 떨림과 함께 눈물을 흘렸다. 정한(情恨)에 긴 밤을 떨며 새우는 여인의 서러움을 아는 양.

그 가운데 화려한 불빛의 파도 위를 넘나들며 너울너울 춤을 추던 가인은 다음 순간 수십 수백 개나 되는 잔영을 만들어냈다. 수백 명이 들어앉는다 해도 부족하지 않을 대전을 그 자신의 그림자로 몽땅 채워 버렸기 때문이다.

"환영선무(幻影仙舞)!"

건곤종횡보 최후의 일초였다. 담담한 목소리와 함께 수십 수백 개가 넘던 그림자들이 홀연히 촛불 하나하나에 자리를 잡고 황홀한 율동을 보였다. 그야말로 환상 속에서나 볼 수 있는 춤사위였다.

다음 순간이었다. 홀린 듯 터져 나온 탄성과 함께 촛불의 바다 한가운데 내려선 가인의 얼굴에서 스르륵 면사가 흘러내렸다. 이윽고 천하의 어떤 미녀라 해도 미모를 자랑할 수 없을 듯 아름다운 미장부의 얼굴이 드러나는 순간이었다.

"아아!"

대전의 한 켠에 선 채 처음에 터뜨렸던 탄성과는 종류가 다른 신음을 토해낸 빙예운이 쓰러지듯 그 자리에 꿇어 엎드렸다.

"대공의 성취를 경하드립니다."

촌각 만에 자신이 밟고 넘어온 촛불의 무리를 냉연한 눈빛으로 살피고 있던 엄정하가 조용히 고개를 가로저었다.

"예운의 말은 틀렸다. 아쉽게도 삼백육십 개의 촛불 중 다섯 개가 꺼졌으니."

"……."

"건곤종횡보를 십성 대성했다면 단 한 개라도 꺼져선 안 되는 것을."

그제야 고개를 들어 별처럼 빛나고 있는 엄정하에게 시선을 고정한 빙예운이 어린애를 달래듯 말했다.

"대주님의 나이로 그 정도만 해도 전례가 없을 정도의 성취입니다. 어찌 그리 조급해하시는지요?"

"조급하다?"

자조 섞인 표정으로 빙예운을 직시한 엄정하가 주삿빛 입술에 쓴웃음을 매달았다.

"예운, 그대가 알다시피 나의 성취가 기이할 정도로 높은 건 그에 상응하는 대가를 치렀기 때문이다. 그런데도 아직 건곤종횡보조차 대성하지 못했으니 어느 세월에 광명좌사와 광명우사를 누르고 홀로 독립한 오행기를 제압할 수 있단 말인가."

파앗!

백옥이 무색할 정도인 손을 들어 한 차례 휘두르자 한줄기 광풍이 엄정하의 주변을 휘몰아쳤다. 인공적으로 작은 회오리를 만들어낸 것이다. 그리고 그렇게 만들어진 작은 회오리는 아직 꺼지지 않은 삼백여 개의 촛불을 휘몰아갔다.

화라락!

몇 번의 깜박거림 끝에 대전은 앞서의 정막에 버금갈 정도의 어둠 속에 자신을 가둬 버렸다. 일시 회오리에 휘말린 삼백여 개의 촛불이 모두 그 명운을 다했음이다.

그러자 기다렸다는 듯 활짝 열려진 창을 통해 은은한 월광이 대전으로 스며들었다. 촛불의 광휘에 휘감겨 있을 때는 전혀 모습을 드러내지 않던 수줍은 새색시가 비로소 얼굴을 내밀 마음이 된 듯싶었다.

흡사 끝이 보이지 않는 깊은 물속의 일렁거림이 이러할까? 부드럽게 자신의 몸을 감싸오는 달빛을 등지고 서 있는 엄정하에게 빙예운이 문득 말했다.

"갑자기 초조해지신 것 같습니다?"

"……."

"설혹 대가를 치렀다 해도 대주님의 성취는 놀라운 것입니다. 역대 어떤 광명소주라 해도 대주님처럼 빨리 육대 호교 신공을 연마하는 데 성공하신 분은 없을 거예요."

"그건 예운이 잘못 알고 있는 거야. 나는 삼원 천신기의 비결조차 명존께 얻지 못했다."

"그 대신 명존께서도 절반밖에 익히지 않은 무상옥인의 공력을 거의 십성까지 연마하셨잖아요. 역대 명존 중 삼원 천신기를 완벽하게 연마한 분이 안 계시다는 점을 생각한다면……."

"역시 대단한 성취라는 것이군?"

빙예운의 말을 빼앗아 뇌까린 엄정하가 문득 달빛을 반하게라도 하려는 듯 뚫어지게 쳐다봤다. 어떠한 콧대 높은 여인이라 해도 촉촉한 우수에 젖은 엄정하의 눈빛을 대한다면 단번에 사랑을 느끼지 않을 수 없으리라.

그러나 달빛은 생각보다 더욱 콧대가 높은 여인이었다. 한참이나 엄정하의 눈빛을 받고도 쉽사리 자신의 마음을 허락하려 하지 않았다.

잠시의 침묵 끝에 달빛의 마음을 뺏기가 쉽지 않다고 판단한 듯 엄정하는 다시 신형을 돌려 세웠다. 달빛을 등진 채 태사의에 몸을 실은 것이다. 그리고 여전히 부복한 자세를 풀지 않고 있는 빙예운을 향해 묘한 미소를 지어 보였다.

"달빛에 비추인 예운의 머릿결은 더욱 매혹적이구나. 어떤 사내라 해도 달빛 아래서 예운을 본다면 단숨에 매혹되고 말 것이야."

"……."

말없이 자신을 응시하고 있는 빙예운을 향해 엄정하가 손을 내밀어 손짓했다.

"내가 예운의 머릿결을 볼 수 있게 좀 가까이 다가오는 게 어때?"

"명령이시라면."

빙예운은 미동조차 없이 엄정하의 바로 앞까지 다가들었다. 만약 방금 전 엄정하가 보인 경천동지할 정도의 경공이 없었다면 보는 이의 탄성을 자아낼 정도로 빼어난 움직임이었다.

그러자 자신의 바로 앞까지 다가와 다시 부복한 빙예운을 눈 한 번 깜빡이지 않고 지켜보던 엄정하가 슬그머니 손을 뻗었다. 달빛에 물들어 더욱 신비로워 보이는 빙예운의 은발을 손가락으로 매만지는 것이다.

"오늘 내가 좀 이상한가?"

"많이 이상하십니다."

"그렇군. 확실히 그래. 예운의 말처럼 무공 증진은 순조롭고 철혈대는 삼천이지 중 하나를 확고하게 장악했다. 이미 수십 년간 준비해 왔던 좌우광명사자들에 뒤질 것이 없어진 거야. 그런데 어째서 이리 마음속의 파랑은 나날이 더해가기만 할 뿐 가실 줄을 모르는 걸까?"

빙예운의 모발에서 손을 뗀 엄정하의 눈빛이 가벼운 흔들림을 보였다. 마치 마음속의 갈등을 그대로 내보이는 듯한 모습. 광명신교에서 대란이 있은 후 철혈의 길을 함께해 왔던 빙예운으로서도 처음이다 싶을 정도로 엄정하는 흔들리고 있었다.

문득 더할 나위 없이 아름다운 눈앞의 패자가 의외로 유리잔처럼 깨지기 쉬운 정신을 가졌을 수도 있다는 생각을 한 빙예운이 목소리를 높였다.

"대주님! 혹시라도 제가 도움 드릴 일이 있다면 무엇이건 말해 주세요. 일 년 전 당신한테 바쳤던 충성의 맹세를 저는 아직 잊지 않고 있습니다."

"그랬지. 예운은 언제나 내게 관대했어. 하지만 내가 예운에게 해줄

것은 지금은 물론이거니와 앞으로도 없을 거야. 신교가 다시 하나로 통합되는 날이 온다 해도.”

“알고 있습니다.”

“그런데도 예운은 날 따르겠다는 거지?”

“예, 신명을 다 바쳐서!”

빙예운을 바라보는 엄정하의 얼굴로 쓸쓸한 기운이 잠시 스쳐 지나 갔다.

“역시 예운은 이미 담우소란 자에게 완전히 마음을 준 것이군.”

“……”

“그리 놀라는 표정을 짓진 마. 예운을 괴롭힐 생각으로 한 말이 아니니까. 하지만 마음 한구석이 비는 듯한 서운함은 어쩔 수 없군. 일생의 친구를 잃을 때가 왔으니…….”

잠시 고운 얼굴에 잔물결을 만들어냈던 빙예운이 침묵을 깨고 입술을 열었다.

“…대주님께서는 담 대장을 좋아하셨잖아요?”

“그랬지.”

바로 말을 받은 엄정하가 빙예운 쪽으로 숙이고 있던 상체를 태사의 쪽으로 젖혔다. 피곤해 보이는 모습이었다. 그러나 빙예운은 겉모습에 좌우되는 여인이 아니었다.

엄정하를 똑바로 직시한 채 빙예운이 다시 물었다.

“그런데 지금 대주님의 말투 속에선 담 대장에 대한 질시가 보입니다. 도대체 지난번 임무 중 대주님과 담 대장 사이에 어떤 일이 있었던 것입니까? 어째서 전대를 호령하셨던 제 조부님마저 안중에 두지 않는 대주님께서 한낱 자신의 부하에 불과한 사내에게 그리 신경을 쓰시는지 저는 도무지 이해가 가지 않습니다."

"그런가?"

"예, 그렇습니다. 천상천하 유아독존하던 대주님께서 이렇게 약한 모습을 보이는 때 담 대장이 거론되는 게 저로선 납득이 되지 않습니다!"

빙예운의 목소리는 뒤로 갈수록 높아지고 있었다. 앞서의 충성 맹세가 없었다면 주군인 엄정하를 공박한다고 착각할 만한 기세였다.

그러나 시간이 갈수록 깊은 침잠을 보이기 시작한 엄정하의 표정은 바뀔 생각을 하지 않았다. 묘한 균열이 보여지는 표정 그대로 엄정하가 말했다.

"나는 담 대장을 사천으로 보내기로 했다. 광명우사의 힘을 빌어 금산상회를 장악한 철혈의 여인에게 막무가내하기로 소문난 사내를 보내는 거야."

"그, 그건……."

"물론 나는 예운의 경우와 같이 그녀에게도 사기를 쳤어. 그야말로 혼인빙자의 사기를 상습적으로 치게 된 셈이지. 하지만 본래 정략적으로 이뤄진 정혼이니 그녀가 날 원하는 건 아닐 테지. 나 역시 그렇고."

잠시 흔들렸던 눈빛을 바로 한 빙예운이 말했다.

"그럼 역시 대주님께서는 광명우사가 강북의 천령단뿐 아니라 강남의 지령단마저 청해성에 집중시킬 것을 염려하시는 거군요?"

"천령단주 뇌음사는 지닌 바 재주에 비해 야심이 큰 자이지. 광명우사가 광대한 강북 무림을 맡기긴 했으되, 막강한 정파에 밀려 살수 집단 몇 개를 만든 것 빼곤 크게 세력을 형성하진 못했어. 어차피 천령단은 바람막이에 불과하니까. 하지만 강남의 지령단은 사정이 달라. 과거 오산인 중 세 명이 활동했을 뿐더러 요즘에 이르러선 광명우사가 직접 나서서 세력을 키웠거든."

"으음, 그리고 지령단은 화심인을 받지 않은 자들 위주이기에 그만큼 독자적이고, 신교에 대한 충성심이 적지요. 철혈거상 막 소저와의 합작으로 풍부한 자금력 또한 갖췄고요."

언제 목소리를 높이며 불손한 눈빛을 던졌냐는 듯 평소의 태도로 돌아간 빙예운은 논리 정연하게 엄정하의 설명을 받았다. 받아들이는 정보의 양으로 따지자면 그녀 역시 엄정하 못지않았던 것이다.

그러자 엄정하 역시 언제 흔들리는 모습을 보였냐는 듯 차갑게 가라앉은 눈빛이 되었다.

"그렇기 때문에 사천은 앞으로 풍운의 중심처가 될 것이야. 삼천이지를 포함한 신교 전체의 명운을 건."

"……."

빙예운으로선 의혹을 느끼지 않을 수 없는 대목이었다. 방금 전까지만 해도 엄정하는 담우소에게 질시를 보이고 있었다. 처음 빙예운에게 보였던 흔들림조차 지금 와 생각해 보면 담우소를 의식한 까닭임에 분명했다. 여인만이 느낄 수 있는 독특한 직감이 그렇다고 말해 주고 있었다.

'그런데 갑자기 태도를 바꿔 신교 전체의 명운이 달렸을지도 모를 풍운의 사천에 담 대장을 보내겠다고? 대주 본인이나 능 대형이 아니라?

혼란스런 기분에 빠져 자신을 바라보는 빙예운의 시선을 슬며시 외면하며 엄정하가 말했다.

"담 대장은 무서울 정도로 나날이 발전하고 있어. 심계와 무공 모든 면에서. 게다가 그는 광명우사와 뇌음사 모두의 숙적인 천리종횡 최고봉과 친하고, 철혈상인 막 소저와는 꽤나 깊은 은원을 맺고 있으니 이번 작전에 적임자라 할 수 있어. 그는 자신의 욕망에 충실한 자니까.”

‘게다가 그는 화심인을 받아 대주님께 꼼짝달싹 못할 뿐더러, 오직 대주님만이 누려야 할 복을 누렸지요. 명존과 함께 생활하며 무공과 암계를 동시에 사사받는.’

자신도 모르는 새 읽은 엄정하의 속마음을 내심 깊이 잠겨둔 채 빙예운이 슬며시 몸을 일으켜 허리를 굽혀 보였다.

“대주님의 뜻은 잘 알겠습니다. 어째서 제 앞에서 그리 번뇌하셨는지도요. 하지만 대주님께서는 절 너무 가볍게 보신 듯합니다. 비록 여인이라 하나 공사를 구별할 줄은 압니다.”

“예운…….”

“성스런 성화에 걸고 맹세하노니, 저 빙예운은 결단코 대주님께서 신교를 위해 내린 결단에 서운한 마음먹을 일은 없을 겁니다. 설혹 담 대장이 이번 원정에서 죽는다 해도.”

“으음!”

아픈 곳을 찔렸음이다. 무심코 태사의에서 몸을 일으킨 엄정하가 보는 앞에서 발걸음을 돌린 빙예운은 조용히 월광의 길을 걸어나갔다. 마치 신화 속에나 등장하는 설산(雪山)의 신녀(神女)처럼.

*　　　*　　　*

―사천풍운(四川風雲)!

주변의 촌스럽다는 투덜거림을 한 귀로 흘려보내고 담우소가 지은 이번 사천행의 암호명이자 작전명이었다. 담우소는 대장의 고유 권한을 그런 곳에 아낌없이 사용한 것이다. 주변의 한탄에도 불구하고.

작전명 변경을 주장하고 나선 선봉장 격인 강문호와 며칠간 싸움에 가까운 격론을 벌인 끝에 정해진 사천행의 인원은 도합 칠 명이었다. 혼자 가겠다는 담우소에게 절대 그렇게 못하겠다며 우격다짐으로 강문호가 밀어준 숫자였다.

그 면면을 보자면 담우소 이하 마경화, 소여영, 일조 조장 전충, 이조 조장 강개, 일자수라검 고강남에 혈봉황단에서 파견된 철봉황 전영화가 마지막으로 끼어들었다. 연신 이번 작전에 나서는 건 바보 같은 짓이라 투덜거리면서도 강문호는 담우소에게 최고의 수하들을 딸려준 셈이었다.

때문에 신생 독립 부대의 두 번째 출동에 걸맞지 않게 담우소 이하 육 명은 철혈대를 떠날 당시 열광적인 환호를 받았다. 군무해가 전영화와의 즐거운 한때를 기대하고 황룡패도대 전부를 끌고 나와 담우소의 장도를 배웅한 것이다.

뇌격봉을 벗어나고도 몇 개나 되는 봉우리를 넘고서야 담우소는 야영을 지시했다. 이번 작전에 나선 자들은 하나같이 일류고수에 빼어난 경공을 지녔지만 상대적으로 무공이 뒤떨어지는 소여영을 염두에 둔 명령이었다.

일사불란하게 야영 준비에 들어간 수하들 사이에서 어쩔 줄 몰라 하고 있는 소여영을 발견한 담우소가 조용히 손짓했다.

"영아야! 이리 와봐라."

"그, 그치만!"

소여영은 까마득한 상관인 전영화와 직속 상관이라 할 수 있는 마경화의 눈치를 봤다. 아무리 천방지축에 까불이라 해도 눈치는 있는 것이다.

그러자 담우소가 피식 입가에 웃음을 담았다.

"네가 있어봤자 야영 준비에는 아무런 도움이 되지 않을 것 같은데 무얼 그리 망설이는 것이냐?"

"……."

그래도 머뭇거리는 소여영 대신 마경화가 미간을 찌푸려 보였다.

"영매, 대장님께서 부르시는데 안 가고 뭐 하는 거야!"

"아! 예예."

그제야 좋아라 소여영이 다가오자 다시 야영 준비에 열중하기 시작한 마경화의 뒷모습을 한 차례 바라본 담우소가 아무렇게나 주먹을 휘둘렀다.

딱!

"아얏!"

머리를 얻어맞고 금세 울상이 된 소여영에게 담우소가 말했다.

"용석아! 너는 이 사부보다 마 호위의 말을 더 무서워하는 것이냐?"

"그, 그게 아니고요."

"아니긴 뭐가 아니냐! 지금도 슬금슬금 뒤의 눈치를 보면서."

과연 담우소를 앞에 두고서도 연신 마경화 쪽을 곁눈질하고 있던 소여영이 얼른 자세를 바로 했다. 딱히 담우소에게 군밤 한 대를 더 맞는 게 무섭다기보다는 마경화에게 또 혼날까 두려워하는 모습이 역력했다.

‘하긴 경화의 그러한 성격이라면 침식을 같이 하는 동안 영아가 꽉 잡힌 것도 무리는 아니지. 풍뢰영의 무사들도 대부분 두려워하는 가시나무꽃인걸.’

내심 고개를 끄떡인 담우소가 말했다.

“영아야, 너는 어째서 이번처럼 중요한 작전에 네가 뽑혔는지 아느냐?”

“……”

소여영은 당연하다는 듯 고개를 가로저었다. 전날 밤에 뽑혔다는 소식을 마경화에게 전해 들은 후 한 시진 동안 주의를 들었지만 모르는 건 모르는 거였다.

그런 소여영을 탓하지 않고 담우소가 말했다.

“그래, 너로선 모르는 게 당연한 일이겠지. 나 역시 널 사천행에 포함시킨 건 모험이라고 생각하니까.”

‘내가 사천에 가는 게 그렇게 잘못된 건가? 경화 언니도 그렇고, 사부님도 그렇고 잔소리만 늘어놓네.’

본디 속마음을 숨길 줄 모르는 소여영의 두 볼이 잔뜩 부어올랐다. 실수투성이인 터라 혼나는 일엔 이력이 붙었지만 잘못한 것도 없는데 이틀 연속 잔소리를 듣게 되자 화가 난 것이다.

그러나 담우소는 평소처럼 웃으며 소여영의 화를 풀어주지 않고 바로 본론에 들어갔다.

“내가 널 이번 사천행에 포함시킨 건 네가 익힌 신법 때문이다. 운중행 말이다.”

“운… 중행이요?”

“그래, 네가 익힌 신법은 가전의 것이라고 들었는데 사실이더냐?”

"예, 운중행은 저희 할아버님께서 완성하신 건데 당시 할아버님은 천리비마(千里飛魔)란 멋진 명호까지 얻으셨대요. 나중에 천리종횡님과 경공 내기를 벌이신 후 다리가 부러져 지금은 거동이 불편하시지만요."

"네 조부님을 최 늙은이가?"

나직이 반문한 담우소가 고개를 절레절레 흔들었다.

"그 적발귀신은 참 죄 많은 사람이군. 어찌 자기 경공을 인증하기 위해 그런 못된 짓을 다 했누."

"하지만 할아버님은 항상 천리종횡님과 경공 내기 하신 일을 자랑하셨는걸요?"

"응?"

"어렸을 적에 할아버님은 절 무릎 위에 앉히시곤 항상 자기 일생 중 가장 빛이 났던 건 천리종횡님과 황혼을 뒤로하고 달릴 때였다고 하셨어요. 그때 비로소 자신은 진정으로 살아 있었노라고."

소여영은 꿈꾸듯 말했다. 검협전의 열광적인 애독자인 그녀에게 조부의 회상은 한편의 영웅전기처럼 가슴에 새겨진 듯했다.

하지만 담우소는 그런 낭만 따위를 위해 무공을 익힌 사람이 아니었다. 소여영의 말을 듣는 동안 뭔가 껄끄러운 것이 목에 걸린 듯한 답답증을 느낀 담우소가 얼른 화제를 바꿨다.

"그래서 말인데, 너희 조부님의 운중행을 익힌 사람이 몇 명이나 되는지 알고 있겠지?"

"으음, 다섯 명, 아니, 여섯 명이에요!"

"너희 집의 가계는 부친과 숙부 두 분, 고모 한 분에 나머진 너 한 명뿐이잖느냐. 나머지 여섯 번째 인물은 누구지?"

소여영이 운중행을 익혔음을 알고 철저히 뒷조사해 놨던 담우소의 두 눈이 가벼운 이채를 띠었다. 그동안 그가 소여영을 데리고 다녔던 건 바로 이 질문을 하기 위함이었기 때문이다.

그러자 소여영은 담우소가 자신의 식구 구성원을 정확히 파악하고 있는 사실에 가벼운 놀람을 표시했을 뿐 곧 개구쟁이처럼 웃었다.

"히히, 사부님께서는 저희 집안을 저보다 더 잘 알고 계신 것 같네요. 맞아요, 저희 집안에서 운중행을 익힌 사람은 그렇게 다섯 명이에요. 나머지 한 명은 우리 집안 사람이 아니라 할아버님의 기명제자예요."

"기명제자?"

"예, 십여 년 전 할아버님께서 천리종횡님한테 다리가 부러져 신음하고 있을 때 구명의 은혜를 준 사람이 있었대요. 나이 어린 소년이었는데 할아버님을 업고서 산을 내려왔을 뿐더러 간단한 치료까지 해주고, 한동안 병수발을 들어주는 등 정성이 지극했다나 봐요."

"그래서 그 소년에게 감동한 너희 할아버님은 가전의 경공을 전수해 주고 기명전인으로 삼은 것이로군."

"헤헤, 강호에 보기 드문 기사(奇事)지요? 정파에서도 이런 일은 찾아보기 드물 거예요."

"그렇겠지."

소여영에게 고개를 끄떡거려 주면서 담우소는 내심 혀를 찼다. 그 십여 년 전의 소년이 주서안이란 확신이 든 까닭이다. 그리고 사천 하오문에 속한 그의 평소 성격과 행동을 회상하자 다음과 같은 결론이 내려졌다.

'훙, 그렇게 잔대가리가 잘 돌아가는 녀석이 아무 이득도 없이 선행을 베풀 리가 없잖아! 필시 두 사람의 경공 대가가 경공 시합을 벌인다는 정보를 듣고 따라간 거겠지. 뭐 주워먹을 게 없나 하고.'

열 살 남짓한 어린 시절에 벌써 무공을 얻기 위해 거짓 선행을 보였을 주서안의 교활한 눈동자를 생각하며 담우소는 내심 고개를 절레절레 흔들었다. 왠지 소여영을 이용해서 주서안을 꾀어내려던 애초의 계획을 다소 많이 수정해야 할지도 모른다는 불안한 예감 때문이었다.

곤륜을 벗어나 관도에 이르자마자 담우소 일행은 말을 구했다. 긴 노정에 체력 소모를 최소화하기 위해서였다. 평생 처음으로 말을 타본 담우소는 승마술을 익히기 위해 오히려 몇 배나 되는 체력을 소모해야 했지만.

그렇게 보름을 내리 달려 청해성과 사천성의 경계라 할 수 있는 서령(西嶺)에 이른 담우소 일행은 잠시 여장을 근처 객점에 풀었다. 그물망과 같은 혈봉황단의 점 조직을 이용해 염호(鹽湖)인 청해(靑海)로부터 사천으로 향하는 상단을 알아보기 위함이었다.

사천에서 나는 암염이 주로 서민층에서 유통되는 반면 청해의 질 좋은 소금은 일반적으로 관부를 통해 거래되었다. 바다가 먼 중원에서 청해의 소금만큼 빨리 황도로 향하는 물건은 없기 때문이다.

담우소의 계획은 마도가 기승을 부리는 청해성과 달리 정파가 우세인 사천으로 자연스레 들어가기 위해 관부의 힘을 이용하자는 것이었다. 관부와 밀착한 것으로 소문난 청해상단과 인연을 맺는 방법으로.

객점에 들어서자마자 뒤의 별채 하나를 잡고 은인자중하고 있던 담우소 일행 중 유일하게 밖에 나갔던 전영화가 반나절 만에 돌아왔다.

"담 대장님!"

고지식하게 한쪽 무릎을 꿇고 보고하려는 전영화를 담우소가 얼른 손을 뻗어 일으켜 세웠다.

"전 대장은 워낙 고수라 내공으로도 몸을 일으켜 세우기 힘들군."

"아!"

"앞으론 내 앞에서 무릎을 꿇는 등의 행동은 하지 말아요. 만약 군형이 이런 사실을 알면 날 산 채로 토막 내려 할지도 모른다구."

"……."

철혈의 여전사로 소문난 전영화의 안색이 가볍게 붉어졌다. 철혈대를 떠날 당시의 열렬한 배웅을 떠올렸음이 분명하다.

피식, 입가에 미소를 매단 채 담우소가 말했다.

"그래서 갔던 일은?"

바로 평소의 안색을 회복한 전영화가 보고했다.

"마침 황하(黃河)를 따라 사천으로 들어가는 청해상단 하나가 서령에 도착해 있었습니다. 황하 근처엔 요즘 수적들이 자주 모습을 보이는 탓에 호위 무사를 구한다고 하니 저희는 그들을 좇아 사천에 들어가는 게 좋을 듯합니다."

"호위 무사를 구한다고?"

"예, 관부에 줄을 댄 상단답게 제법 높은 임금을 제시했더군요."

"그렇군. 그래."

한 차례 고개를 끄떡인 후 하늘을 바라보며 대소를 터뜨린 담우소가 놀라 뛰어나온 마경화 등을 바라보며 얄궂은 표정을 지어 보였다.

"전 대장이 좋은 일감을 물어왔으니 우리가 어찌 마다할 수 있겠어?

우리는 이제부터 관과 배를 맞댄 더러운 상단의 호위 무사가 되어 사
천으로 간다!"

"에에!"

눈살을 찌푸리며 불만스런 표정이 된 소여영과 달리 마경화 등은 벌
써 짐을 챙겨 들고 있었다. 청해상단의 호위 무사를 하기 위해서.

제69장 복수는 나의 것!

청해상단은 북방에서는 꽤 큰 규모의 상단이었다. 관부의 비호를 받는 데다 청해의 일등급 소금은 황실을 비롯해서 중원 각 성의 호족들과 부자들에게 꽤나 인기가 많았기 때문이다. 만약 청해상단이 관과 철통같이 엮여 있지 않았다면 벌써 청해성의 수많은 마도, 사파 중 하나에 먹혔으리라.

새벽부터 전영화의 안내를 받아 청해상단이 머물고 있는 서령제일루(西嶺第一樓)에 도착한 담우소 일행은 잠시 서로를 바라봤다. 이름값을 하려는 듯 제법 큰 규모의 서령제일루 대문 한 켠으로부터 길게 늘어서 있는 일군의 무림인들을 본 것이다.

"저들이 다 청해상단의 호위 무사를 하기 위해 찾아온 자들인가?"

담우소가 한심하다는 듯 말하자 옆에 서 있던 전영화가 얼른 대답했다.

"요즘 청해성에선 신교가 삼천이지로 나뉘어 내전이 한창인지라 마도에 대한 지배력이 많이 약화된 상태입니다. 그래서 싸움에 자신없는 자들은 다른 지역으로 달아나던가 이렇게 상인의 호위 무사로 나설 수밖에 없게 된 거지요."

"그 점은 나도 알지만 이건 너무 심하잖아. 이 새벽부터 고작해야 십 명 남짓 뽑는 호위 무사가 되기 위해 저렇게 백여 명이 넘게 몰려들다니."

"그만큼 청해상단의 명망이 높다는 거겠지요. 만약의 경우를 대비해 호위 무사를 뽑는다곤 하나 관을 등에 업고 있는 청해상단의 배를 건드릴 수적들은 별로 없을 테니까요."

"그 말인즉슨, 이곳에 모인 녀석들은 하나같이 무공에 별로 자신이 없는 녀석들이란 뜻이군?"

고개를 끄떡인 담우소의 입가로 흐릿한 미소가 번져 나왔다. 그리고 그 미소가 입가에서 사라지기도 전에 마경화가 담우소 옆으로 다가섰다.

"모조리 해치울까요?"

벌써 마경화의 손은 쌍수검의 검수 부근을 더듬고 있었다. 담우소의 명령만 내려지면 홀로 달려들어 백여 명이 넘는 눈앞의 무림인들을 몽땅 요절낼 기세였다.

그러나 마경화의 살기등등한 얼굴을 슬쩍 곁눈질한 담우소는 곧 고개를 가로저었다.

"이런 일에 마 호위 '씩' 이나 나설 필요가 있을까?"

"그럼 속하가 하겠습니다."

이번에 나선 사람은 일행의 후미를 맡고 있던 고강남이었다. 각기 하나의 조를 맡고 있는 처지인 전충과 강개가 신중함을 보이는 데 반해 그의 태도는 거침이 없었다. 지난번 작전 시 마경화에게 영향을 받은 듯했다.

고강남의 선 굵은 얼굴을 한차례 일별한 담우소가 나직이 말했다.

"우리는 이런 곳에서 끌 시간이 없다."

"존명!"

살짝 고개를 숙여 보인 고강남이 자신의 애검인 청월(靑月)을 빼 들고 성큼성큼 백여 명의 무림인들을 향해 걸어갔다.

"어! 당신 뭐야?"

자신들의 숫자를 믿고 있었음이리라. 청월을 빼 든 고강남을 향해 구환대도를 든 칠 척 거한이 삿대질을 했다. 그러나 고강남은 입가에 한 차례 비릿한 미소뿐. 다음 순간, 미처 구환대도를 들어 방비하기도 전에 칠 척 거한의 팔이 날아갔다. 청월이 혈월로 바뀐 것이다.

"으악! 악!"

졸지에 외팔이가 된 칠 척 거한이 땅바닥을 뒹굴며 비명을 터뜨렸다. 팔이 절단된 충격은 순간적으로 사람을 절명시킬 수도 있으니 당연하달까.

그제야 위협을 느끼고 병장기들을 뽑아 든 주변의 무림인들은 쳐다보지도 않고 고강남이 입가에 살소를 담았다.

"흐흐, 천하의 마웅호한들만 모인 청해성에 어찌 이런 바보 멍청이가 있단 말이냐! 팔 하나쯤 잘린 걸 가지고 이렇게 울부짖다니!"

퍼억!

고강남의 발이 칠 척 거한의 잘린 팔뚝 근처를 거세게 걷어찼다. 그러자 비명을 지르다 못해 기절해 버린 칠 척 거한의 동료로 보이는 사십 대 중년인이 수중의 철곤(鐵棍)을 들어 올리며 버럭 노성을 터뜨렸다.

"느닷없이 검을 휘둘러 놓고 그게 할 말이냐! 나 쌍곤진천하(雙棍震天下) 남경(南暻)이 네놈을……."

파악!

쌍곤으로 천하를 진동시킨다는 거창한 명호를 자랑하던 남경은 말을 채 끝맺지 못했다. 고강남이 다시 청월을 휘두르자 그의 한쪽 팔 역시 동료와 똑같은 꼴이 되고 말았던 것이다.

"으아악!"

자신의 떨어진 팔을 보고서야 비명을 터뜨린 남경을 뒤로하고 성큼 무림인들 속으로 고강남이 뛰어들자 서령제일루 앞은 삽시간에 난장판으로 변했다.

수중의 병장기로 저항하려던 자들은 여지없이 팔이 날아갔고, 곧 고강남의 무위에 밀려 이곳저곳으로 달아나는 자들이 속출하기 시작했다. 그야말로 한 떼의 양 속에 늑대 한 마리가 뛰어든 형세였다.

멀찌감치 떨어져 그 모습을 지켜보고 있던 담우소가 문득 시선을 옆으로 돌렸다. 흥미롭다는 기색으로 지켜보고 있는 다른 일행과 달리 겁먹은 안색이 된 소여영이 담우소의 옷자락을 잡아당기고 있었다.

"설마 무서운 건 아니겠지?"

담우소가 묻자 소여영이 얼른 고개를 끄떡이다가 곧 좌우로 돌려대곤 미간을 찌푸렸다.

"사부님, 어째서 저들은 신법을 펼쳐 고 대가를 둘러싸지 않지요? 저 정도의 인원이라면 차륜진을 펼쳐도 될 텐데?"

"그게 궁금했던 거냐?"

"예, 저렇게 많이 몰려 있으면서 고 대가한테 밀려 자꾸 팔이 잘려 나가는 저들이 불쌍해요."

"하하!"

나직이 헛웃음을 짓는 담우소를 대신해서 마경화가 슬며시 소여영에게 말했다.

"영매, 그건 저들이 무공의 기본조차 익히지 못한 잡배들이기 때문이야. 고강남의 일초반식조차 변변히 막아내는 자들이 없는 것만 봐도 알 수 있는 일이지. 그러니 아무리 수적으로 우세하다곤 하나 훈련을 받아야만 펼칠 수 있는 차륜진으로 고강남에게 대항할 수 있겠어?"

"아! 그렇군요."

그제야 어린애같이 고개를 끄떡이는 소여영의 모습에 피식 웃음을 배어 문 마경화가 슬쩍 안색을 굳혔다.

"그런데 언제부터 고강남을 고 대가라 부르게 되었지? 영매는 설마 대장님의 호위라는 중한 임무를 맡은 터에 남들한테 얕보이고 다니는 거야?"

소여영의 얼굴이 금세 새파랗게 질렸다.

"그, 그게 아니구, 지난번 작전 때 고 대가가 여러 가지로 많이 챙겨 줘서……."

"아무리 그렇다곤 해도……."

마경화의 잔소리가 길어질 기미를 보이자 담우소가 얼른 참견하고 나섰다.

"마 호위! 그만 하게."

"예?"

"그렇지 않아도 앞으로 사천에서 활동하려면 서로 간에 호칭을 바꿀

필요가 있었는데, 이번 기회에 아예 나이순으로 서열을 정해 부르기로
하자구."

"하지만 그건……."

"명령이다!"

반대 의견을 한마디로 일축한 담우소의 입가에 슬그머니 미소가 번
져 나왔다. 나이순으로 한다 해도 담우소는 여전히 우두머리의 위치를
유지할 수 있는 것이다.

그러는 사이 홀로 백여 명이 넘던 무리를 깨끗이 쫓아 보낸 고강남
이 떠날 때와 별반 달라지지 않은 모습으로 돌아왔다. 그의 뒤로 몇 개
나 되는 팔뚝이 굴러다니고 있지 않았다면 방금 전의 소란이 무색할
지경이었다.

늠름한 표정으로 다가온 고강남이 고개를 숙여 보이자 역시 한 차례
고개를 끄떡여 준 담우소가 홀로 서령제일루 앞으로 걸어갔다.

이미 동이 훤하게 터오고 있었다. 벌써 손님을 받아야 할 시각이 지
났건만 서령제일루는 아직 문을 열지 않고 있었다. 밖에서 소란이 일
어나자 지레 겁을 집어먹은 주인이 대문을 굳게 닫아건 것이다.

대충 그러리라 짐작하고 있던 담우소가 대문을 주먹으로 힘차게 두
드렸다.

쾅쾅쾅!

통나무를 통으로 잘라 만든 대문이 금방이라도 박살날 듯 요동 쳤
다. 담우소가 조금이라도 힘을 더 주면 박살날 게 분명했다.

대문을 막고 있는 게 능사가 아니란 생각이 들었는지 서령제일루 안
쪽에서 겁먹은 목소리가 흘러나왔다.

"무, 무슨 일입니까?"

대문 두들기기를 멈춘 담우소가 목소리를 높였다.

"청해상단이 이곳에 묵고 있다고 들었소."

"그, 그런데 왜?"

"호위 무사를 뽑는다기에 응시하러 왔으니 당장 이 문을 여시오."

"예?"

"청해상단의 호위 무사가 되기 위해 왔다는 말이오!"

말을 끝낸 담우소가 큰 목소리로 웃어 젖혔다. 예전 강호를 전전하며 칼밥을 먹을 때처럼 호탕하게.

그 뒤 일은 일사천리로 진척됐다. 주인의 전언으로 담우소 일행이 백여 명이 넘게 줄을 섰던 근방의 무림인들을 모조리 쫓아냈다는 사실을 청해상단주가 들은 까닭이다.

본래 무림에서는 '불필요한 손 백보다 하나의 쓸모있는 손'이란 말이 전해지니만치 능력있는 자들은 어디서든 환영을 받는달까?

시험 삼아 대결시킨 청해상단의 호위 무사 다섯을 한 방에 날려 버린 담우소의 용력(勇力)에 반한 청해상단주는 보수를 대폭 올려 일 인당 은 서른 냥을 약속했다.

황하를 따라가는 사천행이 그리 순탄치 않으리란 걸 짐작케 하는 파격적인 액수였다. 짐꾼 이십 명에 힘깨나 쓸 법한 무사들이 다섯 명이나 딸려 있음에도 다시 호위 무사를 뽑을 때부터 예상된 일이었지만.

아침을 먹자마자 그날로 서령을 출발한 청해상단은 이틀간 그럭저럭 평탄한 관도를 따라 남하하다 황룡촌(黃龍村)에 도착했다. 청해성에서 사천으로 향하는 황하의 물줄기가 가장 성한 곳이었다.

그곳에서 하루를 쉬고 청해상단은 바로 배편을 잡아 짐을 부렸다.

본래 황룡촌은 완고한 뱃사람들의 마을로서 쉽사리 배편을 잡을 수 없는 곳이나 관을 등에 업은 청해상단을 거스를 순 없는 모양이었다.

짐이 완전히 부려지고 난 잠시 뒤였다. 청해상단의 사람들과 담우소 등이 배에 오르자 황룡촌의 촌장 격인 황(黃) 노인이 배의 고물 쪽에 한 다리를 걸친 채 큰 목소리로 소리쳤다.

"용신께서 바람을 보내주신다! 대풍이다! 좋은 바람이야! 너희 잡것들은 머뭇거리지 말고 싸게 싸게 돛을 올려라!"

"예에!"

겉으로 보이는 나이만도 족히 일흔은 되어 보이는 황 노인의 카랑카랑한 일갈에 일제히 대답한 수부(水夫)들이 움직이자 금세 배가 움직이기 시작했다.

황 노인의 말마따나 이맘때는 바람이 남으로 불기 마련이라 순풍에 돛을 단 격이었다. 천하의 험지인 청해성을 뒤로하고 만만찮은 험지인 사천을 향해.

＊ ＊ ＊

물이 맑고 깊은 장강과 황하는 근본적으로 달랐다. 물은 도저히 마실 수 없을 정도로 누렇고 탁할 뿐더러 깊이 또한 일정치 않아 일 년 중 배를 띄울 수 있는 때가 극히 한정되어 있었다.

폭염의 여파로 곤륜에서 녹아내린 물줄기가 유입되는 팔월로부터 우기인 구월 말까지만 큰 배를 띄울 정도로 물이 불어나기 때문이다.

그 극히 한정된 기간의 중간인 팔월 말에 띄워진 배는 별다른 탈 없이 사천을 향해 순항 중이었다. 청해상단이 걱정했던 수적의 침습은

커녕 궂은 날조차 만나지 못했다. 이대로 가면 사흘이 지나지 않아 목적지인 사천에 도달할 듯했다.

황하의 누런 물살을 가르며 시원스레 나아가고 있는 배의 갑판. 청해성 사투리로 히히덕거리며 일하는 수부들과 떨어진 채 한가로이 하늘을 바라보고 있는 청해상단주 백문(白文)의 옆으로 담우소가 다가들었다.

"자네는?"

"이렇게 좋은 날씨에 선실 안에만 틀어박혀 있기 무료해서 나왔소이다."

"이렇게 무더운 날씨가 좋다?"

"하하, 찬바람 몰아치던 청해성을 헤매다 보니 이런 뜨거움도 좋게 느껴진다고 할까요?"

전혀 호위 무사답지 않은 말이요 표정이었다. 그러나 백문은 장사꾼이었다. 그것도 거상에 가까운.

지난 며칠간 자신이 고용한 자들을 지켜본 결과 범상한 무리가 아니란 결론을 내린 백문은 탓하지 않고 잘 다듬어진 턱수염을 손으로 쓰다듬었다.

"확실히 청해의 거친 바람을 맞고 살다 보면 사천의 폭염도 그리 나쁘진 않지. 게다가 폭염이 없다면 소금을 만들어낼 수 없고 청해상단도 돈줄이 끊기게 되지 않겠는가? 오늘부터는 이 백 모 역시 폭염을 좋아하도록 노력해야겠군."

"그야 그렇겠지요."

백문의 흥취를 대충 맞춰준 담우소가 슬그머니 화제를 돌렸다.

"그런데 뱃길이 참 순탄한 것 같습니다."

"이 배의 주인인 황 노인은 황룡촌의 촌장인 동시에 최고의 뱃꾼이라 할 수 있지. 황 노인이 직접 배를 몰고 나섰으니 뱃길이 순조로운 건 당연한 일이지."

슬그머니 목소리를 높인 백문이 반대 편 갑판에서 수부들에게 잔소리를 늘어놓고 있던 황 노인을 향해 고개를 끄떡여 보였다. 두 사람의 거래가 꽤 오래되었음을 보여주는 모습이었다.

역시 황 노인 쪽을 한차례 바라본 담우소가 고개를 몇 차례 주억거렸다.

"확실히 제 동생들은 대부분 배를 타본 일이 없는데도 불구하고 별탈을 보이지 않더군요. 황 노인의 배 다루는 솜씨는 신기에 도달한 게 분명한 것 같습니다."

"이 노한 수룡같이 변화가 막심한 황하의 수많은 지류에 대해서도 황 노인만큼 잘 아는 사람은 없으니 그 말이 옳네."

"그렇지요. 그런데 내가 앞서 순탄하다고 한 건 다른 의미에서의 뱃길을 말하는 것입니다."

일순 백문의 노숙한 얼굴에 잔파랑이 스쳐 갔다. 장사에 대해선 백전노장일 게 분명한 그가 잠시나마 담우소의 말에 동요를 보인 것이다.

그런 백문의 변화를 놓치지 않고 포착한 담우소가 다시 질문을 던졌다.

"내가 직접 상대해 봐서 아는데, 백 대인을 좇아온 무사들의 무위는 그리 낮은 게 아니었소. 상단의 호위를 서지 않더라도 어디 가서 칼밥을 먹는 데 부족함을 느낄 실력이 아니었다는 뜻이오."

"……."

"게다가 며칠간 주의해서 살펴봤더니 소금 지게를 짊어진 스무 명의 일꾼들 역시 무예를 익힌 자들이더군요. 굳이 불끈 튀어나온 태양혈을 들먹이지 않더라도 외가의 무공을 익힌 자들이 분명하니 어찌…….”

“그래서 말하고자 하는 바가 무언가?”

계속될 것만 같던 담우소의 설명을 끊은 백문의 눈빛이 날카롭게 빛났다. 오십 대 초반으로 보이는 외양이나 눈빛만은 아직 이십 대의 젊은이 못지않은 힘을 담고 있었다.

백문이 무공을 익히지 않았다는 사실을 생각하곤 ‘참 꼬장꼬장한 늙은이로군’ 이라 내심 중얼거린 담우소가 입가에 미소를 담은 채 말했다.

“뭐, 그러니까 내 말의 요지는 이렇습니다. 청해상단이라면 관을 등에 업고 있는 걸 떠나서 청해성과 사천성을 잇는 상인들의 무리 중에선 몇 손가락 안에 꼽힌다 알고 있는데, 고작 수적 떼의 습격 때문에 이만한 수의 무림인들을 모을 리 없다는 것이죠. 나와 내 형제들을 차치하더라도.”

“그건…….”

“요즘 들어 황하 인근에 수적 떼가 기승을 부리기 때문이란 변명은 하지 마십시오. 나란 사람은 꽤나 사람과 잘 친해지는 성격이라 그동안 수부들 몇 명과도 말을 트고 지낼 정도가 됐거든요.”

“…….”

“그들이 말하길, 황하에 수적들이 있는 건 사실이지만 감히 이곳 물길의 터줏대감인 황 노인의 배를 건들진 못한다고 하더군요. 하물며 관이 뒤를 봐주는 청해상단의 깃발이 꽂혀 있는 배에는 더 더욱.”

말을 잇는 동안 담우소는 힐끔 배의 고물 쪽에 바라봤다. 그곳에는 활짝 펴진 채 남풍에 따라 펄럭이는 현무(玄武)가 자리 잡고 있었다. 바로 청해상단을 상징하는 신수(神獸)였다.

노련한 장사꾼답게 잠시 만에 담우소의 무게를 잰 백문이 잔주름 가득한 눈가를 가늘게 만들었다.

"자네의 뜻은 잘 알겠네. 확실히 내가 염려하는 건 수적 따위는 아닐세. 자네 말대로지. 하나 내가 보기엔 자네 일행도 상단의 호위 무사나 할 사람들은 아닌 듯싶더군."

"서로 간에 숨긴 것이 있으니 애써 들춰내진 말자는 뜻입니까?"

"뭐, 자네 좋을 대로 생각하게나."

더 이상 담우소와 할 말이 없다는 듯 백문이 신형을 돌려 세웠다. 정오가 다가오자 더욱 심해진 갑판 위의 열기를 피해 선실로 몸을 피하려는 모양새였다.

그러나 백문에게 말을 걸기 위해 지난 며칠간 꽤나 많은 사전 조사를 끝마친 담우소가 이런 기회를 두 눈 뜨고 놓칠 리 없었다. 선실 쪽으로 걸어가는 백문의 등 쪽에다 대고 담우소가 투덜거리듯 말했다.

"쳇! 어렵사리 곤륜산을 내려왔더니 나와 동생들이 지닌 무위를 고작 화살받이 정도로 보는 건가? 데리고 온 무사들 정도로 일을 도모하기엔 사천은 그리 녹록한 곳이 아닐 터인데."

움찔!

선실을 바로 코앞에 놔둔 채 발길을 멈춘 백문을 곁눈질하며 담우소가 한쪽 입꼬리를 말아 올렸다. 자신이 던진 미끼를 백문이 물었음을 직감한 것이다.

과연 뭔가를 잊고 왔다는 표정을 한 채 담우소 쪽으로 고개를 돌린 백문이 상인의 미소를 입가에 매단 채 손짓했다.

"이보게! 어찌 정오가 다 됐는데 그런 곳에 서 있는 것인가? 일사

병(日射病)이라도 걸리면 어쩌려고. 내 선실에 십 년은 족히 묵은 백주(白酒)가 있다네. 술을 싫어하지 않는다면 식사 전에 반주로 한잔하는 게 어떤가?”

“십 년 묵은 백주라? 거 좋지요. 그렇지 않아도 배를 탄 지 며칠째라 술이 고프던 참이었습니다. 내 기꺼이 백 대인의 술동무가 되어드리지요.”

십 년 묵은 백주란 말에 온통 집중된 수부들의 시선을 개의치 않고 하늘을 향해 대소를 터뜨린 담우소가 백문을 좇아 선실 안으로 들어갔다.

백주란 중원에서는 가장 흔한 술 중 하나다. 그리 좋은 술이 아니란 뜻이다. 하지만 중원으로부터 한참 떨어져 술이라고 해봤자 양젖을 발효시켜 만든 마유주 정도가 전부인 청해성에선 그런 백주도 귀했다. 십 년을 묵혔다면 더 더욱 말할 것도 없이.

오랫동안 보관된 술이라면 으레 그렇듯 주호 안쪽을 막고 있는 촛농을 백문이 촛불로 녹이자 술 향기가 선실 안을 진동했다. 오래 묵힐수록 부드러워지는 게 술인만큼 얼큰한 취기를 느끼게 하면서도 전혀 위화감이 들지 않는 내음이었다.

술꾼이 아닌 만큼 그런 주향의 미묘한 차이를 알지 못하면서도 담우소가 찬탄하듯 말했다.

“하핫, 이렇게 좋은 주향은 내가 청해성에 온 후 처음인 듯합니다.”

졸졸졸…….

나무를 깎아 만든 술잔에 주호를 기울이고 있던 백문이 문득 동작을 멈추고 담우소를 바라봤다.

“자네……."

자신의 잔에 술이 넘치려 하자 얼른 손을 뻗어 술병을 들어 올린 담우소가 히죽 웃었다.

"내가 청해성 토박이가 아니란 건 백 대인도 이미 알고 있었을 텐데요?"

"으음."

가벼운 신음을 터뜨린 백문이 고개를 절레절레 흔들었다.

"이거 결정적일 때 써먹으려던 패 하나를 빼앗겼구만."

"그랬습니까?"

반문과 함께 술잔을 들어 단숨에 들이킨 담우소의 얼굴에 훈훈한 화색이 돌았다. 백문의 의표를 몇 번이나 찌른 치밀함과는 거리가 느껴지는 모습이었다.

'도대체 어떤 게 이자의 진짜 모습인가?'

내심 이맛살을 찌푸린 백문의 표정은 떨떠름했다. 수많은 사람들을 접했던 그로서도 도무지 담우소란 인간은 파악이 안 됐다. 감을 잡을 수 없는 것이다.

그러자 백문에게서 대나무로 된 술병을 뺏었듯 채간 담우소가 빈 잔 두 개에 연달아 술을 따르며 지나가듯 말했다.

"그래서 말인데, 관을 등에 업고 있는 청해상단에 감히 위협을 가하고 있는 세력의 정체를 말해 주실 순 없겠습니까?"

'이 무사 녀석이 그런 것까지 알고 있는 건 아니겠지?'

내심 설마설마 하면서도 백문은 능청맞은 표정으로 시치미를 뗐다.

"그게 무슨 소린가? 청해상단을 위협하는 세력이 있다니! 자네 말마따나 관의 비호를 받는 청해상단에 위협을 줄 만한 세력이 어딨단 말인가?"

또다시 단숨에 술잔을 비운 담우소가 피식 웃었다.

"중원 각처를 상대하는 거상이시니 내 말투에 강남 사투리가 섞였다는 건 따로 설명하지 않아도 되겠지요?"

"……."

"역시 알고 있었군요."

고개를 끄떡인 담우소가 말을 이었다.

"난 한때 강남의 염효 중 가장 큰 규모로 장사를 벌였던 거경방주 대두귀와 인연이 있었소. 뭐, 그리 썩 유쾌한 인연은 아니지만 덕분에 소금의 유통 과정에 대해선 대충 꿰어 알게 됐지요."

"으음, 자네가 소주의 대두귀를 알고 있다고?"

"그렇소. 그러니 청해상단이 현재 처한 사정을 내가 전혀 모를 거란 생각은 하지 않는 게 좋을 겁니다."

"하지만 강남과 강북의 소금업은 엄연히 다른……."

탁!

이미 술이 한 방울도 남지 않은 술잔에 박력을 담아 탁자 위로 내려놓은 담우소가 눈빛을 강하게 바꿨다.

"말 돌리기 지겹지 않소? 내 단도직입적으로 묻겠소. 청해상단에 위협을 가하고 있는 건 사천당가요?"

"억!"

자신도 모르게 비명을 터뜨린 백문이 재빨리 몸을 일으켜 선실 밖을 살폈다. 주변에 있는 건 황룡촌의 수부들을 제외하곤 자신의 호위 무사들과 짐꾼들뿐임에도.

"역시 그랬군요."

더 이상 볼 것도 없다는 듯 담우소가 단정을 내리자 잠시 동안 몇 차례나 안색을 바꾸던 백문이 갑자기 애절한 표정이 됐다.

"이보게! 아니, 담 대협! 나 좀 살려주게! 아니, 청해상단을 좀 살려주게나!"

"응?"

"그리만 해준다면 내……."

"왜? 얼마나 돈을 내놔야 손해를 보지 않을지 계산하는 것입니까?"

"아니, 그런 게 아니라……."

"됐소이다!"

한마디로 백문의 말을 끊은 담우소가 무뚝뚝하던 표정을 지우고 평소 내보이지 않던 교활한 미소를 입가에 슬그머니 매달았다.

"내가 원하는 건 돈이 아닙니다. 그러니 백 대인은 지금부터 사천당가와 청해상단 사이에 얽힌 문제를 속 시원히 털어놓으십시오. 내 백 대인의 말을 들어본 연후에 원하는 바를 말할 테니."

"으윽!"

주도권을 빼앗겼다는 생각에 표정을 일그러뜨린 백문을 담우소는 히죽거리며 바라봤다.

담우소가 백문이 기거하는 선실에서 나온 건 정오가 한참 지나서였다. 식사만은 항상 동료들과 하던 지금까지와 달리 점심을 백문과 함께했기 때문이다.

백문으로부터 선물받은 백주 한 병을 갑판 위에서 땀 흘리던 수부들에게 던져 준 후 갑판 아래로 내려온 담우소에게 소여영이 쪼르르 달려왔다.

"사부님! 식사도 하지 않고 어딜 가셨던 거예요?"

"네 큰 언니는 어딨느냐?"

"저, 전 대장님 말씀인가요?"

"이 녀석! 내가 앞으론 그렇게 호칭하지 말라고 몇 번이나 말하지 않았느냐?"

담우소가 주먹을 들어 올리자 또 꿀밤을 얻어맞을까 봐 움찔한 표정이 됐던 소여영이 곧 헤헤 하고 웃었다. 손만 들어 올렸을 뿐 담우소가 꿀밤을 때리지 않았기 때문이다.

그 모습을 보고 피식 웃어 보인 담우소가 다시 물었다.

"영화매는 어디에 있느냐?"

"여, 영화 언니는 지금 경화 언니하고 사부님이 기거하시는 선실에서 대기하고 있습니다. 다른 대가들은 사부님의 지시대로 짐꾼들하고 어울리고 있고요."

"녀석, 대가 소리는 잘하는구나."

소여영의 머리를 한차례 쓰다듬어 준 후 담우소는 자신의 선실을 찾아 들어갔다. 갑판 아래의 몇 개 되지 않는 선실 중 하나는 그가 차지하고 있었던 것이다.

선실의 문을 열고 들어서자 전영화와 마경화가 동시에 자리에서 일어나 허리를 숙여 보였다. 남들 앞에선 친형제나 오누이처럼 지내자 했던 담우소의 명령이 무색해지는 순간이었다.

눈살을 가볍게 찌푸려 보이는 걸로 불쾌감을 대신한 담우소가 별로 탓하지 않고 한쪽 구석에 몸을 던졌다.

쿵!

"확실히 갑판 아래라 그런지 찜통이구만. 더위가 보통이 아닐 텐데 두 누이는 어찌 이런 곳에 틀어박혀 있었지?"

툴툴거리는 목소리가 완연한 담우소의 말에 그제야 자신들의 잘못을 깨달은 전영화와 마경화가 서로를 쳐다보며 입을 막았다. 철저한 무인인 두 사람에겐 아직도 담우소를 대가라 부르는 일이 쉽지 않은 듯했다.

'하긴 이런 일은 인력으로 할 수 있는 일이 아니지.'

내심 쓴 입맛을 다신 담우소가 좁은 선실 안을 가득 채운 세 여인을 한쪽에 앉혀놓고 백문과 나눴던 사항에 대해 설명하기 시작했다. 앞으로 사천에서 펼칠 작전의 이해도를 높이기 위한 준비 작업의 일환이었다.

한참 동안 담우소의 설명을 귀담아듣고 있던 세 여인 중 정보 전문가라 할 수 있는 전영화가 눈살을 가볍게 찌푸렸다.

"그러니까 외가 쪽에 사천당가의 사람이 한 명 버티고 있을 뿐인데 청해상단같이 뿌리 깊은 상단이 벌벌 떤다는 건가요? 아무리 사천당가가 사천의 실질적 패주라 해도 그건 좀 이상한 일이군요. 청해상단의 뒤에 관이 없다면 또 몰라도."

"음, 역시 영화매가 상황 판단이 빠르군."

고개를 끄떡이며 전영화를 칭찬한 담우소가 오만한 자세로 팔짱을 껴 보이며 말했다.

"그렇지만 말야, 과거 내가 소주의 염효인 거경방주 대두귀에 대해 조사할 때 알게 된 바에 의하면 관이란 기껏해야 뒷배를 봐주는 정도 밖엔 영향력을 발휘할 수 없더군. 그것도 소주 같은 대성시에 한해서. 그러니 본래 관의 세력이 미미한 사천성에서 지역 패자인 사천당가의 위세는 일개 상단에게 두려움의 대상일 거야. 특히 마도가 득세하고

있는 청해성인지라 특별한 무림 세력을 등에 업지 못한 청해상단의 입
장에서는.”

전영화가 고개를 끄떡였다.

“그렇기도 하겠군요. 관과 관계를 맺은 터에 당금 황실과 좋지 못한
관계인 본 교에게 몸을 의탁할 수도 없을 테니.”

“게다가 신교가 분열된 걸 약삭빠른 상인들이 모를 리 만무하지.”

전영화의 뒷말을 이은 담우소가 마경화에게 눈짓을 해 보였다.

“그러니 경화매는 어떻게 했으면 좋을 것 같아?”

“예?”

“경화매의 의견을 묻는 거다.”

“아! 그러니까 그게…….”

느닷없는 질문에 놀란 마경화가 우물쭈물하다 갑자기 단호한 표정
으로 말했다.

“신교를 능멸한 놈들은 아무리 상인이라 해도 가만 놔둘 수 없습니
다. 그렇지 않아도 증거를 인멸할 필요가 있었으니 사천에 도착하자마
자 이들을 모두 주살해야 한다고 봅니다.”

“모조리 죽이자고?”

“예, 그렇습니다. 도착하기 하루 전쯤 몰살시킨 후 저희는 작은 소선
을 타고 사천 땅을 밟는 게 옳다고 봅니다.”

“어, 언니, 무서워!”

소여영이 단박에 공포에 질린 표정이 됐다. 전령이 주 임무인 그녀
로선 피와 살이 튀는 전장을 헤쳐 나온 마경화의 주장을 선뜻 납득하
기 힘든 것이다.

‘하지만 일견 타당한 의견이긴 하다. 확실히 우리는 청해상단 안에

서 너무 뛰는 존재들이니까. 능구렁이 같은 백 대인도 어느 정도 눈치를 챈 듯하고.'

어느새 마경화에게서 떨어져 자신의 근처로 도망온 소여영의 어깨를 한 차례 두드려 준 담우소가 고개를 가로저었다.

"경화매의 의견은 타당하다. 만약 우리가 전쟁 중이라면 당연히 그래야 할 것이다. 하지만 이번 풍뢰영에 떨어진 명령은 사천에서 전쟁을 벌이란 게 아니다. 함부로 관과 관련있는 자들을 건들 순 없다."

"그렇지만 본 교의 위상을 생각해 볼 때……."

"우리는 신교의 위상을 세우기 위해 사천에 가는 게 아니다."

"그렇다면 담 대가의 뜻은?"

침묵하고 있던 전영화의 질문에 담우소가 미간을 슬쩍 좁혀 보였다.

"앞서 말했다시피 현재 청해상단의 목을 조르고 있는 자는 섬전표(閃電鏢) 당호(唐護)란 자다. 정식 사천당가의 혈족이 아니라 외가 쪽 핏줄로 성을 개명한 자이지만 별호로 알 수 있듯 암기를 제법 다루는 자다."

"그자를 청해상단을 대신해서 죽이실 생각입니까?"

'넌 말만 나왔다 하면 죽인다고 날뛰는 거냐?'

묘한 살기가 번뜩이는 마경화의 얼굴을 한 차례 바라본 담우소가 내심 한탄하며 고개를 가로저었다.

"외가라 해도 당가의 혈족이다. 함부로 죽여선 안 된다."

"그렇다면 어떻게?"

"당호란 녀석은 그래 봬도 무림인이고, 사천당가의 일원이다. 평상시 같으면 얌전히 소금 장사나 하는 청해상단을 건들 까닭이 없다. 그런데도 그가 청해상단에게 압력을 가하는 건 필시 누군가의 사주를 받아서일 것이다."

전영화가 고개를 끄떡였다.

"사천에서 가장 큰 염상이 뒤에 있겠군요?"

"염상? 어째서 염상이 당호의 뒤에 있는 거지요?"

소여영이 고개를 갸웃해 보이자 담우소가 설명하듯 말했다.

"사천 역시 커다란 소금의 산지이다. 당연히 염상이 있고, 그들을 실질적으로 관리하는 건 사천당가다. 그런데 이번에 청해상단을 압박한 게 당가의 혈족이니 당연히 그의 뒤에는 염상이 있지 않겠느냐!"

"아아, 그렇군요."

그제야 청해성과 사천성에 걸친 복잡한 염업의 내막을 깨달은 소여영이 고개를 끄떡이자 마경화가 뭔가를 깨달은 듯 얼굴을 가로지른 검상을 꿈틀거렸다.

"그럼 담 대가께서는 이번 기회에 백 대인을 도와 섬전표 당호를 상대하는 척하다 뒤에 있는 염상과 관계를 맺을 생각이시군요?"

"그렇다. 그렇게만 되면 자연스레 사천에 진입할 수 있을 뿐더러 당가와 친분을 쌓고 금산상회의 철혈거상과 만나기도 용이할 것이다."

"아!"

소여영은 듣는 것만으로도 어지러운 듯 작은 입술을 벌렸다. 단순한 성격인 그녀에게 담우소가 세운 계획은 감당이 안 될 정도로 규모가 컸던 것이다.

그러나 동상이몽(同床異夢)이랄까. 백문의 청해상단을 돕는 척하다가 은근슬쩍 뒤통수를 후려치는 치밀한 계획에 존경 어린 눈빛이 된 여인들과 달리 담우소는 내심 이빨을 갈았다.

'으드득! 첫 번째로 손볼 녀석! 사천 제일의 염상이라면 분명 흑상귀란 녀석이 어디에 있는지 알 것이다. 녀석은 사천으로 염상이 되기 위해 떠난 데다 염상이나 염효들 세계의 규율은 웬만한 방파 못지않으니까!'

철혈대를 출발하기 전 강문호가 가졌던 우려대로였다. 그의 예상과 한 치 어긋남 없이 담우소는 공적인 작전을 빌미 삼아 개인적인 복수심으로 불타오르고 있었다. 지난 일 년 반 동안 가슴속 깊숙이 꾹꾹 눌러놓고 있었던 만큼 분화한 활화산처럼 맹렬하게.

제70장 사천당가(四川唐家)

사천성의 성도(省都)인 성도(成都)는 천부지국(天府之國)이라 불릴 정도로 쌀 농사가 흥한 곳이었다. 사천이란 이름에서 알 수 있듯 네 개의 강이 기름진 평야를 관통하고 있어 사시사철 무더운 기온과 더불어 매년 풍작을 약속했기 때문이다.

그 성도에서 서북쪽으로 삼십 리쯤 내려오면 천연의 산지에 둘러싸인 분지가 나오는데, 주변 수십 리가 한눈에 내려다보이는 그곳은 삼백 년 역사가 당당한 사천당가가 위치한 곳이었다.

당가! 혹은 당문(唐門)으로도 일컬어지는 사천의 패자는 천하 오대가문 중 하나일 뿐더러 독(毒)과 암기(暗器)로 천하에 명성을 드날리고 있었다.

역사상 독이나 암기로 명성을 얻은 문파가 대부분 강호의 공적으로 몰려 멸문지화당했다는 점을 생각하면 당가의 이백 년 성세는 전례가 없는 일이라 하지 않을 수 없었다. 실체를 파악하기 쉽지 않고 상대하기 까다로운 독과 암기만큼 무림인들이 혐오하고 꺼려하는 건 없기 때문이다.

당연히 그런 문파에 특별한 점이 없을 리 만무했다. 당가는 고래로 삼국시대 유비가 도읍으로 삼았을 정도로 고립된 사천에서 발흥했을 뿐더러 여타의 문파와 달리 극도의 폐쇄성을 유지했다. 당가 비전의 독술과 암기술의 비밀을 유지하기 위해 오직 혈족들로만 이뤄진 문파를 만들어낸 것이다.

그러나 그런 폐쇄성만을 가지고 구파일방 중 점창파와 아미파가 있는 사천에서 패자의 지위에 오를 순 없는 법이었다. 범이 엎드려 있고, 용이 꿈틀대는 사천의 패자가 되기 위해 당가에는 또 하나의 독특한 철혈율법이 전해져 내려오고 있었다.

—건들면 죽인다!

당가의 삼대조 때부터 내려오는 철혈율법의 골자였다. 천하제일의 독술과 암기술을 바탕으로 당가는 사천 무림의 어느 누구도 감히 당가의 이름 앞에 고개를 들지 못하게 만들었다.

그들은 어떠한 세력과도 타협하지 않았고, 자신들을 건드는 자들에겐 반드시 처절한 피의 보복을 가했다. 항상 당가가 흘린 피의 열 배에 달하는 비율로. 백여 년에 걸쳐 사천에 당가는 공포의 철혈율을 심어놓은 것이다.

게다가 그것만으로도 아직 부족하다 생각한 것일까? 사천의 패자가 되기 위해 당가가 가진 게 한 가지 더 있었다. 바로 현명함이었다.

당가는 주변의 다른 세력들이 넘볼 수 없을 정도로 강하되, 두려움을 줄 정도는 아니게 자신을 포장할 줄 알았다. 복수에 있어선 악귀와 같았지만 때론 허리를 굽힐 줄도 알았다.

주변의 강성 문파인 점창파와 아미파의 몫을 당가는 조금도 뺏으려 하지 않았다. 어차피 불문이고 도문이니 조금만 던져 줘도 자족하리란 판단이었다.

그런 당가의 판단은 옳았다. 그들이 사천에서 명성과 세력을 쌓아가는 동안 점창파와 아미파는 내내 침묵을 고수했다. 아무리 강대한 구대문파라 해도 독과 암기로 무장된 철혈율의 당가와 사천의 패권을 다투고 싶진 않았으리라.

그리고 세월이 흘러 삼백 년.

철저한 약육강식의 논리로 움직이던 사천을 이백 년 동안 안정시킨 당가의 공로를 점창파와 아미파로서도 인정하지 않을 수 없었다. 하루도 싸움이 그치지 않던 사천이 이백 년간 중원에서 가장 조용한 대지로 바뀐 것이다. 바로 당가불패(唐家不敗)의 시작이었다.

당가보(唐家堡)! 사천 전 지역에 십여 개가 넘는 분가(分家)를 둔 사천당가의 종가(宗家)를 일컫는 명칭이었다.

분가를 이끄는 자들 중 순수한 직계 혈손이 몇 명밖에 없는 데 반해 종가인 당가보에 들어갈 수 있는 사람은 그들 중에서도 극히 드물어 직계 혈손 중에서도 극소수만이 당가보로 들어가 당가불패를 위해 헌신할 수 있었다.

새로운 독과 암기 제작을 위해 평생 지하 작업실에서 파묻혀 사는 자들과 수없이 많은 암기술과 독공 연마에 일생을 바친 자들만이 당가보에 기거할 수 있었다. 당가보는 사천당가의 마지막 보루이자 사천 무림 전체의 성역인 것이다.

그 독과 암기의 성역에서 십여 리밖에 떨어지지 않은 강촌(江村)의 청류객점(淸流客店)에 한 대의 마차가 도착한 건 정오가 조금 넘어서였다.

청류란 이름이 들어간 것처럼 구불구불 이어진 관도의 한 켠에는 제법 큰 물줄기가 흐르고 있었다. 사천을 가로지르는 사대강 중 하나의 지류가 분명했다.

당장에라도 은빛 비늘이 선명한 물고기라도 튀어 오를 듯 시원스레 흐르는 개천과 청류객점은 인접해 있었다. 개천과의 거리가 불과 대여섯 장도 안 될 듯싶었다.

좁은 관도를 꽉 채우는 이두마차. 한눈에 보기에도 좋은 품종이 분명한 두 필의 말이 끄는 마차를 끌고 온 청의 경장의 사나이가 재빨리 청류객점 안으로 뛰어들어 왔다.

"어서 옵쇼!"

마침 점심 시간이 막 지난 터였다. 대여섯 개 남짓한 탁자나마 열심히 걸레질하고 있던 점소이가 고개를 꾸벅하고 숙여 보이자 사나이가 얼굴에 가득한 먼지를 닦을 생각도 않고 목소리를 높였다.

"이곳에서 가장 잘하는 음식이 무어냐?"

"방금 전에 점심 시간이 넘어 신선한 재료가 떨어졌을 텐데요?"

쩔그렁!

사나이는 말 대신 은량 하나를 탁자 위에 던졌다. 그리 많지 않은 나이에 비해 노련해 뵈는 얼굴처럼 말보다는 돈이 사람을 부린다는 걸 아는 행동이었다.

재빨리 손을 뻗어 자신의 석 달치 봉급에 준하는 석 냥짜리 은량을 챙겨 넣은 점소이가 갑자기 입가에 미소를 담뿍 담았다.

"헤헤, 저희 청류객점은 깨끗한 침실과 깔끔한 식사 대접을 목표로 하는 강촌 제일의 객점입죠. 근방에 다른 객점이 없다고 괜히 도에 지나친 요금을 받는다거나 먹지 못할 음식을 내놓는 곳이 아니란 뜻입죠."

"나는 이 집에서 가장 잘하는 음식이 무어냐 물었다?"

"예예, 그러니까 그것이 저희 청류객점에서는 못하는 음식을 빼놓곤 다 잘한다는 것입지요. 하지만 그중에서도 마파두부하고 신선한 잉어찜이 별미인데, 마침 마파두부는 재료가 남았고 잉어는 바로 잡아다 만들 수 있을 겁니다요."

"그러면 빨리 신선한 잉어를 잡아다 찜을 하고 마파두부를 만들어서 내와라. 몇 가지 요리를 곁들여서. 두 개의 식탁에 각기 이 인분씩을 준비하면 될 것이다. 그리고 말에게는 양질의 콩과 여물을 먹이도록 하고."

시원시원하게 지시를 내린 사나이가 다시 석 냥짜리 은량 두 개를 탁자 위에 떨궜다. 음식값을 미리 지불한 것이다.

그러자 눈앞의 사나이가 재신(財神)임을 직감한 청류객점의 주인장이 점소이를 마차 쪽으로 내보내고 직접 주방으로 달려갔다. 장사를 아는 사람임에 분명했다.

이두마차 안에서 세 명의 남녀가 모습을 드러낸 건 그 뒤였다.

얼굴을 면사로 가린 궁장 차림의 여인과 수사 차림의 중년인, 그리고 얼굴에 얼음장 같은 기운이 넘실대는 중년인이었다.

그중 면사를 한 여인과 수사 차림의 중년인보다 한 걸음 먼저 청류객점에 들어선 차가운 안색의 중년인이 예의 사나이에게 소리쳤다.

"상관옥! 식사를 끝마치자마자 바로 출발해야 한다. 준비는 다 시켰느냐?"

"예, 방금 끝냈습니다."

그제야 얼굴에 잔뜩 묻은 흙먼지를 털어낸 상관옥이 얼른 대답하고 다가오자 냉면 중년인이 눈살을 가볍게 찌푸렸다.

"네 잘못으로 당가보로 가는 길이 사흘이나 늦어졌다. 그만큼 말들이 고생했으니 너는 얼른 나가서 마구를 정리해 놔라. 식사를 한 후 말들이 달리기 편하게."

"알겠습니다."

상관옥은 군말없이 밖으로 달려나갔다. 눈앞의 냉면 중년인은 그로선 감히 쳐다보지도 못할 정도의 관록을 쌓은 인물인 것이다.

자신에게 고개를 한 번 꾸벅해 보이고 마차를 향해 달려가는 상관옥에게 힐끔 눈길을 던진 면사여인이 눈살을 가볍게 찡그렸다.

"사천에 대해 잘 안다고 해서 데려왔더니 사흘이나 길을 헤매다니. 과거 금산전장에서 활동할 당시 우는 애도 울음을 뚝 그친다던 쌍뢰신기는 어디 가고 저런 월급 도둑이 되었을까?"

"죄송합니다. 모든 것이 과거만을 생각하고 저런 녀석을 데려온 속하의 잘못입니다."

냉면 중년인이 고개를 숙여 보이자 면사여인이 고개를 가로저었다.

"어차피 이번 사천행에서 상관옥에게 기대한 건 아무것도 없었어요. 다만 사천에서 태어나 자란 주제에 사흘이나 길을 헤매게 만든 건 용서가 안 되네요. 아무리 무능하더라도 밥값은 해야 할 텐데."

"이번 사천행이 끝나는 대로 상관옥은 정리하겠습니다."

"그러는 편이 좋겠어요. 능력이 안 되는 자들은 빨리빨리 정리하는 게 금산상회 전체를 위하는 길이니까요."

상관옥이 밖에서 열심히 마구를 정리하는 사이 그의 앞날이 결정되는 순간이었다.

면사여인과 냉면 중년인이 대화를 나누는 동안 객점 주인에게 몇 가지 질문을 하고 있던 중년 수사가 종종걸음으로 다가왔다.

"막 대인, 이번만은 길을 제대로 찾아든 것 같소이다. 조금만 더 가면 당가보에 도착할 테니 누추한 곳이지만 일단 앉아 요기나 하시지요."

"그럴까요? 확실히 초라하기 이를 데 없는 곳이지만 검문주(劍門主)께서 권하시니 이 몸은 따를밖에요."

여인의 몸이면서도 대인 소리를 들은 면사여인이 당연하다는 듯 먼저 자리를 잡고 앉았다. 겸양 섞인 말과 달리 검문주라 불린 중년 수사를 별로 배려하지 않는 모습이었다. 상대가 강남제일검문(江南第一劍門)이라 불리는 검문의 당대 문주인 삼검진천(三劍震天) 유안(柔安)이라면 그녀는 강남제일세인 금산상회의 철혈거상 막문위였던 것이다.

자신의 딸뻘밖엔 안 되는 막문위의 맞은편에 자리를 잡고 앉은 유안이 주변을 둘러보다 눈살을 가볍게 찌푸렸다. 냉면 중년인이 다른 때와 마찬가지로 식탁을 따로 잡고 앉았기 때문이다.

"막 대인, 귀 상회의 철기군(鐵騎軍)을 이끌고 있는 냉면철장(冷面鐵掌) 조극충(曹極忠) 조 대협은 요즘 들어 상계뿐 아니라 무림에서도 명성이 자자해진 분이외다."

"조 군장이 몇 명의 녹림 수괴들을 때려잡은 일이 있긴 하지요."

'북육성(北六省), 남칠성(南七省) 녹림(綠林)의 우두머리들 중에서도 손꼽히는 천부(天斧)와 산왕(山王), 귀혼삼웅(鬼魂三雄)이 고작 녹림 수괴라는 것인가?

온산과 하천에 눈과 귀가 있는 게 녹림이었다. 녹림인들이 들었다면 땅을 치고 분개할 말에 잠시 할 말을 잃었던 유안이 잔기침을 터뜨렸다.

"콜록! 그렇지요. 확실히 그들 몇 명은 녹림의 수괴가 분명하외다. 천하에 명성이 자자한 구파일방이나 오대세가에서도 함부로 손을 못 댔던 녹림십팔채(綠林十八寨)의 우두머리들이긴 하지만."

"검문주께서 말씀을 좀 지나치게 하시는군요. 설마 하니 구파일방이나 오대세가에서 녹림십팔채 따위가 무서워 손을 못 댔겠습니까? 그저 워낙 산속 깊은 곳에 몸을 웅크린 채 만만해 뵈는 표물이나 터는 족속들이니 토벌하기가 쉽지 않았다 뿐이지요."

"그야 막 대인의 말이 옳지만 어쨌든 강호에서 그들의 명성이 그리 작은 건 아니었소이다. 수십 년간 명성을 유지했던 자들이니까요. 그런데 조 대협이 지난 일 년간 놀라운 무용으로 그들을 몽땅 목 없는 무상소귀로 만들었으니 이 얼마나 대단한 일이외까? 그야말로 그동안 강남에는 시사가무나 즐기는 문약한 서생들만 있다고 비웃던 북방의 호걸들에게 조 대협의 쾌거는 일침을 가한 격이라 할 수 있소이다."

말을 끝내자마자 벌떡 자리에서 일어선 유안이 연달은 격찬에도 불구하고 표정 한 점 변함없던 조극충을 향해 포권을 해 보였다. 진심으로 탄복한다는 표정과 함께.

그러자 조극충이 마지못한 듯 몸을 일으켜 마주 포권을 해 보였고, 그 모습을 지켜보던 막문위가 나직한 교소를 터뜨렸다.

"호호호, 확실히 조 군장이 그들 몇 명의 녹림 수괴들을 철장으로 때려죽인 건 통쾌한 일이었어요. 그들이 감히 본 상회의 표물을 몇 차례나 털었으니 죽어 마땅하지요. 조 군장이 좋은 말로 타일렀는데도 오히려 적반하장 격으로 욕설을 보냈던 건 더욱 큰 잘못이고요."

'허어! 당장 표물을 내놓지 않으면 육시(戮屍)를 한 후 머리를 장대에 백 일간 걸어놓겠다는 엄포가 어찌 좋은 말이 되는 거지? 아무리 강남의 상권을 모두 틀어쥔 처지고, 확실히 조극충이 한 일이 대단한 일이긴 하지만 이 계집아이는 좀 경망되이 입을 놀리는구나. 남칠성 녹림이야 그렇다 치고 북육성의 녹림도들은 호시탐탐 금산상회에 복수할 기회만 노리고 있을 터인데.'

내심 혀를 찬 유안이 슬쩍 표정을 바꿨다.

"막 대인, 그래서 말인데 이 유 모가 그런 말을 꺼낸 건 다름이 아니라 조 대협이 저리 따로 식사를 하는 게 불편해서올시다."

"검문주의 뜻은 조 군장과 합석을 하고 싶다는 뜻인가요?"

"그렇소이다. 조 대협과는 같은 강남 무인으로서 일찍이 교분을 나누고 싶었소이다. 이번 사천행도 그래서 막 대인과 동행하게 된 것이지요. 그런데 이렇게 조 대협이 항상 거리를 두고 있으니 어찌 이 유 모의 가슴이 통쾌해지겠소이까?"

청수한 얼굴과 달리 유안은 자신의 가슴을 힘차게 두드려 보였다. 무인에게는 무인끼리만 통하는 무언가가 있다고 주장하는 듯한 모습이었다.

그러나 막문위는 묵묵부답 말이 없었고, 주인을 대신해 다시 자리에서 일어난 조극충이 표정없는 얼굴로 말했다.

"이 조 모가 녹림 수괴 몇을 때려잡은 건 사실이오. 하지만 그건 강호에서 명성을 날리고자 함이 아니었소. 수하가 주인과 동석을 하는 건 고금에 없는 법이니 검문주께서는 더 이상 그런 말로 이 사람을 난처하게 하지 말아주시오."

"그렇지만 나는……."

"조 군장의 말이 맞습니다. 수하가 어찌 주인과 합석을 할 수 있겠습니까? 이건 어디까지나 금산상회 내부의 문제이니 검문주께서는 더 이상 그 일을 재론하지 말아주세요."

유안의 의견을 한마디로 일축한 막문위가 자신 앞에 놓여진 찻종지의 뚜껑을 열고 향기를 음미했다. 다도에 일가견이 있는 만큼 이런 객점에서 갖다 주는 차 따위가 성에 찰 리 없을 터인데, 면사를 걷어 올린 그녀의 표정은 왠지 즐거워 보였다.

두 사람의 주종에 의해 자신의 의견이 철저하게 씹히자 씁쓸한 표정이 되었던 유안이 문득 질문했다.

"오랫동안 마차를 타고 오느라 막 대인도 목이 탔나 보오? 어찌 평범한 차향에 그리 즐거워하는 것이오?"

"강남에서 사천까지의 길이 몇 천 리나 되는데, 이렇게 찻잎이 싱싱한 걸 보니 차를 다루는 부서에서 일처리를 잘한다는 생각에 마음이 즐겁군요."

"그, 그렇구려."

갑자기 할 말이 없어진 유안이 말없이 찻종지의 뚜껑을 열고 입술을 축였다. 그제야 눈앞의 여인이 자신과 전혀 다른 삶을 사는 사람이란 사실을 자각하게 된 것이다.

그 뒤로 식사는 조용히 이뤄졌다. 유안이 입을 다물자 막문위나 조극충은 전혀 말이 없었고, 마구를 손질하고 들어온 상관옥 역시 눈칫밥을 먹을 뿐이었다.

그렇게 식사가 끝나갈 무렵이었다. 식사 후의 반주를 곰살 맞게 권하던 객점 주인의 얼굴에 희색이 떠올랐다. 조용하던 관도에서 지축 울리는 소리가 들려온 것이다.

"허허, 오늘은 어쩐 일인가! 말을 탄 재신들께서 이렇게 몇 분이나 오시다니!"

혹시 때늦은 손님을 또 받나 보다 하고 밖으로 뛰어나갔던 객점 주인의 안색이 새파랗게 질렸다. 잡털 하나 보이지 않는 검은색 준마를 몰아 관도를 달려온 흑의 무복인들의 가슴에 새겨진 붉은 전갈 때문이었다.

"다, 당가보!"

일시 딱딱하게 굳어버린 객점 주인의 바로 앞에 멈춰 선 사나이 두 명이 솜씨 좋게 말에서 뛰어내렸다. 지닌 바 무공을 알 수 있는 날렵한 솜씨였다.

두 명 중 다소 마른 듯한 인상의 사내가 객점 앞에 세워져 있는 마차 쪽을 한 번 일별하고 주인에게 질문을 던졌다.

"저기 세워져 있는 이두마차의 주인들이 이곳에 머물러 있는가?"

얼른 놀란 신색을 수습한 객점 주인이 연신 허리를 굽실거렸다.

"예예, 삼남일녀의 손님들이 지금 저희 객점에서 식사를 하고 계십니다."

"열흘 전 중경을 떠났다고 들었는데 이제야 도착하다니. 강남제일이라는 금산상회에는 인재가 없나 보구나."

"그러게 말입니다."

눈앞의 객점 주인을 무시하고 당가보의 두 사내는 눈빛을 나눴다.

중경에서 당가보까지는 오륙 일이면 도착할 거리인지라 며칠 전부터 그들은 근방을 배회하고 있었던 것이다.

바로 그때, 채 식사를 끝내지도 않고 객점 밖으로 뛰어나온 상관옥이 사나이들에게 다가가며 공손한 목소리로 말했다.

"혹시 당가보에서 나온 분들이십니까?"

이번에도 마른 인상의 사내가 먼저 말했다.

"본인은 백독수(百毒手) 당현(唐賢)이고, 옆에 있는 사람은 아우인 일점혈(一點血) 당승(唐繩)이라 하오. 가주님의 명을 받들어 며칠간 당가보 주변 관도를 돌고 있었는데, 노형은 금산상회에서 온 분이시겠지요?"

"아! 당가, 아니, 사천의 일독일혈(一毒一血)이라 불리는!"

상관옥이 다분히 의식적으로 놀란 표정을 해 보이자 당현이 얇은 입술을 가볍게 일그러뜨렸다. 당가 비전의 암기술인 일점혈에만 관심을 보이는 동생 당승과 달리 그는 세상의 이치를 어느 정도 아는 것이다.

'흥, 사천의 일독일혈? 장사치들이란! 당가보의 백부님이나 숙부님들이 들으시면 가가대소하실 일이군.'

내심 대놓고 아부를 떠는 상관옥에게 조소를 보이며 당현이 말했다.

"나나 동생이나 당가의 일원이란 것 때문에 조그만 명성을 얻긴 했으나 일독일혈이란 말은 받아들이기가 민망하군요. 형장께서는 존성대명이 어떻게 되시는지?"

"아차차! 이거 실례했습니다. 당가보의 소영웅들을 만나다 보니 정신이 없어놔서. 이놈은 강남에서 쌍뢰신기란 이름을 얻은 상관옥입니다. 워낙 강호에서 한 일이 없는 천생이니 당가의 소영웅들께서는 들어보지 못하셨을 겁니다."

"확실히 제가 과문하여 상관 형의 대명을 듣진 못했군요. 다른 분들은 아직 식사 중이신가요?"

"아! 예, 그게……."

객점을 향한 당현의 날카로운 시선에 깜짝 놀란 상관옥이 우물쭈물하는 새 객점 안에서 조극충이 모습을 드러냈다. 그제야 식사를 끝마친 것이다.

냉막무심한 표정 그대로 당현과 당승을 훑어본 조극충이 반색을 하는 상관옥에게 눈살을 찌푸려 보였다.

"너는 말이나 마차에 다시 매달아라."

"아, 알겠습니다."

살았다는 표정 그대로 상관옥이 마차로 달려가자 서로 시선을 주고받은 당현과 당승이 조극충에게 다가가 포권을 해 보였다.

"주변을 압도하는 기세! 금산상회 제일의 고수이자 남칠성, 북육성의 녹림을 공포로 물들게 한 냉면철장 조 대협이 맞으시겠지요?"

"후배가 조 대협을 뵈옵니다!"

형제 간의 성격 차를 한눈에 알 수 있는 모습이었다. 그러나 검문주 유안을 대함에 있어서도 표정의 변화가 없던 조극충이었다. 그저 미미하게 고개를 끄떡여 보이는 것으로 당현과 당승의 예를 받은 조극충이 무심히 말했다.

"당 가주께서는 별래무양하신가?"

"예, 가주님께서는 나날이 정정해지고 계십니다. 저희 형제를 보내며 조 대협에 대한 많은 이야기를 하셨습니다. 과거 크게 신세를 진 일이 있으시다고."

"신세랄 것까지야. 오히려 신세라면 내가 졌다고 할 수 있지. 만약 당 가주의 만천화우(滿天花雨)가 없었다면 어찌 그 쥐새끼처럼 합공만 하던 귀왕령(鬼王嶺)의 귀혼삼웅을 제압할 수 있었겠는가!"

"그렇지만 귀왕령에서 약탈했던 물건은 저희 당가에 무척 중요한 물건이었습니다. 조 대협께서 친히 철기군을 이끌고 오지 않았다면 그렇게 쉽게 귀왕령을 몰살시킬 순 없었을 거라고 가주님께서는 누누이 말씀하셨습니다."

"그건……."

부연 설명을 하려던 조극충이 슬쩍 말끝을 흐뜨렸다. 어느새 막문위와 유안이 모습을 드러낸 것이다. 홍미롭다는 표정으로 당가보의 두 후기지수를 바라보는 유안과 달리 막문위가 당현에게 눈길을 던지며 말했다.

"금산상회를 책임지고 있는 사람으로서 한마디 하죠. 물건의 주인은 당가이나 그 물건을 책임졌던 건 금산상회 소속의 표국이니 그 당시 조 군장이 나선 건 당연한 일이라 할 수 있어요. 덕분에 천하에 명성 높은 만천화우를 견식할 수 있어 조 군장도 좋아했을 거고요."

한마디로 조극충과 당현의 대화를 마무리 지은 막문위가 다시 말했다.

"그런데 당 가주가 언급한 사람이 조 군장뿐은 아니겠지요? 당 가주의 육순을 축하하기 위해 이 먼 사천까지 왔는데."

"아! 물론 저희가 온 것은……."

"아아, 됐어요. 소협들의 애기를 듣는 것보단 당 가주와 만나는 게 시급할 것 같네요."

"……."

"자! 떠날 채비가 끝난 것 같으니 조 군장, 검문주, 마차로 가시지요."

방금 전 상관옥이 당했던 것과 똑같이 당현 등을 대한 막문위가 마차 쪽으로 걸어갔다. 딱히 예의에 어긋나는 행동은 아니지만 누가 보더라도 안하무인이라 할 수 있는 모습이었다. 이곳이 사천의 패자가 머물고 있는 당가보의 바로 코앞이란 걸 감안하면 더 더욱.

＊　　　　＊　　　　＊

"이, 이럴 수가!"

"이게 무슨?"

동석한 두 사람이 동시에 신음을 터뜨렸다. 한 사람의 얼굴엔 경악과 절망의 빛이, 다른 한 사람의 얼굴엔 묘한 안도감과 의문의 기색이 떠올라 있었다.

앞의 사람이 방금 전까지 수중에 대도를 든 채 득의만면해 있었던데 반해 뒤의 사람은 온몸이 꽁꽁 포박당한 채 이를 악물고 있었다. 사천의 끄트머리인 무석(無石)에서 벌어진 싸움 끝의 모습이었다.

그러나 이때 승자는 패자가 되었고, 패자는 승자로 바뀌는 어처구니없는 일이 벌어졌다. 이번 싸움에서 가장 큰 공을 세웠던 일군의 무사들이 편을 달리한 것이다.

"네, 네놈이 어찌 이럴 수 있느냐!"

방금 전까지만 해도 '어떻게 쥐도 새도 모르게 묻어버릴까'를 고민하게 했던 섬전표 당호의 포박이 풀리는 걸 바라보며 청해상단주 백문은 버럭 노성을 터뜨렸다.

평소 냉정을 유지하고 있던 백문의 눈빛은 크게 흐려져 있었다. 지금 그의 눈앞에서 벌어지고 있는 현실에 망연자실해진 게 분명했다.

당장이라도 당호의 목을 쳐 버릴 기세로 높이 들렸던 대도를 축 늘어뜨리고 있는 백문의 곁으로 다가온 담우소가 그의 귀에 살짝 입을 갖다 댔다.

"그건 비밀이오."

"뭐, 뭐라고!"

"아니, 그건 농담이고. 사실 나도 내가 왜 이러는지 모르겠다오. 뭐, 일이 끝난 후 백 대인, 당신이 배신할 것을 두려워한 걸지도 모르지. 처음부터 나와 동생들을 화살받이로 삼은 다음 섬전표 당호 대협을 죽인 누명을 덮어씌우려고 했으니."

"으으!"

"아니, 그건 지금까지 줄곧 백 대인의 심중 속에 들어 있던 계획인지도 모르겠구려. 하하하!"

삽시간에 안색을 대여섯 차례나 변색하고 있는 백문의 귀에 후우 하고 숨을 불어넣은 담우소가 짤막한 목소리로 외쳤다.

"전충, 강개, 고강남! 한 놈도 놓치지 않고 다 제압했겠지?"

"명령만 내리십시오! 두 패거리를 통틀어 움직일 수 있는 놈은 아무도 없습니다."

"잘했다. 무공이 조금이라도 높은 자들은 다리를 하나씩 분질러 놓고 주변을 경계해라!"

"알겠습니다!"

전충 등은 풍뢰영에서도 가장 노련한 무사들이었다. 평소처럼 존명이라 하지 않고 움직인 그들은 단숨에 대여섯 명이나 되는 무사들의 다리를 부숴놨다. 만약 스스로 혈도를 풀더라도 절대 대항하거나 도망갈 수 없게 만들어놓은 것이다.

그때 악랄하면서도 거침없는 담우소의 행사에 입을 가볍게 벌리고
있던 당호가 마경화에게 떠밀려 다가왔다.

"당신은 도대체?"

"아아, 당 대협! 놀라게 해드려 죄송합니다."

쌍수검을 빼 든 채 살기 어린 눈빛을 당호에게 던지고 있던 마경화
를 담우소는 눈짓하여 뒤로 물렸다. 중년이 되도록 이류 정도의 수준
밖엔 안 되는 무공 실력이지만 당가의 비호를 받고 있는 당호에 대한
예우 차원이었다.

그러자 언제 자신이 놀랐냐는 듯 금세 평소의 자부심이 후광처럼 깔
려 있는 듯한 표정을 회복한 당호가 고개를 끄떡였다.

"자네는 올바른 판단을 내린 것이네. 사천에서 당가의 혈족을 건들
고 살기를 바란다는 건 있을 수 없는 일이니까."

"맞습니다. 청해상단주가 무척 많은 보수를 약속했지만 목숨이 열두
개 정도 여분으로 있지 않다면 당가에 대항할 수 없는 노릇이지요."

담우소의 확답을 받고서야 당호의 다소 긴장되어 있던 안색이 슬
며시 풀렸다. 자부심과 경계심은 서로 다른 영역의 것이었기 때문이
다.

묶였던 손목 부근의 관절을 매만지며 당호가 말했다.

"하지만 자네를 비롯해서 저 백가 녀석이 거느리고 온 무사들은 확
실히 놀랍더군. 내가 거느리고 온 서른 명이나 되는 수하들을 반 시진
도 되기 전에 제압할 줄이야."

"그야 이쪽도 짐꾼으로 위장하고 있던 자들을 합치면 숫자상 전혀
밀리지 않았으니까요."

"그렇다 해도 내 수하들은 근처의 군소문파에서 뽑아온 자들이었네.

당연히 상단의 호위나 하는 자들과는 비교할 수 없는 실력자들이거늘."

하나같이 제압되어 땅바닥에 엎어져 있는 수하들을 바라보는 당호의 얼굴 표정이 가벼운 떨림을 보였다. 눈앞에서 싸움의 추이를 똑똑히 봤음에도 결과를 믿을 수 없다는 표정이 당호의 얼굴엔 완연했다. 만약 마경화 등에게 포위되어 자신마저 제압당하지 않았다면 결코 이번 싸움의 결과를 수긍할 수 없었으리라.

평생 가문의 후광만 믿고 오만과 편협 속에 지내왔을 눈앞의 이류무사를 살피며 담우소가 입가에 웃음을 담았다.

"하하, 이번 싸움이 청해상단주에겐 상단 전체의 생사가 달린 일이었지만 당 대협에겐 그저 조그만 이권이 달린 문제였습니다. 한쪽은 목숨을 걸었고, 다른 한쪽은 그렇지 못했으니 싸움의 결과는 이미 시작 전에 판가름나 있었다고 할 수 있습니다."

"으음."

"왜? 제 말에 수긍할 수 없으신 겁니까?"

신음하는 당호에게 빙글거리는 미소를 던진 담우소가 다음 순간 마경화가 끌고 온 백문을 바라보며 말했다.

"백 대인, 굳이 설명하지 않아도 아시겠지만 나는 이렇게 당 대협 쪽으로 붙었소이다. 앞서 말했다시피 사천에서 당가의 혈족을 죽였을 때 벌어질 수 있는 일을 생각해 보고 내린 결정입니다."

"……."

"그래서 말인데, 앞으로 어떡할 생각이십니까? 설마 하니 내가 관부와 줄이 닿아 있는 백 대인을 죽일 리 없고, 당 대협 역시도 그럴 텐데……."

"뭐라고? 저 백가 녀석을 살려두겠다는 건가!"

방금 전까지 자신이 처했던 상황과 똑같아진 백문을 향해 삿대질하며 당호는 흥분했다. 견물생심(見物生心)이라고, 목숨을 건지게 되자 이번 싸움에 걸려 있던 이권을 떠올린 것이다. 청해성과 사천성에 걸친 막대한 염업권 중 자신에게 배당될 삼 분지 일에 해당하는 이권을.

대충 그러리라 짐작하고 있던 담우소가 시치미를 딱 잡아뗐다.

"그럼 당 대협께서는 관과 수십 년간 유대를 돈독히 했던 청해상단을 없앨 생각이십니까? 그렇게 되면 아무리 사천성이 당가의 왕국이라해도 관의 조사가 들어갈 테고 당가보에도 이번 일이 알려질 텐데……."

"다, 당가보에서 이번 일을 알게 된다고?"

"예, 그렇습니다. 물론 염업권이란 건 대단한 수익을 보장받는 일이긴 합니다만 본래 위험 부담이 큰 장사지요. 관의 눈치를 봐야 할 뿐더러 이번처럼 때때로 정파로선 하기 힘든 더러운 일에까지 손을 대야하니까요."

"……."

"그래서 제가 알기로 당가는 염상들에게 적당량의 사례비를 받을 뿐직접 염업에 뛰어들진 않는다고 들었습니다. 명문정파로 이름 높은 당가의 명예를 더럽히지 않으려는 훌륭한 판단이라고 생각합니다만……."

말끝을 흐리며 자신을 바라보는 담우소의 시선에 문득 당호의 오만하던 표정이 가볍게 변했다.

"자네가 지금 날 협박하는 것인가?"

"협박이라니요, 당치도 않은 말씀을. 제가 말하려는 요지는 청해상단주와 당 대협 간에 적절한 타협점을 찾을 수도 있다는 겁니다. 본래 관과 무림은 불가침이니 좋은 게 좋은 거 아니겠습니까?"

자신을 향해 슬쩍 한쪽 눈을 감아 보이는 담우소를 보고 마음이 움직인 백문이 얼른 얼굴 표정을 바꿨다. 결사의 각오로 싸움에 나섰던 자에서 노련한 상인의 얼굴로.

"당 대협! 제가 한마디 해도 되겠습니까?"

"나에게 할 말이 있다고?"

"그렇습니다. 당 대협을 부자로 만들어 드릴 제안을 하고자 합니다만."

"날 부자로 만들어주겠다?"

"예, 사천의 염상 녀석들이 당 대협에게 제안했던 것보다 훨씬 더 당 대협을 부자로 만들어 드릴 계획이 제게 있습니다."

"흐음."

그럭저럭 당가 혈족으로서의 품위를 지키고 있던 당호의 얼굴에 징그러운 웃음이 떠올랐다. 가문에 기댄 오만에 더해 탐욕으로 물든 웃음이었다.

백문과 당호의 담판은 꽤 긴 시간 이어졌다. 한차례 싸움이 벌어졌던 무석평야를 떠나 당가의 분가인 당호의 집 안에서 담우소 일행이 사흘을 머물러야 했을 정도로.

그동안 당호의 수하들을 꼬드기는 데 성공한 담우소는 사천에 대한 몇 가지 정보를 얻자마자 전영화와 소여영을 자신의 방으로 불러 한 가지 밀명을 내렸다.

"예? 영화 언니를 따라가라고요?"

놀란 기색이 완연한 소여영의 머리를 한 차례 쓰다듬어 준 담우소가
말했다.

"그래, 영화매의 임무는 사천 하오문을 조사하는 데 있다. 사천 하오
문을 장악하지 않고는 앞으로 정보 수집에 곤란을 겪을 수 있기 때문
이다."

"그런데 왜 제가?"

마경화 다음으로 두려워하는 전영화를 홀로 따라갈 생각에 소여영
은 울상을 지었다. 전영화의 평소 성격이 격렬한 얼음덩이임을 알고
있는 것이다.

그러자 울고 싶다는 표정이 완연한 소여영과 단정한 자세의 전영화
를 바라보며 입가에 피식피식 웃음을 담고 있던 담우소가 말했다.

"영아야! 영화매같이 믿음직한 사람과 함께라면 눈앞에 도산검림이
있다 해도 두렵지 않을 텐데 어찌 그런 표정을 짓는 것이냐? 영화매가
사천 하오문에 대한 정보를 수집하면 네가 내게 그 정보를 가져다 줘
야 하지 않겠느냐?"

"저, 전령이 되란 뜻인가요?"

"네 녀석이 할 줄 아는 게 그거 외에 더 있더냐?"

"헤헤, 그렇긴 하지만."

유일하게 자신있는 임무를 부여받은 소여영이 그제야 눈물을 닦으
며 웃었다. 미지의 임무에 대한 두려움이 많이 가신 표정이었다.

그 모습을 귀엽다는 듯 바라보며 웃음 짓던 담우소가 이번 임무의
주체인 전영화에게 신중한 표정으로 전음을 발휘했다.

"그리고 영화매! 영아가 익힌 신법과 동일한 것을 익힌 자가 사천 하
오문에 있을 것이다. 하오문주의 거처를 파악하는 한편 그자에 대한

조사도 부탁한다."

"존명! 영매에게는 알리지 않겠습니다."

"그럼 고맙고."

담우소가 고개를 끄떡이자 전영화가 평소와 전혀 다르지 않은 표정을 한 채 말했다.

"그 외에 또 다른 명령이 있으신지요?"

"아니."

"그럼 저는 지금 바로 영매와 떠나겠습니다."

"아! 잠깐만."

"……?"

고개를 돌려 자신을 바라보는 전영화에게 담우소가 갑자기 짓궂은 표정이 되어 말했다.

"영화매, 연달아 과도한 임무를 맡기는 주제에 이런 말을 하긴 뭐하지만 종종 군 형에게 연서라도 한 통씩 보내주라구. 연서에 내가 혹사시키더란 말을 하면 곤란하지만 말야."

"꺄!"

정작 전영화는 별다른 표정의 변화를 보이지 않는데 소여영이 얼굴을 두 손으로 감쌌다. 아직 남녀 관계에 대해 아는 게 없는 그녀로선 과거 읽었던 붉은색 표지의 검협전에서 봤던 내용을 떠올릴 수밖에 없었으리라.

"무슨 상상을 하는 거니!"

소여영의 머리를 한 차례 때린 전영화가 다시 담우소에게 고개를 숙여 보이곤 황급히 방 안을 빠져나갔다. 소여영을 뒤로 빠뜨린 걸로 보아 적잖이 당황했음이 분명했다.

“사부님! 이제 헤어지면 또 한동안 못 뵙겠네요?”

소여영의 얼굴엔 아쉬운 표정이 가득했다. 아직 앳된 얼굴이나 평소처럼 귀엽기만 한 표정은 아니었다.

문득 어린 나이에 고생한다는 생각이 든 담우소가 따뜻한 표정으로 격려했다.

“널 만난 후 사제지연을 맺었지만 지둔술 몇 가지를 가르친 걸 제외하곤 제대로 가르쳐 준 게 없구나. 이번 임무가 끝나면 나와 한동안 함께하기로 하자.”

“헤헤, 알겠습니다.”

고개를 꾸벅 숙여 보인 소여영이 얼른 밖으로 달려나갔다. 전영화에게 꾸지람 들을 걸 걱정하는 얼굴로.

제71장 중경삼림(重慶森林)

"그럼 그렇게 하도록 합시다."

"예, 청해상단에서도 그 정도라면 수용할 용의가 있습니다."

온갖 음모와 추악한 협잡이 횡행하는 가운데 두 손을 마주 잡은 백문과 당호의 얼굴엔 개기름이 번질거리고 있었다. 그들은 지난 닷새 동안 또 한 번의 싸움을 치러낸 것이다. 창검이 아니라 각기 지니고 있는 세력과 삼촌설을 무기로.

두 사람 간의 설전이 극에 도달한 순간 끼어들어 하루 만에 결판을 짓게 만든 담우소가 내심의 냉소를 감춘 채 활짝 웃었다.

"하하하, 축하드립니다, 축하드려요. 백 대인과 당 대협이 모두 큰 부자가 되게 되었으니 오늘은 잔치라도 크게 벌여야 하지 않겠습니까?"

"뭐, 잔치까지야!"

앞으로 사천에서 남은 일정이 빡빡한 백문이 난색을 표하자 당호가
얼른 목소리를 높였다.

"아니, 그렇지가 않소이다. 곰곰이 생각해 보니 담 소협의 말이 지당
한 것 같구려. 비 온 뒤에 땅이 더 굳어진다고, 백 대인과 나는 큰 다툼
이 있었지만 오늘에 이르러 손을 굳게 마주 잡았소. 여기 무석이 비록
외진 곳이긴 하지만 쓸 만한 기루가 몇 있으니 오늘은 이 당 모가 백
대인과 담 소협에게 한턱내리다."

"그거야말로 듣던 중 반가운 말이군요. 하지만 지난번 싸움에서 양
측 통틀어 부상당한 무사들이 많으니 그들에게도 한턱내시는 게 어떻
겠습니까?"

"그 쓸모없는 것들 말인가?"

"지난번 싸움에서야 쓸모가 좀 없었지만 앞으로도 계속 당 대협과
백 대인의 수발을 들어줄 사람들이 아닙니까? 제가 며칠간 지켜보니
사기가 많이 떨어졌던데 한번 인심을 쓰시는 것도 나쁘지 않을 듯합니
다만."

담우소의 언질에 잠시 미간을 찌푸리던 당호가 곧 고개를 끄떡였다.

"오늘은 기쁜 날일세. 담 소협이 그렇게까지 권유하니 그 쓸모없는
밥버러지 녀석들에게도 오늘 하루 술과 고기를 내리도록 하겠네."

"거기다 지난번 싸움에서 부상당한 자들에게 위로비라도 조금 내려
주시면 당 대협에 대한 충성심이 더욱 고양될 것입니다."

"위로비까지 주라고?"

"여차하면 당 대협을 위해 목숨을 걸 사람들이 아닙니까?"

"끄응, 담 소협이 그렇게까지 말하니 내가 아니 들을 수 없겠네그
려."

“역시 당 대협은 화통하신 분입니다!”

잔치를 열라는 명을 내리기 위해 내실 밖으로 나가는 당호를 얼른 치켜세워 준 담우소가 떨떠름한 표정을 애써 숨긴 채 뒤따르려던 백문을 슬쩍 붙잡았다.

“백 대인, 잠시만!”

“내게 무슨 볼일이 있는 건가?”

당호가 눈앞에서 사라지자 노골적으로 자신에게 적대감을 표시하는 백문에게 담우소가 피식 웃어 보였다.

“백 대인, 무석에서 시간을 많이 지체했으니 하루라도 빨리 성도로 가고 싶겠지만 오늘 하루쯤 즐기는 것도 나쁘진 않을 겁니다.”

“그게 무슨 뜻인가?”

“당 대협과는 얘기가 잘 끝났지만 이곳 무석에 머물고 있을 사천의 염상과는 아직 끝내야 할 일이 남아 있지 않겠습니까?”

“사천의 염상? 그자가 이곳 무석에? 아아!”

몇 차례 반문을 하던 백문의 입에서 탄성이 터져 나왔다. 그제야 당호를 뒤에서 사주한 자가 싸움의 결과를 염탐하기 위해 무석에 머물러 있으리란 사실을 깨달은 것이다.

눈앞에서 자신을 바라보며 빙글거리고 있는 담우소를 지금까지보다 더욱 경계하는 표정으로 노려본 백문이 재빨리 목소리를 낮췄다.

“그래서 자네는 어찌할 생각인가?”

“필시 그자는 사천의 소금업을 몽땅 장악하고 있느니만치 무석에서 가장 큰 객점이나 주루에 머물고 있을 겁니다. 오늘 백 대인이 당 대협과 주루에서 술을 마시는 동안 내가 그자를 처리하겠습니다.”

“그자를 처리하겠다고?”

"예, 후환과 환부는 도려내야 하지요."

백문의 낯빛이 순간적으로 변했다. 자신의 뒤통수를 쳤던 담우소에 대한 미움이 모두 가신 건 아니지만 노련한 장사꾼답게 상황 판단이 늦지는 않았다.

"대가는?"

"나중에 내가 손을 내밀면 한 번 도와주시면 됩니다."

"단 한 번?"

"내가 백 대인을 한 번 도와줬으니 백 대인도 날 한 번만 도와주시면 되는 겁니다."

잠시의 망설임도 없이 백문이 고개를 끄떡였다.

"좋네, 내 약속함세."

"이것으로 거래 성립입니다."

백문이 내민 손을 슬쩍 마주 잡아 보인 담우소가 다음 순간 기운 찬 대소를 터뜨리며 내실 밖으로 나갔다. 수하들을 불러 모아놓고 잔뜩 거드름을 피우며 일장 연설을 하고 있는 당호에게 손을 흔들어 보이며.

무석 제일의 기루인 천향루(天香樓)에서 술자리는 새벽까지 계속됐다. 의외로 무인인 담우소나 당호뿐만 아니라 백문 역시 주량이 대단했기 때문이다.

담우소나 당호가 은근히 내공을 일으켜 취기를 억눌렀다면 백문의 경우 술지게를 지고 갈 수는 없어도 마시고는 갈 수 있다는 두주불사의 경지를 보여주고 있었다. 계속해서 술잔을 돌리던 당호가 놀라며 대단한 주량이라 말하자 상인에게 있어 접대는 기본이라는 농담을 태연히 던지며.

그렇게 백문이 당호를 상대하는 동안 천향루를 살짝 빠져나온 담우소가 향한 곳은 흐릿한 달빛조차 미치지 않는 곳, 바로 천향루 뒤편에 만들어진 인공 가산의 그늘이었다.

내력을 돋워 안력을 높인 담우소가 한 차례 박수를 치자 인공 가산의 귀퉁이에서 그림자 하나가 움직였다. 담우소가 미리 천향루로 잠입시켰던 마경화였다.

"담 대가, 좀 늦으신 것 같네요?"

기녀 복장을 한 마경화의 목소리엔 사적인 감정이 배어 나왔다. 아무리 천방지축에 전장에 핀 꽃이라 하나 기루가 어떤 곳이고, 무얼 하는 장소인지 정도는 마경화도 알았던 것이다.

어둠 속임에도 자신의 얼굴을 뚫어버릴 듯 쏘아보고 있는 마경화의 시선에 취기가 날아가는 걸 느낀 담우소가 피식 웃었다.

"흐흠, 돈 많고 하릴없는 시골 늙은이들만 상대하다가 나 같은 영계를 보자 기녀들이 당최 달라붙어서 떨어질 생각을 안 하더군. 내 가슴을 만지작거리며 이 탄탄한 가슴에 안긴다면 죽어도 좋을 것 같다며 어찌나 교태를 부리던지……."

"그, 그러셨군요."

어둠 속에서도 마경화의 어깨가 부르르 떨리는 모습을 볼 수 있었다. 눈앞에서 시산혈해가 펼쳐진다 해도 눈 하나 깜짝하지 않을 여전사의 질투였다.

괜스레 기분이 좋아진 담우소가 입가에 맺힌 웃음을 더욱 진하게 한 채 말했다.

"당호나 백문이나 남에게 숨기고 싶은 일이 많은 자들이다. 술에 취한 모습을 기녀들에게 보이고 싶진 않겠지. 특히 청해성과 사천성의 염업을 한 손에 틀어쥘 생각을 하는 자들이니."

"아!"

살짝 드러난 마경화의 희고 고른 치열을 바라보며 담우소가 표정을 바꿨다.

"시켰던 일은?"

담우소가 표정을 바꿨 듯 마경화 역시 잠시 잠깐 만에 얼굴에 떠올랐던 부끄러움을 떨쳐 냈다. 그리고 다시 냉철한 여전사로 돌아간 마경화가 자신이 조사한 바를 말하기 시작했다.

"명하신 대로 근처의 주루와 객점들 중 요 근래 장기 투숙한 자들 위주로 알아봤더니 천향루에서 한 명의 용의자를 발견할 수 있었습니다."

"그래서 경화매가 기녀 복장을 하고 있었군."

"닷새 전 무석에 도착한 용의자가 워낙 천향루 곳곳에 돈을 뿌려놓아서 어쩔 수 없었습니다."

언뜻 달빛의 한 자락이 스쳐 가자 앞머리로 반쯤 가려진 마경화의 얼굴이 보였다. 검상을 숨기기 위한 방편임에 분명했다.

문득 일어나는 애처로움을 가슴에 찍어누른 채 담우소가 말했다.

"잡아놓았겠지?"

"절 오늘 수청들 기녀로 알고 달려들길래 다리 하나를 부러뜨려 놨습니다."

"다리씩이나 부러뜨렸다고?"

"그자가 흑사장(黑砂掌)을 좀 익히고 있어서 어쩔 수 없었습니다."

"그렇군."

고개를 끄떡인 담우소가 눈짓을 해 보이자 마경화가 얼른 자신이 숨어 있던 그늘 속으로 움직였고 담우소가 그 뒤를 따랐다.

달빛에게조차 내보이지 않던 자신의 속살을 드러낸 인공 가산의 한 켠에는 잠옷 차림의 거한이 널브러져 있었다. 마경화가 염상의 용의자로 점찍은 자였다.

"…확실히 경화매의 수청을 기다리고 있었던 게 분명한 것 같군."

"……."

"일단 아혈을 풀어봐."

거한의 곁으로 다가간 마경화가 손가락도 대기 싫은 듯 발끝으로 얼굴을 걷어찼다. 발가락 끝에 진기를 주입시켜 아혈을 해혈한 것이다.

"억!"

아혈이 풀린 거한의 입에서 답답한 신음이 터져 나오자 담우소가 슬쩍 목소리를 깔았다.

"이곳에 혼자 오진 않았겠지? 하지만 무공을 익힌 자니까 알 것이다. 목소리를 내 도움을 청하기 전에 네가 죽을 수 있음을."

"……."

"확실히 큰 장사꾼답게 머리 회전이 빠르군."

거한의 앞으로 걸어가 그의 앞에 쭈그려 앉은 담우소가 이빨을 드러냈다.

"내가 누군지 모르겠지? 하긴 알 턱이 없지. 알 필요도 없고. 하지만 나는 당신이 누군지 알고, 왜 이런 시골까지 와서 돈을 물 쓰듯 하고 있었는지도 안다. 그러니 나랑 거래해야 하지 않겠어?"

거래란 말 때문이었을 것이다. 잔뜩 죽을상을 하고 있던 거한이 처음으로 목소리를 냈다.

"워, 원하는 게 뭐요?"

“거래에 응하겠다는 뜻인가?”

“그건 말을 들어보고…….”

담우소 대신 그의 뒤에 사신처럼 서 있던 마경화가 스산한 목소리를
냈다.

“죽고 싶은가?”

“으음!”

자신의 다리를 부러뜨린 마경화의 무위를 기억해 낸 거한이 신음과
함께 침을 꿀꺽 삼켰다. 그의 건장한 몸이 부들부들 떨렸다.

‘이자들은 위험하다. 나와의 거래를 응할 자들이 아니다. 도대체 어
디서 이런 괴물들이…….’

거한이 충분히 두려움에 떨 시간을 준 후 담우소가 말했다.

“뭐, 당신이 머리가 나쁜 자 같지도 않고, 흑사장을 익힌 걸 보면 강
호의 법칙을 모르는 자 같지도 않으니 단도직입적으로 말하겠네.”

“…….”

“당신은 지금 이 시간부터 청해상단과 섬전표 당호로부터 손을 떼
게.”

“그, 그럼 당신은…….”

그제야 일이 어떻게 돌아가는 것인지 짐작한 거한이 놀란 목소리를
냈다 얼른 뒷말을 얼버무렸다. 노련함을 보이는 순간이었다.

그러나 어둠 속에서도 짧은 순간 거한의 얼굴이 변하는 걸 정확히
잡아낸 담우소가 흐릿하게 웃었다.

“역시 장사꾼은 장사꾼이군. 이러한 순간에도 얼굴 표정을 숨기려
하다니. 하지만 당신은 상대를 잘못 봤어.”

신형을 일으킨 담우소가 뒤도 돌아보지 않고 마경화에게 말했다.

"다리 하나론 협상에 응할 자세가 안 된 듯하니 이자의 남은 뼈마디
를 모조리 부러뜨려라!"

"알겠습니다."

대답과 함께 두 눈에 살기를 피워 올리며 마경화가 거한 앞으로 다
가갔다. 진짜 그의 뼈마디를 모조리 부러뜨리려는 기세가 그녀의 온몸
으로 발산됐다.

'헉!'

문득 목숨보다 소중한 건 없다는 사실을 깨달았으리라. 마경화가 막
손을 쓰려는 순간 거한이 다급한 목소리로 소리쳤다.

"협상하겠소! 협상하겠소!"

"말끝 내려!"

마경화의 살벌한 목소리에 거한이 얼른 다시 말했다.

"협상하겠습니다, 협상하겠어요. 제발 협상하게 해주십시오!"

만약 마경화가 다시 한소리를 하면 눈물이라도 펑펑 터뜨릴 기세였
다. 전장을 넘나든 그녀가 뿜어내는 살기는 일반인이 감당할 수 없는
것이다.

'하지만 저 녀석은 흑사장을 익혔다고 했다. 수백 마리나 되는 독사
의 독액을 섞은 모래에 수도 없이 손을 담그어야만 진전을 볼 수 있다
는 무공을 연마한 녀석이 이렇게 대가 약할 리는 없을 터.'

"아!"

마경화를 밀어내고 앞으로 나선 담우소의 발이 사정없이 거한의 얼
굴을 걷어찼다. 그리고 연달아 오른쪽 어깨를 밟았다.

지끈!

얼굴을 걷어찼을 때 이미 아혈이 점해진 탓에 거한은 소리를 지르지

못했다. 다만 와락 일그러진 얼굴 근육의 떨림만이 방금 전에 벌어진 일을 짐작케 했다. 일시 거한의 오른쪽 어깨뼈가 박살난 것이다.

거한의 일그러졌던 얼굴 근육이 멍청하게 풀려지기를 기다려 다시 아혈을 풀어준 담우소가 냉랭히 말했다.

"이젠 협상할 마음이 됐겠지?"

"으으, 어, 어째서……."

"왼쪽 어깨뼈마저 박살나고 싶은가?"

"아, 아닙니다! 아닙니다!"

씨익!

일시 마경화가 움찔 뒤로 물러섰을 정도의 살기를 뿜어낸 담우소가 입가에 미소를 떠올리며 말했다.

"지금부터 네 자신에 대해 하나도 빼놓지 말고 말해라!"

천향루의 이층 한 채를 통째로 빌렸던 큰손님 셋이 빠져나간 건 오후 늦게였다. 밤새 술을 펐으니 셋 다 정오를 넘겨 늘어지게 잠을 잤고, 일어나선 또 해장술을 푸는 등 공사가 다망했기 때문이다.

물론 천향루로선 매상이 올라가니 싫은 기색일 리 없었다. 중천을 밝히던 햇님이 서산 너머로 모습을 감출 때에야 떠나가는 세 손님을 굽실거리며 배웅할 때는 총관과 머릿기녀가 눈물마저 글썽일 정도였다.

자신의 집 앞에 도착한 당호가 기운차게 말했다.

"해장술을 마시긴 했지만 아직 미진한 듯합니다. 어제 백 대인과의 술내기에선 승패가 결정되지도 않았고, 또 담 소협은 중간에 빠지기까지 했고 말야."

담우소를 곁눈질하는 당호의 입가로 비죽한 미소가 담겨 있었다. 중간에 빠져나간 담우소가 기녀와 재미라도 봤겠거니 생각하는 듯했다.

그런 당호의 내심을 꿰뚫어 본 담우소가 쑥스럽다는 듯 얼굴을 붉혔다.

"하하, 어찌나 싫다는 사람을 잡아끌던지……."

"담 소협이 워낙 준수하니 그럴 만도 하겠지요."

옆에서 변죽을 맞춰준 백문이 느닷없이 당호에게 허리를 굽히며 배례해 보였다.

"엇! 이게 무슨?"

당호가 놀란 목소리를 내자 허리를 세운 백문이 말했다.

"당 대협, 오늘로 저희 청해상단은 무석을 떠나야 할 것 같습니다."

"그게 무슨 소리요? 날도 이렇게 어두워지려 하는데……."

"사천에 들어왔으니 한시라도 빨리 성도로 찾아가 지부대인을 찾아뵙는 게 순리일 듯싶습니다. 청해상단의 오늘을 만들어준 분이니 사천에 들른 이상 먼저 인사를 올려야지요."

"성도로 가 지부대인을 뵙는다고요?"

눈살을 찌푸리는 당호에게 담우소가 얼른 말했다.

"아무래도 앞으로 청해성뿐만 아니라 사천성의 염업까지 손을 대려면 지부대인의 힘이 필요하겠지요."

"아! 확실히 그렇구려."

얼굴 한 켠에 탐욕스런 빛을 띤 당호가 고개를 끄떡였다.

"그런 일이라면 이 당 모가 백 대인을 막을 수 없겠지요. 그럼 담 소협도?"

담우소가 얼른 고개를 숙여 보였다.

“예, 저와 동생들은 사천까지 백 대인의 호위를 맡았으니 같이 성도
로 떠나야 할 것 같습니다.”

“이거이거, 그럼 섭섭해서…….”

“백 대인을 성도로 모신 후 다시 당 대협 댁을 찾겠습니다.”

“오오! 그렇게 해주시려오?”

덥석 자신의 손을 마주 잡는 당호에게 담우소가 마주 웃음을 보여주
었다.

“그야 당연한 일이지요.”

당호의 집을 나서고 얼마 지나지 않아 담우소 일행은 청해상단과 헤
어졌다. 장사꾼답게 돈이 되지 않는 치사를 몇 차례나 해대는 백문을
쓴웃음으로 전송한 것이다.

그제야 밤사이 당호의 집에 도착해 있던 소여영이 건내준 밀지를 꺼
내 읽던 담우소의 입가로 흐릿한 미소가 떠올랐다. 며칠간 사천에 잠
입해 있던 혈봉황단 전체를 운용한 끝에 사천 하오문의 총단을 발견했
다는 구절 때문이었다.

잠시 서산 너머로부터 퍼져 나오기 시작한 황금빛 노을을 바라보고,
다시 자신의 뒤에 도열한 채 침묵하고 있는 수하들 중 마경화에게 시
선을 멈춘 담우소가 말했다.

“사천 염상 진소춘(秦小春)은 지금까지처럼 경화매가 맡아라.”

“알겠습니다.”

“우리가 사천에 있는 동안 당호와 백문이 눈치 채게 못하게 염업에
관련된 모든 일을 중단하고 강소성 출신의 흑상귀를 찾는 일에 주력하
게 하라. 그자는 만성독약을 복용하고, 신교에 충성 맹세를 했을 뿐더

러 경화매를 두려워하니 감히 딴마음을 품진 못할 것이다.”

“그럼 바로 출발하겠습니다.”

“아! 그리고…….”

절도있는 동작으로 고개를 숙여 보이고 신형을 돌리려던 마경화를 붙잡은 담우소가 미미하게 고개를 끄떡이며 말했다.

“몸조심하고.”

“…며, 명심하겠습니다.”

붉어진 안색을 보이지 않기 위해 바로 신형을 돌린 마경화가 바람처럼 신형을 뽑아 올렸다. 천향루의 음침한 창고 안에 처박아둔 진소춘에게로.

“…….”

침묵 속에 마경화를 송별한 담우소가 나머지 수하들을 바라보며 씨익 웃었다.

“그럼 우리는 이제 사천 하오문을 접수하러 가볼까?”

“존명!”

“존명!”

무석에 도착한 며칠간 할 일이 없어 잔뜩 좀이 쑤셔 있던 강개와 전충이 얼른 목소리를 높이다 움찔한 표정이 되었다. 담우소가 뚫어지게 쳐다본 탓이다.

“이, 이런…….”

“그게 아니고…….”

변명하려고 입을 연 두 사람을 향해 피식 웃어 보인 담우소가 말했다.

“뭐, 오늘은 대충 넘어가자구. 주변에 이목도 없고.”

"다음부턴 주의하겠습니다."

"다음부턴……."

"아아! 됐어. 나 역시 예쁜 소저도 아니고, 큼지막한 덩치의 사내들한테 대형 소리 듣는 게 그리 원은 아니라고."

"킥킥!"

소여영이 웃음을 터뜨리자 고강남과 강개, 전충 등도 입가에 웃음을 담았다. 본래 전투 시나 작전 시를 제외하곤 규율이나 규칙에 그리 구애받지 않는 풍뢰영만의 독특한 분위기를 보여주는 모습이었다. 물론 철혈대에 남은 군사 강문호나 방금 떠나간 마경화가 본다면 눈살을 찌푸릴 일이긴 했지만.

사흘 후.

무석을 떠난 담우소 일행이 도착한 곳은 중경이었다. 전영화가 사천 하오문의 총단으로 지목한 곳이 바로 중경에 위치해 있었기 때문이다.

성도에 이어 사천의 두 번째 도시라 할 만한 중경은 번화하기로 소문난 곳이었다. 거리에는 사람들이 넘쳐 났고, 시장은 활기 차게 돌아가고 있었다.

본래 번잡한 강남 출신인 담우소와 달리 일행 중 대부분은 청해성을 벗어나 본 일이 없는 사람들이었다. 시골이라 할 수 있는 무석과 달리 번화한 중경의 성시를 본 그들은 눈이 휘둥그레지지 않을 수 없었다. 황량한 청해성의 곤륜산맥과 사천 제이의 도시는 비슷한 점을 전혀 찾을 수 없었던 것이다.

특히 그럭저럭 태연함을 가장하고 있는 고강남 등과 달리 소여영의 표정은 놀란 토끼와도 같았다. 아무리 고개를 돌려봐도 새롭고 신기한 모습들뿐인지라 그녀는 문화적인 충격에 빠지고 만 듯했다.

자신의 옆에 찰싹 달라붙어 연신 '와와!' 거리고 있는 소여영에게 고개를 한 차례 흔들어 보인 담우소가 말했다.

"영화매가 만나자 한 곳이 분명 중경삼림이렷다?"

"아! 예예. 주루 이름치고 특이하니까 찾기 쉬울 거라 했어요. 그때는 주루 하나쯤 찾는 게 뭐가 어렵다고 이름까지 신경 쓰나 했는데……."

"중경이 이렇게 번잡한 줄은 몰랐다는 뜻이지?"

"헤헤!"

머리를 긁적이며 웃던 소여영의 두 눈이 동그래졌다. 거리를 지나가는 여인이 입고 있는 치렁치렁한 옷 때문이었다.

기껏해야 소맷자락에 조그만 꽃무늬 하나가 들어간 옷을 입고 있는 소여영에 비해 여인의 옷에는 백화가 만발해 있었다. 본래 그런 자잘한 것에 목숨 거는 성격인 소여영의 입이 벌어지지 않을 수 없었다.

거의 자신의 옷자락을 찢을 듯 매달려 벌써 옆을 지나간 여인의 뒷모습을 좇는 소여영의 얼굴이 울듯이 변했다. 자신의 소맷자락에 핀 한 송이 꽃이 가엽다는 생각을 하고 있음이 분명했다.

문득 자신의 옆에 마경화가 없음을 깨달은 담우소가 소여영의 머리에 군밤을 먹였다.

딱!

"아아, 예뻐라!"

'쯧쯧, 이 녀석이 완전히 넋이 나갔군.'

내심 혀를 찬 담우소가 말했다.

"본래 강호의 여협은 옷차림 같은 데 신경 쓰지 않는 법이다."

"아아, 그, 그렇죠!"

그제야 아쉬움을 잔뜩 담은 채 고개를 돌린 소여영이 표정을 시무룩하게 바꾼 채 눈길을 땅바닥으로 향했다. 발로 바닥을 툭툭 차는 모습이 아무래도 그녀에겐 동경하던 여협이 되는 것보단 옷 한 벌이 더 중요한 듯 보였다.

바로 그때였다. 피식 입가에 웃음을 담고 소여영에게 한마디 달래는 말을 하려던 담우소의 시선이 슬쩍 정면으로 돌려졌다. 주변을 왕래하는 사람들의 웅성거림과는 다른 독특한 타격음을 들은 것이다.

과연 잠시 후 우당탕 하는 소리와 함께 정면에 위치한 건물 안에서 장한 두엇이 튕겨나왔다. 땅바닥에 쓰러진 채 일어나질 못하는 걸로 보아 심한 중상을 당한 듯했다.

"강개!"

담우소의 호명을 듣자마자 강개가 사람들을 헤치고 달려갔다. 특별히 신법을 펼친 게 아님에도 경쾌한 보법이었다. 그리고 잠시 뒤 돌아온 강개가 담우소에게 고했다.

"눈앞의 건물은 중경삼림입니다."

"그럼 이 소동은 영화매 때문에 벌어진 일이겠군."

"그, 그게……."

"됐다!"

말을 마치자마자 담우소가 앞서 걸어갔다. 강개처럼 달린 것도 아니고 특별히 신법을 펼친 것 같지도 않으나 뒤에 남은 사람들은 허겁지겁 따라야만 했다. 겉으로 보기엔 평범해 보이지만 빠르기가 웬만한 신법을 펼친 것과 비슷했기 때문이다.

재빨리 중경삼림 앞에 모여든 사람들을 제치고 앞으로 나선 담우소가 쓰러진 장한들에게 다가가 그들의 가슴을 한 차례씩 매만졌다. 순간적으로 진기를 주입해서 막혀 있던 기혈을 뚫어준 것이다.

그러자 콜록 하는 소리와 함께 장한들이 정신을 차렸고, 한눈에 보기에도 근처 시정을 돌아다니는 파락호가 분명한 그들에게 담우소가 점잖게 말했다.

"강호의 일이다. 꺼져라!"

"어으어……."

"왜? 치료비라도 받고 싶은 건가?"

담우소의 눈빛이 살기를 띠었다. 그러자 두 장한 중 그래도 눈치가 빠른 한 명이 얼른 담우소에게 고개를 숙여 보였다.

"어이쿠! 알겠습니다."

"어으어!"

"영삼(英三)! 이 녀석아! 한 대 맞더니 말도 못하는 거냐? 여기 귀인께서 살길을 마련해 주셨으니 얼른 가자!"

말을 끝내자마자 영삼이라 불린 장한을 부축해 일어선 장한이 비틀거리며 중경삼림 앞을 떠났다. 여전히 영삼이란 장한이 분기를 참지 못하고 악다구니를 썼으나 그를 주목하는 사람은 아무도 없었다.

'이런이런! 정보 전문가라길래 은밀한 일 처리에 유용하리라 생각했더니 어찌 도심 한복판에서 이런 소동을 일으켰을까? 혹시 다른 사정이라도 있는 것인가?'

내심 전영화의 사람됨을 떠올린 담우소는 눈앞의 중경삼림을 바라봤다. 중경삼림은 주변의 다른 건물들과 대동소이한 크기의 이층 주루였다. 크기를 눈대중해 볼 때 주루와 객점을 겸업하고 있는 게 분명했으나 특별한 점은 찾을 수 없었다.

잠시 생각에 잠겼던 담우소는 고강남 등의 살벌한 눈빛에 겁먹고, 흩어지기 시작한 사람들을 뒤로하고 중경삼림 안으로 들어갔다. 일단은 전영화를 만나고 볼 일이었다.

담우소를 맨 처음 맞은 건 마침 밖을 살펴볼 요량으로 밖을 기웃거리던 점소이 차림의 젊은이였다. 대략 이십 대 후반에서 삼십 대 초반쯤 되었을까?

느닷없이 들이닥친 담우소에게 화들짝 놀란 표정이 됐으면서도 점소이는 얼른 고개를 꾸벅해 보였다.

"어, 어서 오십쇼!"

"그 녀석 목소리 하나는 좋구나!"

점소이의 어깨를 한 차례 두들겨 준 담우소가 널직한 주루 안을 훑어보다 한 켠에 홀로 앉아 있는 전영화를 발견했다. 필시 방금 전 일어난 소란의 주인공일 텐데 그녀의 표정은 평상시 그대로였다. 전혀 주변을 개의치 않고 있는 것이다.

'확실히 무슨 일이 있긴 있었던 것 같군.'

문득 마음이 움직인 담우소가 자신의 뒤를 따라 우르르 중경삼림 안으로 들어선 고강남 등을 향해 목소리를 높였다.

"마침 주루 안에 손님이 별로 없으니 우리는 저쪽의 큰 자리를 잡고 앉자!"

"에?"

"그리도록 하지요. 그 대신 오늘 술값은 대형께서 내시는 겁니다!"

눈이 동그래진 소여영의 말문을 막은 건 고강남이었다. 담우소의 의도를 눈치 챈 것이다.

고강남을 한 차례 눈으로 확인한 담우소가 곧 호탕한 표정으로 말했다.

"고 노제, 정말 교활하구만. 이런 식으로 술값을 굳히려 하다니. 하지만 뭐, 술값이야 누가 낸들 어떻겠는가. 일단 자리에 앉자구."

"대형께서 술값만 내신다면야 저희들은 분부대로 따를 수밖에요."

이번에도 능청맞게 고강남이 변죽을 맞추자 '에끼, 사람도!' 하고 그의 어깨를 때린 담우소가 일행들을 이끌고 가운데에 놓여진 큰 탁자를 차지하고 앉았다. 전영화가 홀로 앉아 있는 탁자와는 사뭇 떨어진 자리였다.

담우소 일행이 탁자에 앉자마자 예의 점소이가 냉큼 달려왔다. 방금 전에 벌어진 일이야 어떻든 일단은 손님을 받고 볼 일이란 판단을 내린 듯했다.

"헤헤, 술을 가져올까요?"

눈앞에서 손을 비비적거리는 점소이에게 담우소가 말했다.

"뭔가 좋은 술이라도 있는 것이냐?"

"저희 중경삼림이 일반적인 객점이나 주루와 다른 건 삼림주(森林酒)가 있기 때문이지요."

"삼림주?"

"삼림주란, 이곳 중경의 외곽 지역에 조성되어 있는 열대 녹림 지역에 일 년 이상 묻어뒀다 꺼낸 술을 말합니다. 열대의 뜨거움과 녹림의 상쾌함이 뒤섞인 삼림주는 사천 전체를 통틀어도 일절이라 불릴 만큼 좋은 술이지요."

"그런 좋은 술이 이 주루에만 있다는 것이냐?"

"헤헤, 어찌 그런 좋은 술이 저희 주루에만 있겠습니까만, 저희 중경삼림의 삼림주가 여느 주루들 것보다 훨씬 좋지요."

"그 이유는?"

"그건 이곳이 중경삼림이기 때문이지요."

"이곳이 중경삼림이기 때문이라?"

점소이의 태연스런 말대답을 잠시 되씹던 담우소가 가가대소(呵呵大
笑)를 터뜨리며 말했다.

"하하하, 거참 말 한번 잘하는 녀석이로구나. 내 알겠으니 그 삼림주
댓 병하고 적당한 안주 몇 개를 만들어 내오너라."

"부리나케 대령하겠습니다!"

다시 담우소에게 고개를 꾸벅 숙여 보인 점소이가 주방 쪽으로 달려
갔다. 일반적인 주루나 객점의 점소이들과 달리 나이가 제법 먹었는데
도 꽤나 빠릿빠릿한 모습이었다.

바로 그때였다. 잠시 잠깐 만에 점소이에 의해 몇 가지 요리와 술병
이 날라져 오는 사이 담우소의 귓전으로 진기로 된 가느다란 목소리가
파고들었다.

"담 대가, 보고드리겠습니다. 이곳 중경삼림은 겉으로 보기에는 일
반 주루이지만 사실은 사천 하오문의 실질적인 총단입니다. 본래는 성
도에 총단이 있었습니다만 육 개월전쯤 사천 하오문의 책임자가 이곳
중경의 인물로 바뀌었다고 하더군요."

'흐음, 하오문 내부에서 항쟁이 있었던 건가?'

밑바닥의 삶은 밑바닥 인생이 아는 법이었다. 어린 시절 굶주림에
지쳐 구걸하고 도둑질하던 때를 기억해 낸 담우소가 전영화에게 슬쩍
전음을 날렸다.

"방금 전의 일은 이곳을 뒤흔들 생각이었군. 하지만 시도는 좋았지

만 방법이 틀렸어. 지금부터 이곳은 내가 알아서 할 테니 영화매는 잠자코 있으라고."

"알겠습니다."

담우소와 마찬가지로 표정 하나 변함없이 대답한 전영화가 슬며시 자리에서 일어나 중경삼림을 나갔다. 소란을 일으킨 자신이 빠짐으로써 중경삼림 측을 안심시키려는 의도였다.

'역시 정보 전문가!'

전영화에게 내심 박수 갈채를 보낸 담우소가 전영화를 배웅한 점소이에게 버럭 목소리를 높였다.

"이 녀석아! 이리 좀 와봐라!"

"예예, 부르셨습니까!"

기운차게 대답하고 달려온 점소이에게 담우소가 음식 한 접시를 들어 올리며 말했다.

"여기 이거 보이냐?"

"저희 중경삼림에서 자랑하는 팔보채가 아닙니까?"

"그래, 술안주로 제격인 팔보채다. 하지만 내가 좋아하는 팔보채는 여덟 가지 맛 좋은 재료가 들어간 거지 이렇게 아홉 번째로 이상한 것이 들어간 게 아니란 말이다."

담우소는 젓가락을 놀려 팔보채 안에서 꾸물거리는 벌레 하나를 끄집어냈다. 중경삼림 안으로 들어서기 전 몰래 잡아온 구더기였다.

"아! 아아아!"

술을 잘 못 마시는지라 팔보채 등의 안주만 연신 집어 먹고 있던 소여영의 얼굴이 딱딱하게 굳었다. 방금 전까지도 팔보채에 젓가락질을 하고 있었기 때문이다.

그러자 소여영 근처에 앉아 있던 고강남과 강개, 전충 등이 벌떡 일어나 주변의 집기를 때려 부수기 시작했고, 담우소의 시선이 차갑게 점소이를 직시했다. 중경삼림 안에 또다시 긴장감이 감돌려는 찰나였다.

따라서 전영화가 소란을 피울 때도 굳세게 버티고 있던 손님들까지 슬금슬금 일어나 중경삼림을 떠나기 시작하자 당황스런 얼굴이 된 점소이에게 담우소가 다시 말했다.

"아까만 해도 혀에 기름이라도 바른 듯하더니 지금은 어째서 말을 못하는 것이냐? 내가 방금 전에 구보채를 내보낸 일에 대해 해명을 요구하지 않았느냐?"

"저, 저기 그게……."

"왜? 네 녀석은 그저 요리를 날라왔을 뿐이니 잘못이 없단 말이더냐?"

"그, 그게 아니옵고……."

"그럼 이곳의 주방장하고 말해 봐야겠군."

"아이쿠! 손님! 음식은 다시 만들어 내올 테니……."

담우소의 옷자락을 붙잡고 늘어지는 점소이를 막 주변의 집기를 죄다 박살 내고 돌아온 고강남이 사정없이 바닥에다 패대기쳤다. 이미 그는 담우소가 어째서 이런 쪼잔한 시비를 벌이는지 눈치 챈 것이다.

그러거나 말거나 성큼성큼 주방 쪽으로 걸어간 담우소가 성난 목소리로 소리쳤다.

"이 빌어먹을 중경삼림을 지금 당장 죄다 불태우기 전에 냉큼 책임자는 뛰어나오는 게 좋을 것이다! 지금 당장!"

음식에 벌레가 들어가 격분한 손님이 분노를 표출하는 모습치고는 상당히 과격한 말이며 행동이었다. 거의 혼절할 것 같은 표정을 짓고 있는 소여영은 전혀 그렇게 생각하지 않았지만.

제72장 보이지 않는 위협

겉으로 보이는 외관과 달리 중경삼림의 실체는 지하로 통해 있는 길고 긴 비밀 통로의 끝에 존재했다. 주방의 화덕을 열자 드러난 비밀 통로의 거리는 족히 십 장이 넘었다. 주변이 온통 번화가임을 생각하면 대단한 공사였음이 분명할 거리였다. 주변 번화가의 어떤 사람에게도 의심받지 않을 정도로 조심스레 땅을 파야 했을 테니.

'지하임에도 통풍이 꽤 잘 되는 곳이군.'

비밀 통로가 끝나자 나타난 석문을 제치니 단출한 내실이 나타났다. 땅속임에도 눅기가 거의 느껴지지 않는 특이한 곳이었다.

내실 안에 들어서자마자 주인이라도 되는 양 눈앞에 보이는 몇 개의 의자 중 하나를 골라 자리 잡고 앉은 담우소는 주변을 둘러봤다. 곤륜비동에서의 기억을 되살려 혹시라도 내실 안에 설치되어 있을지도 모를 치명적인 기관을 찾아내려는 의도였다.

그러나 아늑한 규모의 내실 안은 몇 개의 의자와 침구류가 가구의 전부였다. 특별히 담우소가 경계해야 할 정도로 치명적인 기관이 설치되어 있는 것 같진 않았다.

'다만 의자의 개수로 볼 때 이곳을 찾은 손님이 나뿐만은 아닌 듯하군.'

내심 담우소는 자신이 제대로 찾아왔다는 확신을 가졌다. 그리고 자신을 이곳으로 안내하기 전에 얻어맞은 눈두덩이를 연신 비벼대던 점소이를 생각하며 히죽거렸다. 이유는 모르겠지만 이상하게 불쌍한 꼴이 된 점소이를 떠올리는 게 즐거웠다.

그렇게 담우소가 시간을 죽이고 있자니 그가 들어왔던 문과 마주 보고 있던 반대쪽 벽이 스르륵 움직였다. 십 장이나 되는 비밀 통로 끝에 만들어진 방이니 비밀 문 하나둘 정도 있다 해서 이상할 건 없었다.

'하지만 이곳에 만들어진 기관이 비밀 문 몇 개뿐인 건 아니겠지?'

태연히 비밀 문의 등장을 맞이한 담우소와 달리 활짝 열린 문만큼이나 조용히 모습을 드러낸 원숙한 얼굴의 중년인은 대뜸 불쾌한 목소리를 냈다.

"무척 지저분한 수법이더구려."

"본래 지저분한 자들한테는 지저분한 수법이 가장 잘 통하는 법이니까."

대놓고 욕을 한 담우소가 문득 눈을 가늘게 떴다.

"당신이 사천 하오문의 총책임자인가?"

"그럴 리가. 사천 하오문의 총단이 성도에 있다는 건 웬만큼 정보에 밝은 자들이라면 다 알고 있는 사실이잖소. 어찌 중경에 있는 이 몸이 사천 하오문의 생사여탈권자가 될 수 있겠소?"

대뜸 담우소 앞에 자리를 잡고 앉은 중년인의 얼굴에는 조소가 담겨 있었다. 그런 것도 모르고 그 난리를 피웠냐는 표정이었다. 만약 담우소가 아무런 사전 조사도 없이 이곳을 찾았다면 깜빡 속아 넘어갈 만한 연기였다.

'날 풋내기로 보는 건가? 아님 떠보려는 건가?

눈앞의 중년인을 훑듯이 바라본 담우소가 다음 순간 천장을 바라보며 대소를 터뜨렸다.

"하하하, 아무리 하오문이라곤 하지만 하극상을 일으켜 한 지역을 장악한 자라길래 어떤 호걸인지 궁금했는데 내가 생각을 잘못한 것 같군."

"하극상이라니! 그게 무슨……."

"됐소이다!"

벌떡 자리에서 일어선 담우소가 냉정하게 중년인을 내려다보며 말했다.

"내가 찾아온 건 사천 하오문의 실질적인 책임자요. 당신이 그 사람이 아니라면 나는 시간만 낭비한 셈이지. 하지만 당신이 중경에 머물고 있는 걸 보면 아직 성도에는 반대파가 많이 남은 걸 테지? 사천성에서도 아직 그런 상황이니 나중에 타 지역 하오문의 우두머리들을 어떻게 상대할지 걱정이구려."

"그, 그게 무슨?"

"사천성의 몇몇 곳은 꽤나 군침이 도는 먹이이지 않소? 걸신들린 아귀(餓鬼) 같은 하오문도들에겐."

"……."

휑하니 신형을 돌려 비밀의 방을 떠나려는 담우소를 멍청히 바라보고 있던 중년인이 황급히 소리쳤다.

"잠깐만! 잠깐만 기다려 주시오!"

자신이 들어온 문 여는 방법을 고민하다 수장으로 때려 부술 준비를 하고 있던 담우소가 슬쩍 고개를 돌렸다.

"이제야 나랑 진지하게 거래할 마음이 들었소?"

"으음, 일단 말이나 들어봅시다."

"말이나 들어보자?"

"한 시진 만에 당신의 뒷배경을 알아내는 건 좀 무리한 일이었소. 그렇지만 중경삼림을 찾아낸 걸 보면 대단한 배경을 지니고 있겠지. 아니면 무척 위험한 배경이거나."

"그러니 지금은 군말 말고 얘기나 해보라는 건가?"

"그것도 대단한 배려요. 이렇게 정보가 부족한 상황에서는."

"뭐, 확실히 그렇군. 하지만 나와의 거래는 당신과 사천 하오문한테도 그리 나쁘진 않을 거요."

중년인을 향해 씨익 웃어 보인 담우소가 그대로 발길을 돌려 처음 앉았던 자리에 털썩 주저앉았다. 협상은 이제부터라는 얼굴을 한 채.

잠시 담우소의 천연덕스런 얼굴을 주시한 중년인이 퉁명스런 목소리로 말했다.

"그런데 내 먼저 한 가지만 물어보겠소."

"얼마든지."

"당신, 처음부터 내가 붙잡을 줄 알았던 것 같소만?"

"머리가 좋은 사람이라면 그러리라 생각했지."

"머리가 좋다면?"

"머리가 좋은 사람이라면, 설마 하니 자신에게 굴러 들어온 호박을 발로 걷어찰 리가 없지 않겠소! 하하하!"

다시 천장을 바라보며 대소를 터뜨린 담우소가 사뭇 진지해진 표정으로 중년인을 바라봤다. 드디어 탐색전이 끝나고 본격적인 두뇌 싸움의 막이 오른 것이다.

담우소가 비밀의 방에서 나온 건 저녁 무렵이 다 되었을 때였다. 들어갈 때는 주방의 화덕을 통해서였지만 나올 때는 중경의 뒷골목이었다. 중경삼림과는 적어도 수십 장 정도 떨어져 있는.

담우소는 처음 찾았을 때처럼 다시 손님의 행색을 하고 중경삼림을 찾았다. 주방으로 들어가기 전 일행에게 중경삼림에서 다시 만나자고 약속했기 때문이다.

그사이 깨끗이 주변이 정리된 중경삼림 안은 여느 때와 다름없이 손님을 받느라 분주했다.

저녁 시간인지라 주객들이 몰려 정신없이 움직이던 중 자신을 발견하고 표정이 굳은 점소이에게 한쪽 눈을 깜빡여 보인 담우소가 친근한 목소리로 말했다.

"내 일행들이 묵고 있는 방이 어디냐?"

"일행 분들은……."

점박이 강아지와 같은 모습, 여전히 퉁퉁 부어 있는 한쪽 눈을 잠시 움찔거린 점소이가 볼멘 목소리로 말했다.

"손님이 늦게까지 안 나오시는 걸 저한테 다 화풀이하셨습니다. 이 나이 먹어서까지 점소이나 하고 있는 녀석에게 무슨 죄가 있다고."

"그래서 화가 난 거냐?"

"점소이 주제에 화를 내고 자시고 할 게 무에 있겠습니까. 일행 분들은 계단을 올라가서 오른쪽으로 세 번째 방에 들어 계십니다. 중경삼림에서 가장 좋은 방이지요.”

“알겠다.”

고개를 끄떡여 보인 담우소가 계단 쪽으로 걸어가다가 문득 고개를 돌려 점소이의 다리 쪽을 바라봤다. 경쾌하게 움직이는 발의 움직임이 왠지 낯설지 않다고 느낀 것이다. 그리고 자꾸만 마음이 쓰이던 행동이나 말투들. 분명 처음 본 사람인데 담우소의 동물적인 본능이 신호를 보내왔다.

‘설마?’

섬광 같은 깨달음이었다. 어느새 다시 음식을 나르기 시작한 점소이의 보행을 좇던 담우소의 두 눈에서 불길이 치솟았다. 의혹이 확신으로 바뀌는 순간이었다. 그리고 주마등처럼 스쳐 가기 시작한 전날의 기억들.

‘이거 일이 재밌게 됐군.’

잠시 입가에 흐릿한 미소를 담은 채 점소이를 쏘아보던 담우소는 곧 발길을 돌려 계단을 올라갔다. 그리고 문부터가 여느 방들과 달리 화려한 오른쪽 세 번째 방문을 열고 들어서자 소여영이 얼른 달려들었다.

“사부님!”

“이런이런, 이젠 틈만 나면 어리광을 부리는구나.”

품에 안긴 소여영의 머리를 쓰다듬어 주며 넓고 화려한 내실을 둘러본 담우소는 눈앞에 부복한 수하들 중 전영화를 발견하고 고개를 끄떡여 보였다.

“영화매의 정보는 이번 일에 결정적인 도움이 됐다. 역시 정보 전문가는 달라.”

"본래 이곳을 완벽하게 점령해 담 대가에게 들어 바쳐야 하건만, 소매의 능력이 부족해 친히 손을 쓰게 했습니다. 죄를 청하니 벌을 내려 주십시오."

"하하, 누가 철봉황이 아니랄까 봐 그런 소리를 하는군. 어차피 나는 사천 하오문을 완전 장악할 마음이 없었으니 영화매가 죄를 청할 필요는 없다구. 그러니 빨리 일어나요. 지난번에도 말했다시피 자꾸 영화매가 그러면 앞으로 군 형을 볼 면목이 없어진다니까."

농조가 담긴 담우소의 말에도 전영화는 표정 한 점 흐트러뜨리지 않았다. 군무해에 대한 언급도 그녀의 무인 정신을 훼손할 순 없는 듯했다.

"감사합니다."

절도있는 동작으로 신형을 일으킨 전영화가 그때까지도 담우소의 품에 찰싹 달라붙어 있던 소여영을 한차례 바라봤다. 무언의 압력이었다.

그러자 세상 무서울 게 없는 듯하던 소여영이 질겁하며 담우소에게선 떨어져 나갔고, 자유의 몸이 된 담우소가 침상에 몸을 던졌다. 인원수보다 의자가 부족한 것이다.

재빨리 침상 주변으로 모여든 일행의 모습을 찬찬히 살펴본 담우소가 말했다.

"그럼 보고들해 보라구."

다음날.

아침 일찍 자신들이 때려 부쉈던 중경삼림의 한복판에 다시 자리를 잡은 담우소 일행은 실컷 식사를 했다. 구더기 사건 이후 사천 요리 전체를 불신하게 된 소여영이 만두 몇 개로 배를 채운 것과는 대조적인 모습이었다.

보통 성인 남성이 먹는 양의 두 배나 되는 식사를 거뜬히 먹어치운 담우소는 점소이를 닦달해 후식을 내오라 하고 즐거운 표정을 지어 보였다.

"이렇게 아침 일찍 시켜 먹는 음식 맛도 그리 나쁘진 않군."

"그러게 말입니다. 어제 구더기가 들어간 팔보채를 먹어 비위가 상하긴 했지만 하루가 지나니 이렇게 다시 식욕이 땡기는군요."

강개의 말에 맞수인 전충이 비웃듯 말했다.

"그야 네 녀석 위장 속에 거지가 댓 마리나 들어가 있기 때문이 아니냐. 본래 땅개들은 아무거나 잘 주워 먹는 법이니까."

"뭐라고! 어둠 속에 파묻힌 박쥐 같은 녀석이! 구더기는 본래 박쥐의 좋은 먹이니 어제 네 녀석이 팔보채를 그리 맛있게 먹었던 것도 무리는 아니로구나, 무리는 아니야!"

"내가 구더기를 좋아한다고!"

"그럼! 박쥐만큼 구더기를 좋아하는 게 어딨겠냐?"

"이 땅개 놈을 그냥!"

"이 박쥐 녀석을!"

강개와 전충은 당장에 일어나 주먹다짐이라도 벌일 기세였다. 그러나 두 사람의 사이가 나쁜 건 하루 이틀이 아니었다. 태연한 기색으로 식사를 나누고 있던 다른 사람들과 달리 소여영이 갑자기 두 눈 가득 눈물을 그렁그렁 담았다.

"응?"

날라져 온 후식을 바라보며 즐거워하고 있던 담우소가 소여영에게 말했다.

"영아야, 도대체 왜 그러느냐?"

"사, 사부님, 영아는… 영아는 구더기를 좋아하지 않아요."

'이 녀석, 아무도 신경 쓰지 않는 강개와 전충의 말에 다시 전날의 충격이 되살아났구나.'

소여영의 성격상 이렇게 되면 며칠간 금식하리란 생각을 한 담우소가 부드럽게 웃었다.

"구더기는 사실 건강에 좋은 음식이란다. 꼭꼭 씹어 먹으면 근골에 좋고, 특히 영아, 너처럼 한참 자랄 나이엔……."

"우와앙! 난 그래도 구더기는 싫어요!"

고개를 연신 좌우로 흔들어대며 소여영은 울었다. 담우소의 말이 그녀를 더욱 서럽게 만든 것이다.

그러자 더욱 짓궂은 표정이 된 담우소가 히죽거리며 말했다.

"하지만 그 구더기는 사실 내가 집어넣은 것인데……."

"…예?"

오직 혼자서 놀란 표정이 된 소여영에게 담우소가 한쪽 눈을 살짝 깜박여 보였다.

"그 구더기는 영아 네가 젓가락을 거둔 직후에 팔보채에 들어갔다는 말이다. 그러니 영아는 아쉽게도 몸에 좋고 성장에도 좋은 영양식 먹을 기회를 놓친 것이지. 뭐, 계속 어린애처럼 울고 어리광을 부리면 다시 음식 안에 구더기를 넣을지도 모르겠지만."

"아!"

얼른 얼굴을 소맷자락으로 슥슥 문지른 소여영이 헤헤 하고 웃었다. 역시 구더기는 먹기 싫은 모양이었다.

바로 그때였다. 후식까지 싹싹 긁어 먹은 담우소 일행에게 찻주전자를 가지고 다가오던 점소이의 얼굴이 시뻘겋게 변했다. 담우소의 천연덕스런 말을 들은 것이다.

탁!

화난 기색 그대로 찻주전자를 식탁에 내려놓은 점소이가 담우소에게 따지듯 말했다.

"어찌 그런 짓을 할 수 있습니까!"

"왜? 어제 얻어맞은 게 분하냐?"

"그럼 억울하게 얻어맞았는데 분하지 않을 놈이 어딨겠습니까?"

"그래서?"

"……."

뻔뻔함 그 자체인 담우소의 얼굴이었다. 그러나 점박이 얼굴 가득 분기를 내뿜던 점소이는 할 수 없이 뒤돌아섰다. 담우소에게 대항할 수는 없었던 것이다.

부들부들 어깨를 떨며 걸어가는 점소이를 바라보며 담우소가 냉랭하게 말했다.

"여전히 대단한 연기력이군, 주서안. 하마터면 깜박 속을 뻔했어."

"그, 그게 무슨?"

슬그머니 고개를 돌린 점박이 얼굴을 향해 담우소가 히죽거리며 말했다.

"아아, 너무 놀란 표정 하지 말라구. 나는 지금 사천 하오문을 실질적으로 정복한 젊은 수완가 주서안에게 말하고 있는 거야. 과거 날 귀성장에 팔아넘기고 도망간 주서안에게 말하고 있는 게 아니고."

"제기랄!"

바람처럼 신형을 움직인 주서안의 앞을 소여영이 기다렸다는 듯 가로막아 섰다. 상대방이 어디로 움직일지 알고 있었다는 듯 한 치의 오차도 없이.

＊　　　＊　　　＊

십수 채나 되는 고루거각과 사대부의 저택과 비긴대도 전혀 손색이 없을 정도로 운자가묘를 살려 아름답게 조성되어 있는 인공 가산과 연못, 화원 등등.

당가보는 어디 하나 빠질 곳이 없을 정도로 아름다운 미관을 자랑했다. 만약 자금성의 황제가 이곳을 본다면 자신의 사천별궁으로 삼고 싶어할 정도로.

하지만 당가보에서 맞은 첫 번째 아침. 막문위는 그리 기분이 좋지 못했다. 항상 두 시진 이상 잠을 안 자는 그녀이기에 새벽의 단잠은 무척이나 귀중할 터인데 미세한 윙윙거림이 아침잠을 날려 버린 것이다.

눈을 뜨자마자 어젯밤 검토하고 있던 서류에 시선을 고정시킨 막문위는 속옷 차림 그대로 창가로 걸어갔다. 아직까지 귀에 이명을 남겨 놓은 윙윙거림의 정체를 알아야만 했다.

바로 그 순간, 손을 대자 바로 삐거덕 하고 열린 창문에 막문위의 몸이 찰싹 달라붙었다. 새벽의 여명과 함께 솟아오른 만화(萬花)가 찬연한 폭발을 일으킨 탓이었다.

"아아!"

언제 이런 탄성을 터뜨려 보았는가! 막문위는 자신의 기억 속에서 과거의 전례를 끄집어낼 수 없었다. 아니, 끄집어낼 생각조차 하지 못했다 함이 옳았다. 그녀의 눈앞에서 벌어진 자연의 섭리조차 거스르는 듯한 광경은 장관이란 한마디로 평할 수 없는 것이었다. 그것은…….

'인간의 위대한 능력이란 건가? 하지만 늙은이가 새벽부터 저런 체조를 해 보이는 건 노망이 가까운 게 분명해. 앞으로 당가보에 대한 투자는 좀 더 고려해 봐야겠는걸.'

언제 어린애와 같은 탄성을 토했냐는 듯 막문위는 바로 자기 자신을 추슬렀다. 아직 눈앞에서 피어난 만화의 황홀한 모습이 스러지지도 않았는데 새벽바람에 어깨를 한 차례 떨어 보이곤 바로 창문을 닫는 것이다. 그녀에겐 눈앞을 어지럽히는 만화의 유혹보다 혹시라도 새벽바람에 상할지 모르는 자신의 건강이 우선인 셈이었다.

그러자 오십 년간의 노력 끝에 완성한 당가 최고의 절기를 절정에 이르도록 펼치고 있던 당가 가주 당천위(唐天爲)의 안색이 가볍게 변했다. 무림 중에 암기지왕(暗器之王)으로 불리는 자존심이 뭉개진 것이나 진배없었기 때문이다.

그래서였을까. 다음 순간 하늘 가득 꽃비를 만들어놓고 있던 천개의 매화표(梅花鏢)를 일거에 회수한 당천위는 막문위가 닫은 창문 쪽을 향해 차가운 코웃음을 터뜨렸다. 현재 그의 불편한 심기를 표현할 수 있는 유일한 방법이었다.

막문위가 기거하고 있는 별채에서 나온 건 정오가 다 되어서였다. 잠에서 깬 건 한참 전이지만 자신의 새벽잠을 방해한 당천위에 대한 항의의 뜻으로 늦게서야 별채를 나선 것이다.

그러자 차마 처녀의 신분인 막문위의 방으로 쳐들어가진 못했으리라. 그녀에게 배정된 별채 앞에서 초조한 기색으로 서성거리고 있던 백독수 당현이 반색을 하고 다가왔다.

"늦으셨습니다!"

"식사 말인가요?"

"아니, 그게 아니라……."

"당 소협이 하고 싶은 말은 당 가주와의 약속을 말함입니다."

면사를 벗은 막문위는 햇살 아래 찬연히 빛나고 있었다. 천하에서 가장 안전한 곳 중 하나인 당가보에 도착한 이상 타고난 미색을 그녀는 더 이상 가릴 생각이 없었나 보다.

그런 막문위의 앞에서 어쩔 줄 몰라 하는 당현을 대신해 설명하고 나선 건 어느새 근처로 다가선 조극충이었다. 특별히 막문위가 기거하는 별채의 바로 옆을 배정받은 그는 말소리가 들리자마자 밖으로 나선 듯했다.

눈앞의 당현을 무시한 채 자신의 그림자와 같은 조극충에게 가볍게 고개를 끄떡여 보인 막문위가 말했다.

"참! 오늘 당 가주와 점심을 같이 하기로 했었죠. 검문주와 그 밖에 사천의 명숙들도 포함해서."

"점심이 아니라 아침입니다. 그리고 사천의 명숙 분들뿐만 아니라 강북의 몇몇 명가들도 포함되었고요."

다소 상기된 안색으로 당현이 얼른 정정해 주자 막문위의 얇은 입가에 차가운 미소가 떠올랐다.

"그랬던가요? 아침에 잠을 설치는 바람에 일어날 수가 없었어요. 늦잠은 별로 자지 않는 편이지만."

"어째서 잠을 설치셨는지?"

"잠자리가 바뀐 탓이기도 하지만, 새벽에 누군가 밖에서 웽웽거리는 소음을 내서 잠을 깬 게 결정적인 것 같군요."

"예?"

놀라는 표정이 된 당현에게 조극충이 설명하듯 말했다.

"새벽에 당 가주께서 이곳에 나와 만천화우를 펼쳐 보이셨다네. 만천화우는 평범한 매화표로 펼치는 암기술이지만 천여 개를 한꺼번에 전개하기에 마치 벌 떼와 같은 소리가 나지. 나 역시 이번까지 쳐서 두 번밖엔 견식한 일이 없는데 가히 암기술의 천하일절이라 부를 만한 절기라네."

'나는 당가보에 있는 사람이오! 어찌 가주님의 만천화우를 모르겠소! 하지만 나는 아직 한 번도 가주님의 만천화우를 견식한 일이 없건만!'

내심 격렬히 조극충과 막문위에게 항의하던 당현은 금세 풀이 꺾인 얼굴이 되고 말았다. 당가보의 인물인 그 자신보다 눈앞의 남녀가 더욱 당가 가주 당천위에 대해 잘 알고 있다는 생각이 든 것이다.

당현이 홀로 자괴감에 빠져 있는 사이 조극충과 몇 마디 말을 나눈 막문위가 아름다운 외모와 더할 나위 없이 잘 어울리는 오만함이 묻어나오는 눈빛을 한 채 말했다.

"그래서 내가 점심에 당 가주와 뭇 군웅들을 만날 수 없다는 뜻인가요?"

얼른 얼굴에 떠올랐던 자괴감을 지운 당현이 말했다.

"그럴 리가 있습니까! 가주님과 여러 명숙들께서는 아침부터 지금까지 막 대인이 일어나기만을 기다리고 계셨습니다."

"이런! 내가 큰 결례를 범했군요. 그럼 당 소협에게 안내를 부탁드려 볼까요?"

그러나 안내를 청하는 막문위의 얼굴은 전혀 미안하지 않은 표정이었다. 오히려 당연하다는 표정이랄까.

울컥 치밀어 오르는 것이 있었으나 당현으로선 절대 싫은 표정을 지어 보일 수 없었다. 눈앞의 여인이 얼마나 대단한 귀빈인지 귀에 못이 박히도록 들은 바 있었기 때문이다.

내심 '얼굴은 반반한 계집이 성질 한번 정말 고약하구나!' 하고 이빨을 갈아붙인 당현이 얼른 앞서 걸어가기 시작했다. 빨리 막문위와 조극충을 당 가주와 명숙들이 모여 있는 냉월정(冷月亭)에 인계하고 하루 일과 중 빼놓을 수 없는 독공 수련이나 하러 갈 생각이었다.

하지만 당가보의 정중앙, 인공 호수 위에 만들어진 냉월정의 바로 앞인 월아교(月牙橋) 앞에 이르러 발길을 멈춘 당현에게 막문위는 웃는 얼굴로 말했다.

"어제 늦게서야 당가보에 들른 탓에 나는 별로 구경을 하지 못했어요. 바쁜 일정이지만 틈을 낼 테니 이곳에서 기다리고 있다가 당가보를 안내해 주세요."

"예?"

"왜? 싫은가요?"

"아, 아닙니다. 막 대인을 모실 수 있다면 저로선 영광이지요."

"알면 됐어요."

당현에게 아름다운 조소를 던진 후 막문위는 조극충과 함께 월아교를 넘어갔다. 월아교의 중간쯤 이르렀을 때 조극충이 무심히 말했다.

"당현은 당가보의 후기지수입니다. 지금이야 별 볼일 없는 자이지만 후일 당가보와 사천을 이끌어갈 존재가 될지도 모릅니다."

"확실히 백독수 당현과 일점혈 당승 형제는 괜찮은 인재들이에요.

평화스런 시기라면 이대로 잘 커서 이삼십 년 후에는 사천을 주름잡게 되겠지요."

"…대인께서는 그들이 그때까지 살아남기 힘들다고 생각하시는 겁니까?"

문득 걸음을 멈춘 막문위가 화제를 돌렸다.

"상관옥은 어떻게 하고 있죠?"

"상관옥은 당가보의 외전에 위치한 하인들의 거처에 머물고 있습니다. 마차와 말을 돌보려면 그곳이 제격이라고 스스로 그곳에 머물렀습니다."

"호호, 굼벵이도 구르는 재주가 있다더니, 상관옥이 아직 완전히 녹슨 검이 된 건 아니군요. 그만한 판단을 할 수 있다니."

"당가보 밖으로 전할 소식이라도?"

"오늘 정파의 군웅들을 둘러본 후 만약 그들이 마교의 인물들보다 쓸모가 없다고 판단되면 생각을 다시 해봐야 하지 않겠어요?"

잠시 멈칫한 표정이 됐던 조극충이 목소리를 낮췄다.

"그럼 따로 준비를 하고 있겠습니다. 상관옥이라면 당가보를 빠져나간다 해도 별다른 시선을 집중시키긴 않을 겁니다."

"조 군장은 이런 상황마저 염두에 두고 사천에 철기군과 상관옥을 데려온 것이겠죠?"

"저는 유비무환(有備無患)이라 생각했을 뿐입니다."

"그렇겠지요, 당신이라면."

조극충을 한차례 일별한 막문위가 다시 냉월정을 향해 걸음을 옮겼다. 마치 월아교 밑에 유유히 떠 있는 연꽃에게서 시선을 떼기 아쉽다는 듯 한숨과 함께.

       *   *   *

  그 시각, 곤륜산맥의 내곤륜 뇌격봉.

  군마지를 완전히 제압한 철혈대는 열흘째 치열한 전투를 벌이고 있었다. 풍뢰영과의 전투에서 막대한 피해를 본 천령단주 뇌음사가 무려 삼천 명에 이르는 병력을 동원해서 기습적으로 뇌격봉을 친 까닭이다.

  역천과 귀천 간의 분쟁을 조성하여 후방을 공고히 하느라 바쁜 와중에도 철혈대주 엄정하는 전선의 최일선을 지키고 있었다. 철혈대 최강의 묵룡암영대와 적룡창검대, 그리고 독룡독녀대가 오행천의 결합을 막기 위해 며칠 전 빠져나갔기 때문이다.

  현재 철혈대가 있는 뇌격봉 주변에 배치 가능한 병력은 황룡패도대와 백룡철검대의 사백여 명뿐. 그러나 엄정하의 독려로 용기 백배한 그들 사백여 명은 그동안 뇌격봉 곳곳에 만들어놓은 수백 개가 넘는 참호에 몸을 숨긴 채 전투를 벌이고 있었다. 병력의 불리함을 지형지물과 사기로 채우고 있는 형국이었다.

  그 수백 개가 넘는 참호 중 한곳, 급히 만들어진 상황실의 한 켠에 앉아 빙예운으로부터 전황 보고를 받고 있던 엄정하가 크게 웃었다.

  "하하하, 열흘 동안 빙 대장이 적을 끌어들이면 군 대장이 기습적으로 타격하고, 군 대장이 적을 끌고 오면 빙 대장이 적진을 유린하니 참으로 재밌는 형세로군."

  빙예운이 살풋 미간을 찌푸려 보였다.

  "그래 봤자 이 대 일의 비율로 철혈대의 병력도 깎여가고 있습니다. 철혈대의 상대가 천령단뿐이라면 그래도 상관없겠지만 전황을 떠나 현 상황은 그다지 좋은 게 아닙니다."

"그래도 우리는 계속 이기고 있지 않습니까?"

엄정하 대신 빙예운의 말에 반박하고 나선 건 군무해였다. 대략 반 시진 전 전투에 참가하고 온 탓에 군무해의 몸에선 아직도 무럭무럭 열기가 치솟고 있었다. 전투를 위해 입은 검은색 무복의 군데군데에는 적들의 피가 잔뜩 묻어 있을 터였다.

"……."

지금껏 전략, 전술에 관해선 일체 함구하고 있던 군무해였다. 그가 최초로 내뱉은 반박에 잠시 침묵을 지키고 있던 빙예운이 마치 어린아 이를 타이르는 듯한 목소리로 말했다.

"물론 군 대장의 말처럼 우리는 열흘간 계속 이겼습니다. 앞으로도 이길 게 분명하고요."

'그럼 됐지 않나' 하는 표정이 군무해의 얼굴에 스쳐 갔다. 천생 무 인인 그에게 암중에 펼쳐지는 모략과 음모, 전략, 전술 등은 별다른 가 치를 지니지 않음에 분명했다.

내심 '그래도 지금은 설명해야겠지?' 하고 중얼거린 빙예운이 다시 말했다.

"하지만 전술에서 이기는 게 곧 전략에서의 승리는 아니에요. 앞서 말했다시피, 적의 숫자를 줄이는 만큼 아군의 숫자가 줄어든다면 오직 파멸이 기다리고 있을 뿐이니까요."

"빙 대장이 하고 싶은 말은 호시탐탐 철혈대와 군마지 전체를 노리 고 있는 세력이 꽤 많다는 뜻이겠지?"

엄정하가 도와주자 빙예운이 얼른 고개를 끄떡였다.

"예, 그렇습니다. 철혈대 최강인 묵룡암영대와 적룡창검대 등이 뇌격봉을 떠난 시기에 맞춰 천령단의 기습이 있었다는 건 아무래도 이상하니까요."

앞으론 절대로 두 사람의 대화에 끼어들지 않겠다고 스스로에게 다짐했으리라. 군무해가 한일 자로 두툼한 입술을 꽉 다물자 그에게 한 차례 미소를 던진 엄정하의 시선이 다시 빙예운을 향했다.

"그래서 빙 대장의 뜻은?"

빙예운이 기다렸다는 듯 대답했다.

"지금까지완 전혀 새로운 전략, 전술이 필요합니다."

"전혀 새로운 전략, 전술이라? 빙 대장은 내 군사 자리에서 물러나려는 건가?"

"예, 당분간 그러고 싶습니다."

"그럼 후임은?"

"저보다 적어도 두 배는 뛰어나고, 전혀 다른 사고를 하는 사람이 있습니다."

"그 대단한 천재가 누구지?"

"그 사람은……."

빙예운의 입술이 열리는 것과 동시에 참호 밖에서 시끄러운 소란이 일어났다. 누군가 임시 상황실이 마련된 참호 쪽으로 다가온 것이다. 그리고 잠시 후, 참호 안으로 문약한 얼굴을 한 서생 한 명이 들어섰다.

"풍뢰영 군사 강문호, 백룡철검대 대장의 명을 받고 방금 막 도착했습니다."

군무해에 버금갈 정도로 온몸이 땀에 절은 강문호에게 흘깃 시선을 던진 엄정하가 다시 빙예운을 바라봤다.

"설마 저잔가?"

“예, 맞습니다. 저 사람이 철혈대의 새로운 군사입니다.”

“진짜?”

“예, 제 명예를 걸고!”

“빙 대장이 그렇게까지 말한다면 어쩔 수 없지.”

엄정하가 어깨를 으쓱해 보이자 군무해가 얼른 좁은 참호 안에 강문호의 자리를 만들어주며 말했다.

“강 군사! 들어오시오.”

“예?”

어리숙한 표정 그대로 자신을 손가락으로 가리킨 강문호가 엄정하를 바라보고, 다시 빙예운과 군무해에게 시선을 던졌다. 꿈에도 군을 움직이는 군사 따윈 해본 적이 없었던 얼굴을 한 채, 그리고 앞으로 다가올 보이지 않는 위협 역시 전혀 자신과는 관계없다는 표정으로.

〈제6권 끝〉

조돈형 신무협 판타지 소설

| 운한소회 |

누란(累卵)의 위기에 빠졌던 무림에 평화를 가져온 백도의 비밀단체, 흑영(黑影)!

잠들었던 그들에게 사나운 죽음의 위협이 몰아닥친다.
그들의 평화가 깨어지고, 그들의 분노가 세상을 뒤덮는다.
위선의 탈을 벗겨버릴 차가운 칼날은 그렇게 던져졌다.
살아남은 사나이들의 누구도 막을 수 없는 처절무비 통쾌한 복수극은
이미… 시작되었다.

무림은 또 한 번 잔혹한 복수의 전화(戰禍) 속으로 치닫는다.

최필 신무협 판타지 소설

| 무협지 |

뒤통수가 가려운 무림 고수들!

가엾은 순교자들이여, 내게로 오라!
일장천라 천우막, 파검 구용각, 구절심 천형,
배은망덕 이편, 색마 야광귀, 무랑과 방초……．

이들이 또 한 번 혼란의 무림을 폭소로 헤집는다.

도서출판 청어람 www.chungeoram.net 우 420-011 부천시 원미구 심곡1동 350-1 남성빌딩 3F ● TEL : 032-656-4452/54 ● FAX : 032-656-4453 ● Email : eoram99@chol.com

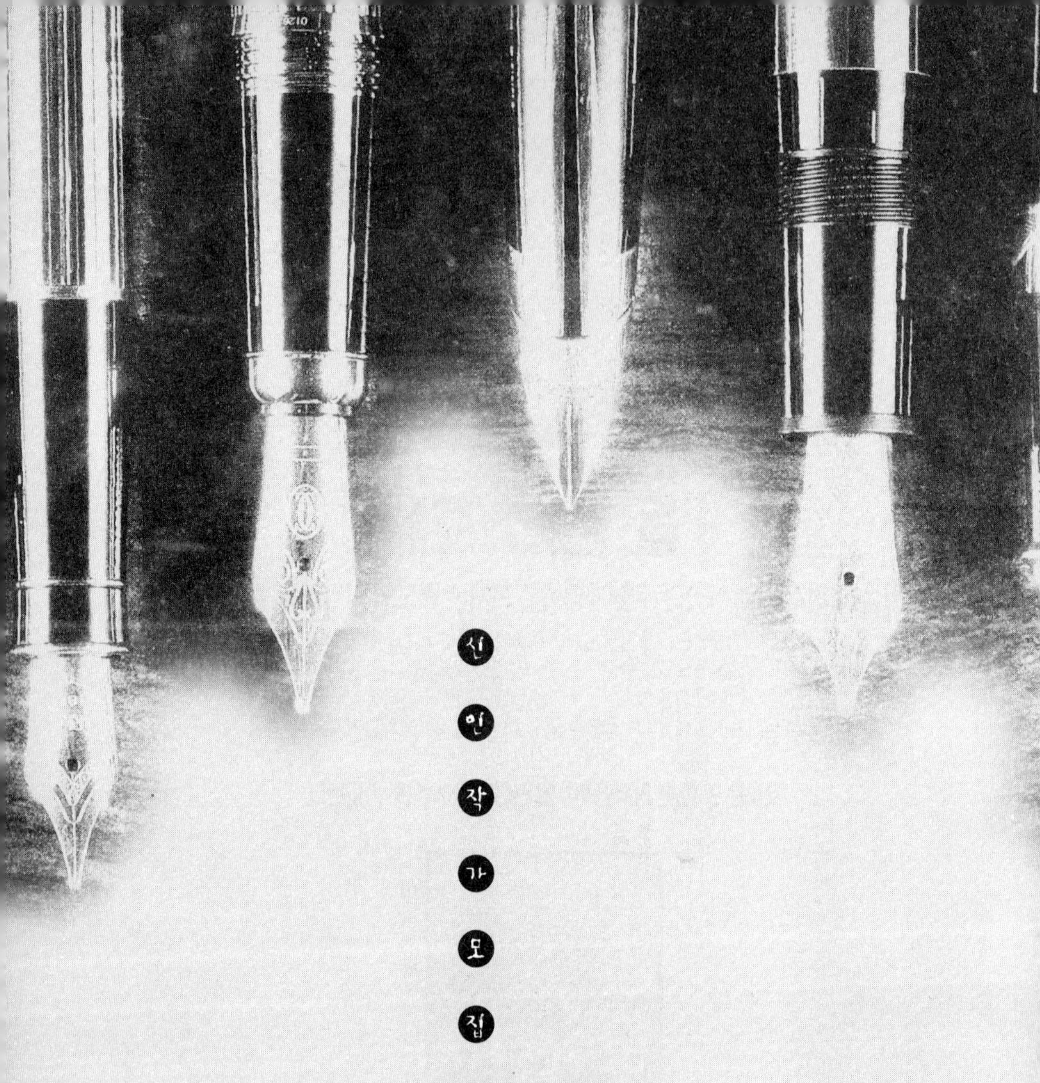